なんて美しいのだろう。
なにも遮るもののない動的なパノラマは、
どこまでも新鮮で、世界を美しく見せた。

ルーク
ユーリ
シャム

スズヤ
サツキ
ホウ家
王国の軍事を司る騎士家の中、
他国への援軍を任じられることで
特に多くの戦争を経験してきた一門。

「キャロル！　こっちだ！」
「う、うん！」
キャロル

亡びの国の征服者
魔王は世界を征服するようです
1
著
不手折家
イラスト
toi8
Conqueror of the dying kingdom.

C O N T E N T S

Conqueror of
the dying kingdom. 1

前章

朝、目を覚ますと、ベッドの中でなんとなく眠気が残っているのを感じた。

今日は特に用事もないし、倦怠感《けんたいかん》をはらい、眠気にうち勝ってまでやりたいゲームもない。読みたい本もなかったので、起きる理由がなかった。それはもう仕方のないことだ。二度寝をしようと決めると、寝起きの頭に残る淀《よど》みに身を任せ、またすぐに眠りに落ちた。


次に目を覚ましたときには、あと数分で午後になろうかという時間になっていた。もう眠気はなく、喉が渇いていた。ベッドから体を起こす。時計を見ると、九時間も眠ってしまったようだ。今日も、あいも変わらず駄目人間だなと思う。

これだけは気持ちがわるいので、まずは顔を洗いに洗面台へ向かった。暖房の効いた部屋から出ると、寒気が肌を刺すようだった。

俺が今一人で暮らしているのは、築六十年になろうかという木造平屋建ての家である。元々は、大学教授だった祖父が楽隠居の舞台として選んだもので、隠居する際にリフォームされた。老夫婦が丁寧に暮らしていた家は、見た目はさほど傷んではいないが、さすがに最近はきしみが激しくなっている。今はまだ大丈夫だが、俺が死ぬまでは暮らせないだろう。

腹は空《す》いていなかったが、昨日炊いた飯の残りを片付けなければならなかったので、炊飯器に残っていたそれを茶漬けにして食うと、食休みに自室でネットゲームのコミュニティをチェックした。

そろそろ、いい加減飽きがきているゲームではあったが、有り余る時間を潰す役にはまだしばらく使えそうだった。

なにしろ俺は、仕事を辞めてからはニートと化し、殆《ほとん》ど毎日暇を持て余している。時間を潰す何かはどうしても必要だった。

真っ昼間からネットゲームに入っても人がいないので、先月買ったゲームの続きをした。

もう既にクリアしたゲームで、〝クリアした〟を〝やり尽くした〟にするための作業ではあったが、元々が面白かったゲームなので、それなりに楽しくはあった。

働いていたときは、新作ゲームの発売サイクルは余暇の量と比べて短すぎ、やりたいゲームは溜《た》まる一方であったわけだが、働くのを辞めて人生の殆どが余暇となると、積まれたゲームはすぐに消化されてしまった。そして、その後のサイクルはじれったいほどに遅かった。

日が暮れると、ネットゲームにログインして、夕食を食べ、風呂に入り、午前三時頃まで遊ぶと眠くなってきたので、ベッドに入った。

派手な暮らしをしていないせいで、通帳の金は殆ど減らない。そのせいで危機感もなく、昨日も今日も代わり映えしない、惰性のような毎日を過ごしている。

楽しいながらも頭のどこかがぼやけているような、果物が腐ったときに発する、甘い腐敗臭がたちこめているような生活だった。それは、どことなく嫌な気分ではあったが、まどろみを裂いて再び一生懸命に生きたいとも思わなかった。

ただ有り余る時間に身を任せていると、そのうち眠りに落ちていた。

◇　◇　◇

翌日起きると、妙にぱっちりと意識が鮮明で、もう一分たりとも眠れはしないという気分になっていた。

壁にかかっている時計を見ると、特に遅い時間でもない。疲労具合と体内時計の歯車がバッチリ噛《か》み合って、よっぽど良い具合の睡眠ができたのだろう。

　顔を洗ったあと、いつも通りパソコンデスクに向かおうと思ったが、体が妙にハキハキと動くので、いつものようにダラダラとした生活を送るのが、何かもったいなくなった。

　妙に活力のある今日という日を活《い》かそうと、俺は外出することにした。

　いくつか補充しておきたい消耗品がある。別にネット通販でも購入することはできるが、どうせ暇なのだから歩きに出るのも悪くない。

　セーターの上にコートを着て、玄関の引き戸を開いて外に出る。

　外は、冬空という形容に相応《ふさわ》しくない晴天だった。空気も温かい。俺は少し迷って玄関に戻り、インナーに着込んでいたセーターを脱いでから外に出た。

　寂れた商店街というのは、とてもいい味を出しつつも、どこか人を拒絶する雰囲気を纏《まと》っている。

　それは〝繁盛している店には入店しやすい〟〝寂れた店には足を踏み入れにくい〟といった気分的な問題なのかもしれないが、特に店員と仲良くなりたくはないコミュ障の俺にとっては、接客が店主の良心に任された個人商店というのは、少し苦手なのだった。

　それに人間というのは、人と接するときにまずその人の属性を確かめたくなるものらしく、結構な割合で他人に職業を聞いてくる。俺は無職だから、そのへんが少し後ろめたいのかもしれない。

　というわけで、俺は地元商店街の振興に寄与することなく、歩いていける距離にある小型のショッピングモールに向かった。

　山に近い住宅街から市街地に近づくにつれ、人の数が多くなる。平日の昼間に健全に仕事をしている勤勉な人々だ。

　俺も昔はああだったわけで、そういう所謂《いわゆる》まともな生活とずっと無縁だったわけではない。ただ、あの頃に戻りたいとも思わなかった。

しかし、スーツを着て仕事をしている人々を見ていると、なんとなく自分だけがズルをしているようで、居心地が悪い気分になってきた。出てきたものの、もう既に帰りたい。世の人々は、このような気分になりたくないがために仕事をしているのかもしれない。そんなことはないか。


食品売り場や雑貨店で買い物を済ませると、そのまま家に帰ることにした。

ショッピングモールには、数は少ないが小さなアパレルショップや、おしゃれな椅子や机などを置いている家具店がテナントとして入っている。

どれも興味をそそられなかった。服も家具も、今あるもので足りていて、それ以上の品質のものは別に欲しくはなかった。

そのままショッピングモールを出ると、いつになく疲れた気がした。熱心に働いている人々を大量に見たからだろうか。


昔は少なくとも週五、下手をすれば大学に何日も泊まり込みで働いていたわけだし、働けない病気というわけではないのだから、こんな気分が嫌ならどこかに勤めるとか、金はあるのだから事業を考えて起業をしたりすればいいのかもしれない。

腐っていてもいいことなど一つもないわけで、とにかく何か動けばいいと思うのだが、思っていても行動には繋《つな》がらない。

理由はわかっている。動機がないからだった。

俺には知らない誰かの役に立ちたいという願望はないし、稼いだ金を使って高級車を買いたいとかいう物欲もない。いまさら異性にモテたいとも思わない。貯金はあるので、食い扶持《ぶち》を稼ぐために、つまりは死なないために稼ぐという動機も間に合ってしまっている。

そのうち、こんな気分で生きるのは嫌だから、というネガティブな動機から動き始めることもあるのだろうか。

それか、自分で楽な方法を探して、すべてを終わらせるか。だが、貯金があるうちに死ぬのは何か勿体《もったい》ない気もするし、貯金を使い果たしてから死ぬのも、それはそれで恐ろしい。余裕がある状態で自分の意志で死を選ぶのと、何かに追い詰められた気分で死ぬのとでは、だいぶ趣が異なってくる気がする。

そんなネガティブなことを考えながら、家の近くの川の橋を渡ろうとしていると、目の前でわけの分からない事態が起こっていた。

小学校低学年くらいの、どこか不思議な雰囲気の少女が歩いているのだ。わけがわからないのは、歩いている場所だった。少女は、歩道でも車道でもなく、橋の欄干の上を歩いていた。

殺されるほどの借金があるわけでもないだろうに、なぜ彼女は鉄骨渡りのような真似《まね》をしているのだろうか。

ここには高額債務者が大金を摑《つか》むために右往左往するのを見物して楽しむ趣味の悪い金持ちはいない。人生に悲観しているわけでもないだろうに、俺にはなぜ少女がそんなことをするのか、さっぱり理解ができなかった。

と、そのとき、タイミング良く足元がグラリと揺れた。

過積載のトラックでも通ったのだろうか。だが振り向いて原因を究明することはできなかった。俺の目の前にいた少女がバランスを崩し、川側に落ちようとしていたからだ。

橋が縦に揺れ、ふわりと体が浮く感じがしたあと、少女はおっとっと、という感じで三歩、欄干の上で細かいステップを踏んだ。それが終わってみると、少女の体は足首を起点として三十度ほども川側に傾いており、傍目《はため》から見て到底リカバリー不可能な体勢になっていた。

少女は物理法則に慈悲を乞うように、少しでも欄干の反対側に重心を寄せようと、橋側の足を大きく振り上げた。傾いた大の字のような体勢をとったあと、少女は視界から消えた。

欄干に駆け寄って下を見ると、季節柄増水した川を下流に向かって流れる少女がいた。泳げているようには見えない。

助けようか。でも死ぬかもしれない。一瞬考えたが、まあ惜しむほどのものもないし、死ぬ前にやりたい何かも取り立てて残ってないし、悲しむ人もいない。別にいいかとあっさりと思った。

コートを脱いでシャツ一枚になり、欄干を乗り越え、三メートルほど下の川面《かわも》に飛び込むと、恐るべき冷たさが全身を襲った。全身の血管が一斉に収縮する感じがする。全身を雑巾のように絞られたようなショックに耐えると、俺は泳ぎだした。

水に入って泳ぐという行為は、プールとも海とも縁遠くなった俺の人生では、実に四年ぶりのことだった。俺は泳いで泳いで、流されながらも少女のところにたどり着いた。

少女に追いつき、ぐったりとしている少女の服を摑み、殆ど溺れながら岸に向かう。みるみる体が冷えていくのが分かる。そういえば、どこかで食おうと思ったまま、今日は朝からなにも食べていなかった。体に力が入らなくなっていく。

命からがら岸辺にたどり着き、少女をなんとか陸に上がらせると、もはや這《は》い上がる体力は残っていなかった。

俺はそのまま水に吞《の》まれて、流された。

第一章　誕生

Ⅰ

なんだか夢を見ているような気分で、俺はぬるま湯のような海の中を漂っていた。

それは異常なほど長い夢で、それなのに途中で飽きることもなく、飽きるということを感じる機能がまだ備わっていないように、頭の中が単調で、ぼやけていた。

心地いい温度と体温の中で、幸福ばかりを感じる世界。

その中で、俺は無限とも思える惰眠を貪った。

一週間とも一年とも思えるような平和な時間の後、唐突にプロレスラーにヘッドロックをかまされたような、脳を直接絞られる強烈な圧搾感が頭を襲い、突然に平和は破られた。

頭を割って殺す気か、というような生命の重篤な危機を感じたあと、悪夢から覚めたような解放感があり、俺は謎の圧搾感から解き放たれ、外気に触れた。浮遊していたような感覚が消え、指と腕に支えられながら、俺は再びぬるま湯に浸《つ》かった。さらさらとした湯で体を洗い清められると、今度はやわらかい布にくるまれ、誰かの腕に抱かれた。

目は重度の近視老眼を患っているかのように、近くも遠くも不明瞭にしか世界を映さない。良い酒で深く酔ったときのように胡乱《うろん》になった脳は、痛みを与える要因から逃れつつ、食欲と睡眠欲を充足させるという目的を満たすことで精一杯だった。

誰とも分からぬ人間の乳を本能的に吸いながら、視界が光に満たされるのと夜の帳《とばり》が下りるのとを十回ほど見た頃、俺の頭の中はようやく明瞭になりはじめていた。

（まだ、夢を見ているのか？）

柔らかな思考の中で、つらつらと考え続けているのはそのことだった。

だが、もうずっと長いこと夢の中にいる気がする。謎の頭痛があったのはもう数日前のことだが、夢の中にそのような長期記憶があるのは、やはりおかしなことのように思われた。

「ゆえをいっえいっうおーか」

言葉にしてまとめてみようと思っても、喉が上手《うま》いこと動かずに言葉にならなかった。

この現実感はなんなのだろう。天国か地獄か、それとも来世にでも飛んでしまったのだろうか。

最後のハッキリとしている記憶は、冷たい水の中で足掻《あが》き、溺れるシーンだった。体の芯から冷たくなっていき、そのうち体が動かせなくなり、水を飲み、川の中に沈んだ。つまりは死んだはずなのだが、今はどこも痛くはないし、冷たくもない。

案外そういうものなのかもしれない。

印象的だったはずの夢を、起きたらなぜか忘れてしまうように、前世の記憶というのは誰にでもあって、次の人生ではすぐさまクリーニングされて忘却される仕組みなのかもしれない。その場合、これから俺という自我を司《つかさど》る経験は雲散霧消してしまうことになるわけだが、別にそれはそれで構わなかった。たいして惜しいとも思わない。


どうやら、俺は柔らかいベッドに寝かせられ、一日中ぼーっとしているのが仕事のようだ。夢か現《うつつ》か幻か、まったく分からない現状で、どうにも俺は幼児になってしまっているらしい。

胸をさらけ出して俺に乳をくれるのは、俺を生んだ母親らしかった。日がな一日、俺に寄り添ってあれこれと世話をしてくれている。こうやってオムツまで替えられていると、なんだか急に老けて老人になってしまったような気がした。

胸は小さいが、俺の母親はとても美人だ。

欧州系の目鼻立ちがくっきりした顔つきではなく、アジア系とも思われないのだが、いつまでも見ていたくなるような、おっとりとした優しげな顔立ちをしている。

だが、その容姿は、俺の見知った人間のものではなかった。まるきり人間と同じように見えるのだが、耳の形だけは明らかに違う。耳が少し尖《とが》っていて、髪の毛の延長のような毛が耳の先を覆っていた。

耳朶《じだ》の中はピンク色をしているが、耳周りから耳の先は髪の毛に覆われているのがわかる。温かそうではあるのだが、見た目はやはり異質に感じた。

そして、話す言葉はまったくの意味不明だった。この容姿で日本語を喋《しゃべ》っていたらびっくりするので、当たり前といえば当たり前だが、何を言っているのか分からないのは困る。彼女は、夜になると産着に包まれた俺をぎゅっと抱きながら、子守話と思われる話を小さな声で朗々と吟じてくれるのだが、これも現状ではまったく意味が分からない。

時々、子守が父親にバトンタッチされることがある。

彼も、日本で町を歩いていたらいかにもモテそうな風体の男で、腕に抱かれているとわかるのだが、細身でありながら服の下はかなり鍛えていて、引き締まった筋肉を感じる。かといって外見はシュッとしていて、ボクサーか新体操の選手のような体つきであった。

いったい、彼らはどういう仕事をしているのだろうか。

それはとても疑問だった。彼らの生活レベルを見てみると、どう見ても現代のようには思えない。服はすべて天然繊維製だし、布の織り目の不均一さは手織りを思わせる。一度母親に台所に連れて行かれたときは、竈《かまど》が現役で使われていた。

家はド田舎にあるらしい。夜は森の中に棲《す》む鳥獣の声だけが聞こえ、この家には来客というものが殆《ほとん》どない。

農家をやっているにしては、家の造りはいいし、食卓には頻繁に肉がでてきて、生活の水準は高いようだ。母親は見る限り終日専業主婦をしているし、収入に困っている感じはまったくない。来客が殆どないところを見ると、商人とは思えないし、富農のような存在なのだろうか？

そのへんは分からなかったが、言葉を覚えていないので尋ねることもできない。言葉の意味を類推しながら、ベビーベッドの上で惰眠をむさぼるくらいしかやることがなかった。

そのまま、ぼけーっとしていたら一年が過ぎてしまった。

◇◇◇

一年が経《た》っても、俺の精神は夢の内容のように雲散霧消してしまうことはなかった。どうやら、俺はこのまま生きていくことになったらしい。

もともと人生に飽いていたのにニューゲームをさせられて、とんだ迷惑かと思いきや、そんなことはなかった。新しい環境での、新しい人々の中での人生は、飽き飽きした人生とは違って新しい発見に満ちたものだった。

日本での俺の両親というのは、犯罪者ではなかったが、控えめに言っても碌《ろく》でもない人間だった。それと比べれば、こちらの父親と母親は、なんとも愛情に満ちている。

日本にいた頃に、俺とは人生観のまるで違う他人に対して抱いていた違和感が、「ああ、こういうことだったんだ」と氷解する思いがした。彼らは愛情に満ちた家庭で育っていたわけだ。

その頃の俺は、立って歩くことを練習していた。

立って歩くくらい簡単にできるだろうと思えたのだが、足が腑《ふ》抜《ぬ》けてしまって頼りなく、それに加えて体重が頭に偏りすぎ、立ってみても非常にバランスが取りにくい。どうしても、ハイハイのほうが上手く動けるようだ。

この家族にはどうやら誕生日を祝う習慣があるらしく、俺も何百日も日数を数えてるわけじゃなかったのでわからないが、季節がちょうど一巡したあたりで、どうやら誕生日らしい祝い事をしてもらった。

家族三人で祝った誕生日は、そこそこ豪勢な食事が作られたわけだが、俺のはいつも通りの、肉の少し入った粥《かゆ》のような離乳食だった。それでも、お祝いされているのが自分なのは確かだったようなので、やっぱり俺の誕生日だったのだろう。

それからも、いつも家庭にいる母親はなにかにつけ、言葉の分からぬ俺に話しかけ、言語学習を捗《はかど》らせてくれた。パパ、ママくらいは何度か言われてるうちになんとなく察したので、すぐに覚えた。覚えた端から使っていたら、なんだか驚かせてしまったみたいだが、そんなことはどうでもいい。ちょっとくらい異常に思われようが、一刻も早くオムツを卒業することのほうが優先だった。

そんな温かで平凡な日常を送っているうち、三年が経った。

◇　◇　◇

そんなこんなで、俺は三歳の誕生日を迎えた。

三歳の誕生日の次の日、俺は父親に連れられて森の中の仕事場へ行った。

三年の間に仕入れた情報によると、父はルークという名前で、母はスズヤという名前らしい。姓、というかファミリーネームは、ホウという単純な名称であるようだ。

新しい俺の名前は、ユーリという。ユーリ・ホウ。シンプルで覚えやすい名前である。

その日、ルークに連れられてやってきたのは、俺の家の裏手にある小高い丘を跨《また》いだ場所だった。行きは、駆鳥《カケドリ》と呼ばれている大型の飛べない鳥類に、ルークの股の間に座る形で乗って行った。

こいつはダチョウを冬装備にしたような大きな

飛べない鳥類で、頭のてっぺんからしっぽまで、足以外は毛に覆われていて、驚くべきことに馬のように騎乗して走ることができる。

どう考えても、こんな鳥類は地球にはいない。もしいたとしたら、動物園では引く手あまたのアイドルだろう。さすがに俺が知らないのはおかしい。それ以前に耳に毛が生えた人類がいる時点でおかしいわけで、やはり俺は地球ではない別の世界に来てしまったようだ。


カケドリは実に優秀な騎乗動物で、馬よりも乗り心地がいいんじゃないかと思える。逆関節のような形になっている二つの足で走っているのだが、この足がサスペンションのように衝撃を吸収して、乗っていてもガクガクと揺さぶられる感じがしない。

そうして連れて行かれたルークの勤め先は、なんというか牧場のようなところだった。

聞いてはいたが、やはりルークは農家……というより、牧場主のようだ。だだっ広い敷地には家畜舎があり、柵でコースが作られた馬場のような場所があり、開けた所は牧草地みたいになっていた。牛や豚を育てる畜産農家というよりは、競走馬を育てる育成牧場のような趣がある。

「ここが俺の牧場だ」

ルークはそう言うと、さっとカケドリから降りて、ルークの股の間で座っていた俺を抱きかかえて降ろした。

「素晴らしいですね」

俺は素直に感想を言った。針葉常緑樹の森の中に切り開かれた牧場は、いかにも牧歌的でのんびりとした雰囲気がある。

木造の畜舎は、まあ多少ボロくなっているが、よく手入れされているようだ。板が朽ちて壁に穴を作っているのを放置してある。なんてこともなく、新築には見えないが補修は行き届いており、荒れた雰囲気はまったくない。

日本にいた頃の感覚から照らしあわせても、十分に立派な牧場だった。

「なんで俺がこの場所に牧場を作ったか分かるか?」

ルークが少し自慢げに尋ねてくる。普段の会話からも分かるが、この父親は子どもに自分で考えさせることを重視しているようだった。

「ここは父さんが一から作った牧場なのですか?」

俺は、てっきりホウ家は先祖代々牧場経営の家系なのだと思っていた。しかし、先程の話しぶりだと、ルークは自分でこの牧場を始めた、つまり創業者ということになる。

この牧場はハンパな大きさではなく、何ヘクタールもありそうだ。

「そうだよ。俺が作ったんだ」

「すごい」

いや、凄《すご》いよそれ。

その若さで一からこれ作ったとか。なかなかできることじゃないよ。

「そんなことはいいから、父さんの質問に答えなさい」

そうだった。

とはいえ、ルークは子どもに褒められてまんざらでもなさそうな顔をしている。

いや、本当にたいしたもんだと思うよ。これを一代で作り上げたとか。

俺とかね、同じような年齢だったのに、嫁さんもいなけりゃ持ってる不動産も爺《じい》ちゃんから相続したちっちゃな自宅だけだったからね。

嫁さん養って、子どもがいて、家も持っていて、そのうえ牧場も一代で作り上げてるとか。

凄すぎる。

「うーん、家畜が鳴いてうるさくしても、周辺住民の迷惑にならないからでしょうか?」

「……面白いことを考えるな。確かに、近くに人が住んでいたら煩《うるさ》くて迷惑かもしれない」

ニュアンスからして、どうも期待されていた答えとは違うらしかった。ルークはそれでも、なにやら感心したように俺の顔をしげしげと見つめている。

それほどおかしな解答だったろうか。ちょっと発想が都会的すぎたかもしれない。

「でも、このへんの住民は、たいてい自分の家でも家畜を飼っているから、あんまり気にしないだろうな」

へー。そうなのか。

自分の家で家畜を飼っているってのは……ちょっと想像できないな。祖父が若い頃は家に厩《うまや》があったらしいが、俺の周りには牧場をやってるわけでもないのに牛や馬がいる家というのは存在しなかった。見たこともない。

「正解はなんでしょう？　わかりません」

「ほら、ここは山と山に挟まれているだろう」

遠くを見ると、山というより丘に見えるが、確かにどこを見ても山の斜面しか見えない。とても見晴らしが悪い場所だ。

ああ、そういうことか。ここは、ちょっとした盆地になっているらしい。

「山の上を風が通り抜けるせいで、ここには風が来ないんだよ。風が吹きつける土地では、トリは上手く育たないんだ」

なるほど。それはとても納得できる理由だ。

しかし、ルークは今でも若く見えるし、牧場を拓《ひら》きはじめたときはもっともっと若かったはずだが、そんな頃から牧場の適地を探しまわり、納得できる場所を見つけ、おそらく単なる森林であったであろう土地を拓いて建物を建てて、経営を軌道に乗せたのだろうか。

口で言うのは簡単だが、これは本当に簡単にできることではない。

このパパさんは、なかなか凄い人物なのかもしれない。

それを本当に実行したのだとすると、農家というよりは、もはや青年実業家といったほうが正しいような気がする。

「父さんの仕事は牧場主なんですか？」

と俺が聞くと、

「まあ、そのようなもんだ」

とルークは答えた。家庭内の会話から察してはいたが、やっぱり牧場を経営しているらしい。

「これをすべて一人で切り盛りしてるんですか？」

「いや、人を雇ってる。もう来ているはずだ」

そらそうだよな。

ルークは手綱を持ってカケドリを移動させ、馬止めに繋《つな》ぐと、今度は俺の手を引いて家畜舎のほうに歩いて行った。


家畜舎の中を見ると、馬のかわりにカケドリが並んでいる厩舎《きゅうしゃ》のような作りになっていた。

トリは壁で区切られた部屋に収められているが、一つ一つがとても広々としていて、狭苦しい様子はない。

狭くしたほうが数多くのトリを飼うことができ、畜舎も大きく作らずに済むことを考えると、利益効率よりもトリのことを考えた贅沢《ぜいたく》な飼育をしているように見える。

家畜舎の中には二人、作業服を着た人がいて、通路の真ん中に置いてあるリアカーのような車両の両側で働いていた。

餌を満載した荷台から、カケドリの餌カゴにさかんに餌をあげている。

「なるほど、餌は干し草なんですか」

俺はカケドリの生態についてまったく知識がない。

「干し草だけでは痩せてしまうからな。雑穀や木の実や豆を混ぜる」

「へえ」

草食性らしい。餌は馬と殆ど変わらないようだ。

「野生のカケドリは草や落ちた木の実を食べて生きてるんだが、食べ物のない冬は小動物も狩って食べるんだ。ここでも、放牧しているうちに兎《うさぎ》を狩って食べていることがあるよ」

草食性どころではなかった。馬は兎を取って食ったりはしない。

ただ、カケドリのすばしっこさと丈夫そうな嘴《くちばし》を見ると、森林や草原を駆けてネズミや兎を狩っている姿は、いかにも似つかわしい生態であるように思えた。

「肉は食べさせないのですか？」

「食べさせない。体が強くなるが、肉の味を覚えると気が荒くなるんだ」

「なるほど」

血の味を覚えるみたいな話か。生育に必須な食料ではないらしい。

ただ、それは科学進捗が未熟だからそう思うだけで、日本の畜産肥育の学者に分析をさせたら、そんな飼料ではカルシウムやナトリウムが絶望的に足りないとか言うのかも知れない。餌に肉骨粉を混ぜろとか、畜舎に岩塩の塊を置くといいとか、いろいろと有効な手立てが存在する可能性もある。

俺は長男のようだし、このままだとこの牧場を継ぐことになるのだろう。真面目に検証したほうが将来幸せになれるかもしれない。

「ただ、気の荒いトリを好む人もいるから、特別な注文が入ればネズミ返しを付けた柵の中でネズミを狩らせながら育てることもある。調教が大変になるんだけどな」

暴れ馬を好む人間もいるようだ。

「狂暴なカケドリをどうして求めるんですか？」

「武人の中にはそういうトリを好む人がいるんだ。買っても乗りこなせない人のほうが多いんだけどな。だが、上手く扱えば戦場に入ったあとの暴れ方が全然違う。何人も蹴り殺して大暴れする」

血に飢えた獣のように猛《たけ》り狂うのか。

ルークの言い方から察するに、カケドリというのは動物兵器の一種であるようだ。将来乗れるようになったとしても、そんな狂暴なトリは遠慮したい。鞍《くら》に足をかけたら、振り落とされ、すかさず頭を踏み潰される。なんてことも容易に想像できる。

「といっても、実はカケドリは殆ど他人《ひと》に任せっきりなんだ。最後の調教に付き合うくらいでな。俺は主に王鷲《おうわし》の世話をしている」

「オウワシ……ですか？」

読み聞かせてもらった本の中で何度か登場したが、意味不明だった動物の一つだ。

「空を飛ぶトリのことだよ」

鷹狩《たかが》りに使う鷹の繁殖でもしているのだろうか。

「ついておいで」

そう促されて、俺は少し離れた別の家畜舎に連れて行かれた。

その家畜舎はカケドリのところとはまた違い、三階建ての建物のような形になっていた。窓が多く、すべて開いているが、窓板の内側には鉄格子のようなものが張ってある。

遠目からは従業員宿舎なのかと思っていた建物なのだが、ここでトリを飼っているのだろうか。

トリを生育する設備といえば、ニワトリ以外では鳥カゴと金網ケージくらいしか知らないので、なんともいえない。ただ、この三階建ての建物がぶち抜きにされているとしたら、よほどの広さがあるように思われる。相当大きな動物園の大型バードケージくらいの容量があるだろう。

建物にたどり着くと、ルークが観音開きの大きなドアのカンヌキを抜き、扉を開けた。

「入りなさい」

そっと背中を押されながら、中に入る。

びっくりして腰が抜けそうになった。

ドアの奥にあったのは、三階建ての建物をすべてぶち抜いて作った巨大な空間と、そこに住むトリ達《たち》だった。

だが、そのトリは異常であった。

大きさがおかしい。

頭からしっぽまで測れば三、四メートルはあるだろうか。縞《しま》の入った茶色の羽をみっしりと体中につけ、爪は鋭く、嘴は大きい。

その眼光は猛禽類《もうきんるい》のように鋭い。

ていうか鷲だった。とてつもなく巨大な鷲だ。

俺がぽかーんと口を開いていると、

「びっくりしたか？」

と、ルークがニヤニヤしながら聞いてきた。

「そりゃあ……はい」

「そうだろそうだろ」

「はい、これは……」

王鷲と呼ばれていた鷲は大きく、そしてカッコ良かった。

ずんぐりむっくりとしているわけではなく、シルエットがスレンダーでシュッとしている。

飼われている王鷲は現在五羽のようだ。この大きな建物全体で五羽というのは少ない気もするが、サイズを考えれば妥当にも思える。

建物は壁と屋根だけなのかとおもいきや、枝打ちした大木をそのまま据え付けたような太い柱が、飛翔《ひしょう》を極力邪魔しない形で立っていて、それが全体を支えているようだ。

柱からは太い梁《はり》が延びていて、壁に繋がっており、王鷲たちはその梁に留まっているのが好きであるらしい。

見ていると、梁から梁へと頻繁に飛んで移動している。時折ぶわっと飛び跳ねたと思うと、羽をばさんばさんと二、三回羽ばたかせ、けっこうな勢いで梁を摑《つか》んで停止しているので、よほど太い梁でなければ折れてしまいそうだ。

王鷲の翼は、縞のはいった茶色の羽でできていた。そして、胸から腹の部分だけが白に灰色が混ざったような斑《まだら》色になっていて、それがアクセントになっている。

地味な色合いに嘴《くちばし》と足の鮮やかな黄色が映え、これまた美しい。

「……こんな生き物がいるなんて」

生態系の驚異を垣間《かいま》見《み》た思いがする。ロック鳥やフリカムイといった巨鳥伝説の実物を目の当たりにしているような気分だ。

「そうだろ？　俺が一番好きなトリなんだ。とても頭がいいし、慣れれば人懐っこい」

「人に慣れるんですか？」

「そりゃあそうだろ。でなきゃ危なくて乗れないじゃないか」

乗る？

「乗るってなんですか？」

「物語で天騎士ってのが出てきたろ？　なんだと思ってたんだ？」

ルークは不思議そうに言った。確かに出てきたが、役割のよくわからん偉い騎士という認識しかなかった。

「お前も乗りこなせるようにならないとな」

なんかわけのわからないことを言っておられる。

「これに乗って空を飛ぶんですか」

「怖がらなくても、もちろん俺が一緒に飛ぶから大丈夫だ。三歳の頃に王鷲に乗らせるのは、ホウ家の伝統みたいなもんなんだよ。俺も三歳のときにやらされた」

そういうことを言ってるんじゃないんだが。

それにしても、話の流れから察するに、どうやらパパは今日俺を乗せて飛ぶつもりでいるらしい。

ビビってる子どもの俺をなだめすかして乗らせようという話になっているような気がする。

「人を乗せて飛べる動物なのでしょうか」

「もちろん。そのために飼ってるんじゃないか」

どうやら本気で言っているらしい。

「大丈夫、父さんは世界一の王鷲乗りだ」

父親特有の気休めを言い出した。

正直、怖くないといえば嘘《うそ》になる。こんな動物に乗って飛ぶとか、頭の中の常識を司る部分が警鐘を鳴らしている。

だが、ルークの物言いではどうやら先祖代々からの実績が十分あるような口ぶりだし、慣れているというのも嘘ではないように感じられ、危険そうな匂いはしない。

というか、ルークからは危なげなことに挑戦するという気配が微塵《みじん》も感じられない。

「分かりました。僕も腹を決めますよ」

「よし、それでこそ俺の息子だ」

ルークが首から下げていた木製の笛を口に咥《くわ》えて吹くと、一羽の王鷲が降りてきた。まさか笛の音で個体を選んで降ろしたのだろうか。五羽のうち一羽しか反応しなかったので、やはり選んで降ろしたのだろう。

俺があっけにとられた顔をしていると、ルークは壁にかかっていたカケドリ用とはまた別の、形の違う鞍を持つと、まず嘴の先から手綱が繋がった革の輪っかを通し、鞍を背中に据え付け、革のバンドを腹に回してガッチリ固定した。鞍はのっぺりとしたものではなく、少し高くなっていて、馬の鞍というよりラクダの鞍のような感じだった。またがるのは同じだが、座る部分だけ椅子のようにちょっとだけ高くなっている。

ルークは王鷲の両側から延びている手綱を手に取ると、それを引っ張って誘導していった。王鷲は抵抗する様子もなく、するすると引かれていく。そのまま、入ってきた観音開きの扉を開けて、外にでた。

カンヌキを再び通して扉を閉じると、トコトコと歩く王鷲を建物から離れた草むらまで引いていった。そこで、ルークはトントン、と鷲の頭を二度叩《たた》いた。すると王鷲は、すっと足をたたんでしゃがみ込んだ。躾《しつけ》の良い犬が「お座り」と言われたように、ごく素直に座った。本当に調教が効くんだな。

「ちょっと両手をあげろ」

そう言われたのでバンザイをすると、ルークは俺の腰に金属の輪っかが幾つもついたベルトを回し、痛いくらいぎっちりと締めた。そのまま腹のところを持たれ、持ち上げられる。

「よいしょっと」

「うわ」

置物を置くように、鞍の上に置かれた。

ルークも同じようなベルトを巻いたあと、鞍の上に上がってくる。俺の身長では鞍に跨《また》がってもなんともないが、ルークは足を折って座るように乗っていた。少し窮屈そうだ。

跨ってはいるものの、馬と違って翼があるので両足を投げ出すように乗るわけにはいかない。なので座敷に女の子座りで座っているような格好になるが、それだと自分の骨盤が傷んでしまうので、鞍が若干高くしてあり、形ばかり座れるようにしてあるようだ。

ルークは、腰につけたベルトと鞍とを革のバンドで結び、体を固定させてゆく。腰のベルトは、安全帯の装着具であったらしい。それが終わると、股の間に座っている俺のベルトにもバンドを締め、腰と鞍が絶対に離れないように固めた。これなら、空中でどんな体勢になっても、王鷲と自分とは絶対に離れないだろう。

そして、ルークは手綱を操った。

◇　◇　◇

鷲が勢い良く羽をはばたかせ、飛び立つ寸前に、ルークが思い出したように口を開いた。

「いいか、飛んでいる間は絶対に口を開けるなよ」

ぐわっ、と今まで感じたことのないGのかかりかたを感じたあと、ふわっと鷲の体が浮いた。

飛行機と違って、加速度に一定感がなく、羽をはばたかせるたびに波のような加速度を感じる。浮遊したあと、力強く何度か羽をはばたかせると、ぐんぐんと速度が乗り、王鷲は本格的な飛行に移った。

めまぐるしく眼下の風景が移り変わってゆく。あっという間に丘を越え、小川を越えて、針葉樹の尖った木の先を掠《かす》めるように飛行しながら、空気の壁の中を突き進んでゆく。途中で羽に切り返しが入ったかと思うと、空の中で更に舞い上がるように天頂方向に向かっていった。

一気に高層ビルの高さまで登ると、背の高い木々と地球のまるさに遮られていた視界が開け、世界が広がる。雲で湿気を拭い去ったような晴れの空気は、どこまでも透明で、遥《はる》か遠くの風景をくっきりと目に映しだした。

なんて美しいのだろう。

旅客機の小さな窓から見る世界とは違う、山の頂上の展望台から見るのとも違う、なにも遮るもののない動的なパノラマは、どこまでも新鮮で、世界を美しく見せた。

しばらくそのまま旋回すると、また手綱が操られ、鷲は優雅なマニューバを描《えが》きながらゆるやかな立体機動に移っていった。空中で反転し、世界が逆さまになる。体重が鞍から離れ、腰の安全帯で体が支えられているのを感じた。

すぐに安全帯からも体重が抜け、自由落下にうつる。視界が空でもなく地平線でもなく、地表でいっぱいになった。

落下する。このままだと地面と衝突する。そういった原始的な恐怖が頭をよぎり、パニックが思考を満たす。

だが、自由落下は数秒ほどで終わった。鷲が羽の角度を変えて再び風を摑むと、ゆるやかに水平飛行に遷移する。完全に水平飛行に転じたとき、まだ地表との間にはけっこうな高度の余裕が残されていた。

そのまま二十分ほども飛行していただろうか。

眼下に見覚えのある建物が見えてきた。

さきほどまでいた牧場だ。

俺はもう自分がどのへんにいるのかさっぱり分かっていなかったが、ルークはしっかりと覚えていたようだ。

鷲は、墜落するかと思うような勢いで地面に降りていった。降りる手前で幾度も羽をバタつかせると、急制動がかかり、最終的には軟着陸でふわっと着陸した。

「ふう」

と、俺の頭の上で一息つくと、ルークは安全帯を外しにかかった。

カチャカチャと音がする。

ルークは一分もかからず自分のを外し、俺のも

すぐに外してくれた。先に王鷲から降りると、俺に向かって、

「お父さんが受け止めるから飛び降りなさい」

と言った。少し気後れしたが、鞍の上からぴょんと飛び降りる。ルークは宣言通りに俺をがっしりと受け止めて、地面に降ろした。

「どうだった?」

ルークは期待を込めた目で俺を見てきた。

「最高です。素晴らしい体験でした。いやほんとに」

俺は正直に感想を述べた。

「よかったよかった。ユーリは大丈夫そうだな」

ルークは安心したように言った。

「何がですか?」

「いや、鷲がだよ。王鷲乗りにはどうしてもなれない奴《やつ》がいるんだ。地に足がついてないと駄目ってやつがな」

ああ、三歳児になると……ってのは、それを試すための試験だったのか。


確かに、あれは高所恐怖症の人には無理だろう。

「僕は大丈夫みたいです。上手に乗れるようになるかどうかは分かりませんが」

「大丈夫、俺が見たところユーリは才能あるぞ。俺が言うんだから間違いない」

「そうですか」

こういうことを家族に言われると、年甲斐《としがい》がないと自分でも思うのだが、嬉《うれ》しいような気恥ずかしいような気分が湧き上がってくる。

日本にいた頃の人生では、俺の親は息子をこういう風に褒めるような人間ではなかったし、そのうちに片方は行方知れずとなり、もう片方は……縁が切れてからは一度も連絡がなかった。

どうも体に引っ張られて精神年齢が退行している気がする。心が揺さぶられ、涙腺が緩みそうになったので、あわてて堪《こら》えた。

「そういえば、みんなこんなに小さな頃から訓練を始めるんですか?」

「あ、嫌だったか?」

「いえ、全然嫌じゃありませんよ。でも、みんなやってるのかなって」

「まあ、三歳というのはウチのしきたりみたいなもんだが、みんな小さい頃からやるぞ。体が大人になるまでに一人で乗れないと、天騎士にはなれないからな」

子どもの頃から訓練しないと鷲乗りになれないのか？

それはまた悲しい話だ。おそらく、この王鷲というのはとても高価な動物だろう。たぶん肉食なのだろうから、牛馬よりずっと高いはずだ。子どもの頃から訓練するとなると、特別な家柄の出身者以外は乗れないということになる。

「なんでですか？　大人になってから目指せばいいじゃないですか」

軽飛行機を趣味で楽しむような感じで。

「ああ、王鷲は大人二人は乗せられないんだ。重量がな」

まじか。

どうやら厳しい体重制限が存在するらしい。

「え、じゃあ太った人はどうするんですか？」

「ははっ、天騎士に太った人はいないよ」

ルークは笑いながら言った。

太ってたら乗れないのか。たぶん、ルークのような細身で筋肉のついた体が理想なんだろうな。

「ユーリの言うとおり、大人になってから王鷲に乗りたいって人もいるんだ。一発当ててお金持ちになった商人とかさ。でも、あんまり……まあ、上手くいかないようだな」

俺をビビらせまいと言葉を選んでいるようだが、要するに墜落して死ぬってことだろう。

「ユーリも、許可が出るまでは絶対に一人で乗っちゃ駄目だぞ」

ルークがその警句を発したときの表情は、今までの好きなことを語る趣味人の顔から、子どもを心配する親の顔になっていた。

「わかりました。肝に銘じておきます」

その日はそれで終わりで、カケドリに乗せられて家に帰った。

その間、ぼーっと考えていたのは、やはり王鷲のことだった。

Ⅱ

そのまま時が過ぎ、四歳の誕生日が近づいた頃、俺は夕食の食卓で両親に言った。

「今年の誕生日に、白紙の本を頂けないでしょうか、できる限り分厚いやつを」

俺は初めてこの両親に物をねだった。二人ははっと驚いた顔を一瞬したあと、ルークだけが少し困った顔になった。

「ユーリ、なんに使うんだ？　そんなもの」

「日記というか……考えたことを書き留めたいんです」

「そうか。読み書きはもうできるようになったのか？」

ルークがスズヤのほうを向いて尋ねた。

「もちろんできますよ。もう教えることがないくらい」

実際、国語教師のスズヤには、もう殆ど教わることがなかった。

といっても、それは俺の言語学習が完璧ということではまったくない。

スズヤは農民出身の女性で、貴族層の端くれであるルークとは、驚くべきことに恋愛結婚のような形で結婚した。スズヤの実家は富農でもなく、ましてや地元の名士の家系でもなく、まったく平均的なただの農家だったので、スズヤは百パーセント農民として生まれ育った人だ。

この国の農民は学校に通うことはないようで、寺子屋のような制度も存在しない。少なくとも、スズヤの生まれ育った土地には、そういった教育機関のようなものは、萌芽《ほうが》すら存在していなかった。スズヤはルークと結婚してから、たぶん新婚でイチャイチャしながら読み書きを教えてもらったのだろうが、それほど熱心に勉強をしたわけではない。

　自分の名前を書けて、道に刺してある道案内の看板のようなものや、たまにくる回覧板を苦なく読める程度のものだ。

　ルークは一応は貴族なので、ちょっとした法律関係の本や、簡単な歴史についての本は、何冊か家に置いてあるのだが、スズヤは難しい言葉で書いてあるそれらの本は読めなかった。

　それはさておき、俺がなぜ本が欲しいのかというと、日本にいた頃の知識が忘却の彼方《かなた》へ消え去ってしまう前に、それらを書き留めておきたいからだ。

「お願いします。来年も再来年も誕生日プレゼントはいらないので、買ってください」

　俺は深々と頭を下げた。

「でもなぁ、ユーリは知らないだろうけど、本っていうのはけっこう高価な代物なんだ」

　俺はルークの口調が親父《おやじ》特有の説教モードに入ったのを感じた。

「はい……」

　こういう場合は殊勝な態度をとりつつイエスマンになるに限る。

「買ってやるのは構わないさ。けど、そのへんの玩具《おもちゃ》とはわけが違うんだから、落書き帳のようにするんだったら買ってやる甲斐がない」

　これは確かにルークの言うとおりだろう。この国の紙というのは、日本でいう和紙とか洋紙とかではなく、羊皮紙だ。羊皮紙というものは、獣畜の皮から毛をこそぎとって作る。そのままでも毛皮として売れるものを、わざわざ毛を毟《むし》り、薄くなるまで削りこむ労力を投じて、四角に裁断して売るわけだ。

　言うまでもなく手間のかかった商品であり、当然それを束ねた本も高価にならざるをえない。

　実際の値段は分からないが、大きな毛皮を十枚から使って作ることになるのだろうし、日本円でいえば四十～五十万円くらいしてもおかしくはない。もちろん、本にするために文字を書く手間は省けるのだから、白紙ならば安くはなるのだろうが、高いことは高いだろう。

テレビゲームの本体を買ってくれというのとはわけが違う。

四歳児に、そのような高価かつ無用の長物とか思えないものをねだられて、買ってやる親がどこにいるだろうか。

日記にするなどと言っても、幼稚園児の絵日記帳のようなものを想像するのが当たり前なのだから、それなら木の板にでも書いていろと言うだろう。

だが、俺はどうしてもそれが欲しかった。

「あなた、買ってあげましょうよ。ユーリはいつも家の手伝いをしてくれていますし。ものを欲しがるなんて初めてなんですから」

スズヤお母さんのナイスフォローが入った。

もっと言ってやれ。

「そうは言うけどな、本って四、五千ルガはするんだぞ」

「えっ……そんなに？」

スズヤはびっくりしたように言った。

びっくりというのは、控えめすぎる表現かもしれない。驚愕《きょうがく》、絶句、といったほうがいいような顔だった。

俺は今の今まで田舎暮らしで買い物という行為自体したことがなかったので、四千ルガの金銭価値がわからなかった。パンは一個で幾らくらいするのだろう。

「ああ。だからな、同じ何千ルガ払うんだったら、山ほど玩具が買えるんだ。なにも本なんか買うことは……」

「いろいろ考えた末のことですから、玩具はいいんです」

玩具とかまじでいらんから。どうせ積み木とかだろ。

「家の手伝いでもなんでもしますから、お願いします。決して無駄にはしません」

俺は食い下がった。

「本当だな？」

おっ？

「本当に本当です」

俺は思い切り真剣な表情をしてみせた。

といっても、子どもの顔だから大した迫力はないだろうが。

「そうだな……じゃあ、まずお母さんの手伝いを熱心にすること。あと、今度からは牧場の仕事も手伝うこと。これを約束したら買ってやる」

「本当ですか。約束します」

二つ返事でオーケーした。おおかた言葉を覚えた今となっては、家にいても暇だしな。

「本当に約束できるか？　男の約束だぞ」

お父さんは未《いま》だに心配そうだった。

「あなた、心配しすぎですよ。ユーリはちゃんと約束を守れる子です」

お母さんが助け舟を出してくれた。

その声色は、俺については微塵の心配もしていないという感じで、逆に不安になるくらいだった。


どっちかっていうと俺はクズなほうなんだけどな。

「そ、そうか」

「それより、本は都で買うんでしょう？　今度行くときに連れていってあげたらいかがです？」

「え、シビャクにか？」

「ユーリがものをねだるなんて初めてのことですもの。きっと、とっても欲しいものなんですよ。それなら自分で選ばせたほうがいいと思います。もしへんなものを買ってしまって、がっかりさせたら可哀想《かわいそう》ですから」

ナイスフォローだ。このお母さんはよく分かってる。

システム手帳が欲しいのに、ジャ○ニカの自由帳を買ってこられるようなことにならないとも限らない。

「それもそうだな、ユーリに都を見学させるいい機会かもしれないし……来週、王鷲の納品があるから、そのときに行くか？」

マジか。

今チラッと出たシビャクという単語は、記憶が間違いでなければ、この国の王都の名前である。

王都に行けるのか。願ってもないことである。

「……とても嬉しいです。ありがとうございます。お願いします」

思わず嬉しさで頬が緩んでしまう。

親二人はそんな我が子の顔を見て、やわらかに微笑《ほほえ》んでいた。

◇　◇　◇

一週間後、父親に連れられて王鷲に乗ると、今までにない長距離フライトで王都へと向かった。

山を越え、川を越え、村々や地方都市を幾つも越えると、他の街とは明らかに違う大都市が見えてくる。

ルークは王鷲を操り、何も言わず俺のためにシビャクの街を上空から一周してくれた。

俺が今住んでいるこの国は、国名をシャルタ王国という。シビャクは、その国の王都だ。

俺は平地や丘に建った大きな城塞都市のようなものを想像してたのだが、その想像は大きく裏切られることになった。

城塞都市どころか、都市を囲う城壁の類はまったくなく、市街地は平野部に悠々と広がっているようだ。

シビャクは、真ん中に島の浮いた大河に張り付くようにして造られた都市だった。

島は余程地盤が安定した中洲《なかす》であるらしく、そこに建っている城には、空からでも一際目につく高い尖塔《せんとう》が聳《そび》え立っている。

ここが物語に聞いたシビャクの王城であるらしい。王国であるからには、ここに王様がいるのだろう。城には無骨な雰囲気はなく、化粧石かなにかで飾られているのか、全体的に白い。威圧的ではなく、むしろ優美な印象を受けるデザインだった。

市街地は奔放な広がりを見せているが、計画的に直線に張られた大街路によって区分けされており、計画都市になっているようだ。

中世的な街並みに憧れのある俺は、一目見て美しさに見惚《みと》れてしまった。

王鷲はぐるりとシビャクを一周したあと、王城の建った中洲の島に翼を向けた。

よく見ると、島の岸辺は全周がそこそこ高い石壁で鎧《よろ》われている。船で上陸できるような場所はないようで、そうすると島に入るには橋を通るしかない。つまり、この島はそれ自体が要塞としての機能を持っているのだろう。

有事の際にはここに閉じこもるので、市街地に城壁は必要ないという発想なのかもしれない。

島の中を見ると、木々が植えられた公園のような場所が点在し、軍用地は外郭周辺にあるようだ。内側には背の低い屋敷のような建物もある。

さすが王都の中心地だけあって、みっしりと建物が密集している。

ルークは、城の南側、軍用地らしき場所に鷲を降ろしていった。

他の開けた場所はたいてい緑の公園になっているが、そこは学校のグラウンドのように、何もない空き地が整地されているだけの場所だ。訓練に使うのでそうなっているのだろう。

その周りは、くろぐろとした石肌がむき出しになった無骨な建物が囲んでいる。やはり軍事拠点のように見える。

王鷲はその空き地めがけて正確かつダイナミックに降りていった。

俺も何回か王鷲の手綱を握らせてもらったことがあるが、こんな狭いところにピンポイントで王鷲を降ろすというのは現状では想像したくもない。

降ろす途中に城壁とか建物に羽の端でもぶつけ

たら、鷲は少しバランスが崩れるだけで軽いキリモミ状態になってしまうので、そうしたら普通に死ぬ危険がある。

だがルークはまったく心配していない様子で、その難事を簡単そうにこなしてみせた。王鷲がすとんと軟着陸し、ルークがベルトを解き、俺を降ろすと、カケドリが繋がれている厩舎のほうから誰かが近づいてきた。

「よう、ルーク」

「おっ、ガッラか」

ルークが気安い様子で応じたのは、見知らぬおっさんだった。

ガッラというらしい。

ルークよりよほどガタイがいい、見るからに戦士系といった感じの男だった。短髪で、適度に威圧感があり、爽やかというわけではないが卑しい印象はまったくない。

こんな男が軍にいてくれるなら、民衆も安心だろう。どうせ税金で養うのであれば、こういう男のほうが払い甲斐があるというものだ。

「納品しにきたんだが、話は聞いてるか？」

「聞いてるぞ。姫様のために特別に鷲を取り寄せるとかなんとか」

「まったく、正直なところ困ったよ。子どもが操るのに良い若い王鷲なんて言われてもな」

ルークは少し困った顔をして頭を掻《か》いた。そんな注文だったのか。

「ガハハハハ、そんなことを言われたのか」

ガッラは陽気に笑い飛ばす。

強面《こわもて》のくせして気のいいおっさんのようだ。

「まあ、ウチので一番素直なやつを連れてきたよ。せいぜい使ってやってくれ」

「そうするよ。いや、俺が使うわけではないけどな」

そもそも、おっさんは鷲に乗れそうな体格ではない。

筋骨隆々で背も高く、どうも単体で八十キロ以上はありそうだ。これで鷲に乗ったら、飛べないことはないだろうが、すぐに鷲が疲れてしまうだろう。

裸に衣を纏《まと》った状態でそれなわけで、ちょっとした槍《やり》や鎧《よろい》などを着込んだら飛ぶどころではなくなってしまう。

戦士としては筋肉の多い巨漢のほうが優れているのに、そうなってしまうと飛ぶのに向かないというのは、王鷲の難しいところだ。

「姫様についてる天騎士は百も承知だろうがな、練習には性格の枯れた年寄りが一番いい」

そうなのか。

うちには年寄りの王鷲なんてものはいないので、俺はそんな王鷲には乗ったことがない。繁殖用の雌の王鷲が一番年長で、他は年をとる前に売りに出してしまう。

「お付きの騎士は分かってるだろうさ。だが、その辺は女王陛下には分からんことだろうよ。近衛《このえ》のトリカゴで生まれた王鷲より、天下一品と評判の王鷲に乗せてやりたいんだろう」

ルークは自分の自慢話などは一切しないのでまったく知らなかったが、ルークの鷲はなかなか評判が高いようだ。

「おだてるなよ。誰が育てたところで、トリは独りで芸をするようにはならん」

「陛下の親心なのさ。まあ、お前が育てたんなら間違いがないのは確かだ」

ふう、とルークはため息をついた。

「ともかく、姫様を振り落としでもしたら俺の首が飛ぶからな。せいぜい念入りに仕上げといたよ」

「そりゃあ安心だ。もし姫様が乗らなくても、どこぞの天騎士が喜んで乗るだろう」

「そうか」

「それより、そこの子は？」

ガッラは俺を見た。

この体格差で見下ろされると、さすがに気圧《けお》される思いがする。

「息子だよ。名前はユーリ」

ルークが紹介すると、ガッラはしゃがみこんで目線を下げた。

それでも俺の顔よりずいぶんと位置が高く、少し上を向かないと目が合わなかった。

「こんにちは、ユーリ君」

「こんにちは」

とお辞儀をすると、ガッラはニコリと微笑みを作った。

「きちんと挨拶できて、えらいなぁ」

「ありがとうございます。僕も、父上のご友人にお会いできて嬉しいです」

「よくできた子だな。将来は学者さんか？」

「わかりませんが、今は父の跡を継ぎたいと思っています。僕に務まるものかは分かりませんが」

俺がそう言うと、ガッラはきょとんとした顔になった。

片手で俺の頭をぽんぽんと叩くと、立ち上がる。

「えらく大人びた子だな。今何歳だ？」

「もうすぐ四歳になる」

「四歳か。こんなに聡《さと》い子を見るのは姫様以来のことだ」

どうやら、おかしな反応だったらしい。

しかし、ガチの四歳児の演技をし続けるというのも、これは俺のほうがしんどくなってしまう。数日ならともかく、年単位でやり続けるのはキツすぎる。

「買いかぶるなよ、この子は普通の子だ」

そうだそうだ、言ってやれ。

「俺の息子も四歳なんだがな」

「あれ、そうだったか？」

「そうなんだよ。手紙を送ったろうが」

「あー、なんか読んだ覚えがあるような」

ちゃんとしてくれよ親父。

「まったく、お前は……まあ、ウチのとは大違いに出来が良さそうで、羨ましいって話だ」

「そうか？　変わらないだろ」

「ウチのガキなんてな、こんな品がよくないぞ」

ああ、親父どもの子ども談義が始まるのか。

長々と続いたらつれぇな。

　そう思ったときであった。

「ガッラ殿」

　建物の角から若い女性が現れ、駆け寄ってきたかと思うと、ガッラに声をかけた。

　なにやら急いでいる様子だ。

「おう、どうした？」

「キャロル殿下がいらしております」

「殿下が？」

　殿下というのは、王族に対する敬称の一つだ。つまりは、ここに王族が来ていることになる。

「困ったな……さっそく、自分の鷲を見に来たのか？」

「そのようです」

　これまでの会話から察するに、殿下というのが別の殿下なのでなければ、さっき話していた姫様が来たということになる。乗ってきた鷲の貰《もら》い主だ。


　ガッラは、ルークと俺とを順に、品定めするように見た。顔より下を見たので、恐らくは服装を確かめたのだろう。俺もルークも、都会に出るということで、そこそこ綺麗《きれい》な服を着てきている。

「ここにお連れしてくれ」

「はっ」

　女性は敬礼をすると、踵《きびす》を返して走っていった。

　ここにお連れしてくれ、じゃない。普通に会いたくない。ルークのほうを見ると、まったくの同意見らしく、嫌そーな顔をしていた。

「ガッラ、そんじゃ、俺は」

　ルークは軽く手を挙げてぞんざいな挨拶をすると、この場から去ろうとした。

「受領書がまだだろ？　持って帰らなくていいのか？」

　ガッラが意地悪く笑いながら言った。現物を渡して、受領書を預かる。商取引の基本だ。受領書がなければキチンと鷲を納品したことにはならないのだろう。

ガッラはルークを王族に会わせたいようだ。

ガッラに悪意があるようには思えないので、悪いようにはならないのだろうとは思う。

とはいえ、王族というのは、俺にとってはまったく馴染《なじ》みのない存在だ。なにをされるか分からないという不安はある。

「王族になんて会いたくない。もう俺にとっては縁のない方々なんだから」

ルークを見ると、恐ろしいというより面倒くさがっているように見えた。偉い人に畏《かしこ》まって接するのが面倒なんだろう。

「そう言うな。これからお得意様になるかも知れないんだから」

「ううん……」

ルークが悩んでいるうちに、先程の女性が、建物の角から現れた。

ギョッとした。

女性に案内されて連れられてきたのは、透き通るような肌の、育ちの良さそうな金髪碧眼《へきがん》の少女だった。

年の頃は俺と同じくらいだろうか。後ろに、メイドさんのような女性を二人伴っている。サラサラとした髪をなびかせながら、てくてくとこちらに歩いてくる。服はドレスではなく、なんというか物凄く仕立てのよい乗馬服のようなものを着ている。ズボンなどは革でできているようだ。さっそく鷲に乗る気満々といったいでたちであった。

すぐ隣で、ジャッ、と靴が砂を擦《こす》る音がした。見ると、ルークが土に片膝をつけ、特徴的な座礼をしていた。ガッラはもう少し気安い間柄なのか、立礼にとどめている。

俺はルークの子どもなわけだから、ルークと同じく座礼をするのが適切であろう。とはいえ、俺はこの国の礼式をまったく教わっていないので、さっぱり仕組みが分からなかった。とりあえず見《み》様見真似《ようみまね》でルークの真似をしてみる。

「よい、面をあげよ」

頭上からころころとした少女の声が聞こえた。

俺としては、さっぱり礼法がわからない。言葉通り頭を上げりゃいいのか、それとも立ち上がってしまっていいのか。思案に暮れているうちにルークが立ち上がったので、あとを追って俺も立ち上がった。

「キャロル・フル・シャルトルと申す。おぬしがルーク・ホウか」

「ハッ、お会いでき光栄に存じます」

ルークが改めて挨拶をする。少女は次に俺を見たが、ペコリと頭を下げて会釈をすると、サッと斜め後ろに一歩動き、俺はルークの背中に半分隠れた。

後ろに控えている風にすれば、弟子のようにも見えるだろう。俺のことに妙に話題が及ぶと、あまりよろしくない。単に面倒だからではなく、納品のついでに王都で買い物をするために子どもを乗せてきた、というのは、買う側に対して良い印象は与えないような気がする。俺の考えすぎなのだろうが、飛び火するとクレーム案件になってしまうかもしれない。

「きしいんえんぶかいにも出た槍の腕前だと聞いた。すぐれた騎士だったのだな」

初耳の単語であった。

「……いえ、大したものでは。ここにいるガッラに負けましたし」

き……騎士いん演武会？　とやらで、ガッラと何やらいろいろあったようだ。

なんにせよ、随分と物知りな女の子だ。この国に生を受けてからの、いってみれば国民歴は俺と同じくらいのはずだが、さすが王族は違う。まあ、厳しい教育を受けてきているのだろう。そうでなければこんな堂々とした立ち居振る舞いをできるようにはならない。

「それに、良い鷲を作ると聞いている。これが私の鷲か？　名前はなんというのだ？」

「名前はつけておりません。新しく名付けていただければと存じます」

「そうか、では母上と相談することにする。今日これから乗ることはできるのか？」

「いえ、ホウ領より長い距離を飛んできたばかりですので、できれば今日は羽を休めさせるのがよろしいかと存じます」

「そうなのか……」

少女はがっかりと肩を落とした。勢い勇んで鷲に乗るための格好までしているということは、よっぽど心待ちにしていたのだろう。

おそらく、この近くでワクワクしながら待っていたわけだから、乗れないとなればそりゃガッカリもする。

「姫、よろしければこの機会に鷲の乗り方など聞いてみたらよいかと」

ガッラが余計なことを言った。

ルークの後ろ姿を見ると、ガッラのほうを睨《にら》んでいる横顔が見えた。「てめー鷲に乗れもしないくせに余計なこと言うんじゃねーよ」とでも言いたげな顔だ。

「あっ、うむ、そうだな。どのように乗るのが良い？」

「ええと……まあ、鷲と喧嘩《けんか》しないように乗るのがよろしいかと。仲良く飛んでください」

ルークはひどくふわふわしたことを言った。

「なるほど、ぶったりしなければよいのかな？」

ぶったりって。

「友人に接するようにすればよろしいかと。きっと鷲は応えてくれます」

「わかった。では、そうするとしよう」

少女はそう言うと、ルークが持っていた鷲の手綱を握った。

手っ取り早く自ら手綱を取って引いていくつもりのようだ。まあ、ハムスターを買った子どもとかも自ら持って帰りたがるしな。

「預けるトリカゴはいつものところでよいのだな？」

ガッラに向かって訊《き》いた。

「ハッ！　その予定であります」

と言ったと同時に、対応していた女性に目配せした。

「ご案内します」

「そうか。ではよろしく頼む」

「それでは、かわいがってやってください」

　まあこれだけ見張りがいれば手綱を渡しても大丈夫だろう。と思ったのか、ルークは今まで握っていた手綱から手を離した。

　鷲がにわかに逃げようと思い立った場合、少女一人の力では飛翔を抑えきれない。ルークの調教した鷲だから、勝手に飛んで逃げるなんてことはありえないが、心の中で手綱を離していいものか少し考えたのだろう。

「ありがとう。大切にします」

　少女はルークに敬意を払うかのように、最後だけ敬語を使うと、お供を引き連れて去っていった。

「あれがキャロル様か。よくできた子みたいだ」

　一連の邂逅《かいこう》が終わると、ルークが感心したように言った。しきりに顎を撫《な》でている。


「そうだろう。王家自慢の跡取り娘ってわけだ」

　まあ、確かにしっかり者のお子さんのようだった。この国では王様は女性がなるのがよろしいとされているようだし、あの娘が王様になるのであれば、この国の将来も安泰といったところだろう。

　将来的に名君になるかは知りようがないが、とりあえず暗君になる気配は微塵も感じさせなかった。どのくらいの年齢なのか知らないが、四歳か五歳くらいのものだろう。そのくらいの年頃で、大人に不安を感じさせないというのは大したものだ。

「ううん……女の子も良いもんだなぁ」

　と、ルークが小さく言ったのを俺は聞き逃さなかった。

　気持ちはわからないではないが……息子の前で言うもんじゃないぞ。

「お父さん、さっきのドッラという方とはどういう関係なんですか？」

王城から去りゆく道すがら、俺はルークに尋ねた。

「俺が学校にいた頃の同級生だ。今は近衛一軍のお偉いさんさ」

王都を警備しているくらいだからそうだろうとは思っていたが、近衛兵の人だったらしい。

近衛というのは、近くを衛《まも》るということで、一般的には王族や皇族の親衛隊みたいな意味になる。

それにしても一軍ということは二軍もあるのだろうか。一軍というからにはそちらのほうが強いに違いない。

「学校というと?」

「騎士院だ。王都の中にある。ユーリもいつか入ることになる」

そうなのか。初めて知った。

俺はこのまま労働に勤《いそ》しんで、いずれは牧場経営者になるものかと思っていた。学校に行かなきゃならんのか。

行きたくない。なんとかして家庭学習で勘弁してもらいたい。

それにしても、騎士院というのは変な名前だ。騎士という単語は軍事用語に間違いないはずなので、どうも士官学校のような響きがある。俺が大間違いをしていることを祈るぞ。

「お父さんはそこを卒業したんですね」

「いや……」

ルークは苦い過去を思い出したように、少し苦々しさの滲《にじ》んだ表情になった。

まずったか。

「俺は卒業していない。途中でやめたんだ」

「……そうなんですか」

ルークは学校を中退した人だったようだ。

思い返してみると、ルークからは学生時代という か、青春の頃の話を聞いたことがない。

話すのは、いつもスズヤと出会ったときの話とか、結婚してからの話で、ふつう大人が話したがるはずの青春の話は殆どしない。

考えてみればおかしな話だ。ルークは普通にイケメンだし、快活な性格で運動も得意なようだから、イジメられて陰惨な学生生活だったというのは、ちょっと想像できない。

先程のガッラとの掛け合いを見ている限り、普通に気がおけない友達もいたようだ。それでも中退したということは、なにか思い出したくもないような嫌な思い出があるのだろう。

「でも、父上でも駄目だったのなら、僕にはつとまらないかも知れませんね、その学校というのは」

俺がごまかすように言うと、

「いや、ユーリならきっと大丈夫さ」

ルークはそう言って、ぽんぽんと俺の頭を手のひらでたたいた。

大人というのは何かにつけ子どもの頭をたたいてみたくなるものなのだろうか。

◇　◇　◇

王城島と呼ばれている中洲から出ると、川沿いに走る道を一本挟んで、向こうはすぐに城下町だった。

城の造りも中々のものだったが、城下町も造りが良い。石やレンガでできた建物が軒を連ねており、足下はキッチリと石が並べられた石畳になっていた。

人通りは多く、街は活気に溢《あふ》れている。そこそこ景気が良さそうな街である。

ルークはこの街には慣れているようで、迷う様子もなく道を歩いていた。十分ほど背中を追っているうちに、本屋にたどり着いたようだ。

石造りなのでそのへんの建物と区別がつかないが、軒先に、開いた本の上に羽根ペンとインク壺《つぼ》が乗っかっている看板がぶらさがっている。

「たぶんここなら売っていると思うんだが……まあ、入ってみよう」

ルークは本屋の入り口を開けて、中に入った。

続いて入ってみると、本屋かと思っていたが、ここは本屋ではなかった。

本屋というよりは、文房具屋だ。手作りの木の棚の上に、所狭しと様々な種類の羽根ペンや便箋、色とりどりのインクや筆が置いてある。奥のほうには画布が張られたキャンバスや、畳まれたイーゼルが並んでいる。

様々なサイズの黒板と、チョークなんかも置いてあった。確かに、日記帳の類であれば、本屋よりも文房具屋の領域だろう。本屋はノートを買うところではない。

「店主、何も書いてない白紙の本が欲しいのだが」

ルークが今にも眠りそうなお婆《ばあ》ちゃん店主に言った。

「あらそうでしたか。ございますよ」

と返事がきた。

「なにぶん高価なものですから、表には出していないんですよ」

なるほど。

確かに、よく見ると高級品ほど店主の前に配置されているようだ。

まあ、強盗が入ってきたらお婆ちゃんでは太刀打ちできなそうだが、万引き防止の気休めくらいにはなるのだろう。

「そうか。見せてほしいのだが」

ルークがそう言うと、お婆ちゃんは足下に置いてあるらしい箱かなにかから、本を取り出すとカウンターの上に置いた。

「こちらになります」

本は油を引いた薄い布のようなものに包まれている。布を剝がすと、立派な本が現れた。本は次々と取り出され、カウンターの上に並べられてゆく。

時代が時代なら、鍵のついたガラスケースにでも収めて客が見られるようにするのだろうが、そうもいかないのでこういうことになっているのだろう。

「ほら、選びなさい」

ルークは俺を持ち上げると、近くにあった踏み台の上に立たせて、カウンターの上を見られるようにしてくれた。

カウンターには四つの本が並んでいる。一番小さなものは本当に手帳サイズなので、これは論外だ。それより一つ大きなやつも、B6くらいの、つまりは青年コミックくらいのサイズなので、これも小さすぎる。

逆に、一番立派なやつは、表面が革張りの上に鋲《びょう》が打たれており、角は真鍮《しんちゅう》か何かの金属で補強されていた。

それと大きさは同じくらいだが、装丁が立派でなかったのが、四つ目の本だった。

同じ革張りではあるが、表紙になっている板の厚みは薄く、鋲などは打たれていない。表紙の革にはストラップが付いて、中身を見られないように小さな鍵で封じられるようになっていた。

「中身を確かめても構いませんか？」

「もちろん、構いませんよ」

許可を貰ったので、装丁をめくってみた。

中を開くと、白紙なので内容は同じだが、立派なやつはページとなる羊皮紙がずいぶんと分厚かった。

一ページ一ページが、ちょっとしたカーテン生地のような分厚さになっている。これでは碌にページ数がないように思うが、世の中には本棚を埋めておくための見せ本のような用途もあるので、逆にページ数が少ないほうが都合が良いということもあるのかもしれない。

だが、俺にとっては問題ありまくりだ。幸いなことに、四冊目はそれよりだいぶ一枚が薄く、ページ数もそこそこありそうに見えた。

「これがいいです」

俺は、四冊目の本を指さした。

表紙をめくってみると、裏打ちになっている木の板も、安物の板のようには見えないし、革の張り方も丁寧だ。製本にはあまり詳しくはないが、悪い仕事をしているようには見えない。

「それでいいのか？　せっかくだしこっちのほうがいいんじゃないか」

ルークは立派なほうの本を指差した。

「いいんです」

「遠慮しなくてもいいんだぞ。長い目で見れば高いもののほうがいいってことも世の中あるんだよ。安物買いの銭失いといって……」

ちゃうねんて。

「それは羊皮紙が分厚すぎて、碌にページ数がないようです。文字を削って直せるので便利かもしれませんが、僕はたくさん書き込めたほうがいいので、ページ数が多いやつが欲しいんです。製本も悪いようには見えませんし」

「そ、そうか。それならいいんだが……」

なんとか納得してくれたようだ。

「店主、これは幾らだ？」

「こちらは二千と八百ルガでございます」

二千八百ルガというのがどの程度の価値なのか分からない。

けれどもきっと高いのだろう。

「やはり値が張るものだな」

ルークがちょっと気後れしたように言った。

やっぱりお高いらしい。

「そちらのお子さんのためにお買いもとめになるのですか？」

「ああ、まあな。なんだか、日記帳のような備忘録のようなものが欲しいと言いだして」

「そうですか。ならば、それは素晴らしいことですわよ。人というものは、大切な記憶と思っていても、どうしても忘れてしまうものですから」

「そうか？」

ルークは首を傾《かし》げた。

俺も、日本にいた頃は日記など書かなかったので必要性が分からない。パパと同意見だ。

「そうですわ。私もね、この歳《とし》になって、子どもの頃の父の言葉だとか、母が作ってくれたスープのレシピだとか、いろいろなことを忘れてしまったことがとても悔やまれて仕方ないんですのよ。

ですから、このお買い物はあなたのためにもなるはずですわ。だって、自分が死んだあとに、お子さんが自分のことを全然覚えていなくて、自分の言ったことも全部忘れてしまっていたら、悲しいでしょう？」

うーん。と唸《うな》らせられる。

なかなかいいことを言うお婆さんだ。確かにそんなことになったら悲しい。

自分の子どもが自分のことを全部忘れてしまう……まあ、悲しいよな。自分が死んだら一生メソメソ暮らしてくれとは言わないが、せっかく育てたんだから、墓参りのときくらいは顔を思い出してほしいものだ。子ども育てたことないけど。

「そうだな。確かにその通りだ」

ルークもなんだか感じ入っている様子だ。

なんだか、やたらと感心した様子で一人頷《うなず》いている。相当心に響いたのだろう。

「よし、買おう。釣りはあるか？」

ルークは三枚の金貨を取り出し、カウンターに置いた。

混ぜ物が入っているのか、少し色はくすんではいるが、本来の黄金色の輝きは隠せない。

間違いなく金貨だ。

釣りということは、金貨は一枚千ルガの計算で、これで三千ルガになるのだろうか。まさか本一冊で金貨が出張ってくるとは。

「ありますよ、これでよろしいですか？」

テーブルの上に銀貨が五枚置かれた。

「三百ルガ多いぞ」

ということは、銀貨は一枚百ルガという計算になるのだろう。

「その子は目利きのようですから、特別に二千五百ルガにまけておきましょう。八百も取るとあとが怖い」

お婆さんはヒッヒッヒ、と人が悪そうに笑った。

ねるねるねるねの人かよ。

「では、ついでにインクを買っていこう。三百ルガ分頼む」

「はい。では、こちらになります」

けっこう大きなインク壺が置かれる。

やっぱり三百ルガというと結構なものなのだろう。なにせ銀貨三枚だからな。

ルークは手慣れた様子で大きな布に二つの商品を包むと、銀貨二枚の釣りを財布に戻した。

「それではな」

「またいらっしゃいませ」

そうして、店を出た。

羽根ペンになる羽は牧場に文字通り掃いて捨てるほどあるので困ることはないだろう。

これで文房具はすべて揃《そろ》ったことになる。

やったね。


それから刃物屋や洋服屋に幾つか寄ってから、ルークは都の外れへ向かった。

王鷲はもう使えないわけだが、帰りはどうするのだろう。俺が不思議に思っていると、ルークは外れの詰め所のようなところへ行って、すぐにカケドリを一羽連れてきた。

「あそこでトリを貸してくれるんですか？」

貸してくれるにしても、日帰りで行楽にでも行くなら戻ってきて返すことになるが、俺たちは田舎に帰るのだから乗り捨てという形になってしまう。そんな移動手段があるのなら、よほど旅行者に優しい国家である。

「あそこは国の厩舎だ。国の用事以外では貸し出さないが、今回の納品は国相手だったからな」

そういえば城から出るときに、なにやら誰かと話をしていた気がする。

出城許可かなにかかと思っていたが、違ったらしい。利用許可証のようなものを発行してもらっていたのだろう。駅伝制のような仕組みがあって、それを一時的に利用させてもらえたということだろうか。

「そうなんですか。では得をしましたね」

「ああ。普通は乗合馬車に乗るか、商隊を探すか、高いカネを払って馬を借りるか、歩くかだからな」

やはりそういう流れになるようだ。

貧乏人は歩くのだろう。俺は初めての遠出で見るものすべてが興味深いので、歩きでも良かったが、カケドリのほうが楽でいい。

「なるほど。普通の人はそのように旅をするのですね」

「まあな。さすがに、全部歩きというのは大変だから、あんまりいないけどな」

ルークは俺の脇の下に手を入れて持ち上げると、しゃがんだカケドリの鞍の上に置いた。

「ほら、大切な本と、お母さんへの土産だ。ちゃんと抱えとくんだぞ」

そう言って、荷物を包んだ風呂敷を、俺の体にたすき掛けにした。

そうしてふわっと身を翻すように自分もカケドリに飛び乗ると、くいっと手綱を引いた。

一時間ごとに休憩しながら三時間ほど走ると、ジャムナという大きな街があり、そこにあった厩舎でカケドリを替えた。カケドリは速いぶん疲れやすく、疲労が抜けるのも遅いため、無理をさせるのは禁物らしい。

街の中には入らず、また走りだし、二時間ほど走って、日が暮れる前に小さな村落に入った。

ルークは宿屋の前の馬小屋にカケドリを繋ぎ、近くの井戸から汲《く》んだ水を前に置くと、勝手知ったる様子で宿に入っていく。大声で宿のあるじを呼ぶと、するすると宿泊手続きをして、荷物を預けた。

「お預かりします。朝食は日が昇ってからでよろしいですか？」

「ああ、それでいい。夕食はどこで食えばいい？」

「宿を出て右へゆくと、酒場があります」

何分小さな村落だから、食堂と酒場が一緒になっているのだろう。この宿とて、少し立派な民家が客室を貸しているような民宿だ。

土間に藁《わら》でも盛って、そこで寝ることにならなかっただけマシか。

「行ってみる」

ルークは俺の手を取って、宿を出た。

出入り口をくぐって右を見ると、目と鼻の先に酒場がある。酒の意匠が描かれた看板がかかっていた。

酒場に入ってみると、客は誰もいない。

空はもう夕陽《ゆうひ》が暮れ始めているが、まだ明るい。この村のライフサイクルでは、少し時間が早すぎるのかもしれない。もうすこし暗くなれば、ぼちぼち酒好きが集まってくるのだろう。

酒場に入ると、すぐに酒場の店主が現れ、俺の姿を見ると、すぐに子ども用の背高椅子を持ってきた。なかなかサービスが行き届いている。子連れの旅人が、俺と同じように宿から来ることが多いのかもしれない。

「ありがとう、気がきいているな」

ルークがそう言うと、ガタイの良い店主はニヤリと微笑んだ。

「ありがとうごぜえやす」

俺もぺこりと頭を下げて礼をした。

「注文が決まったら呼んでくだせぇ」

まだ下ごしらえでも残っているのか、店主はキッチンのほうへそそくさと戻っていった。

「ユーリは何が食べたい？」

「うーんと、シチューがいいです」

「シチューか。わかった。俺はなんにするかな」

シチューは偉大だ。

この世界の料理は全般的に、当然ながら日本のものより味が劣るが、例外的に煮込み料理類はあまり変わらない。

煮込めば野菜だって肉だって柔らかくなるし、出汁《だし》もでるし、香草を入れれば癖のある肉も臭みを抑えられる。

ルークは店主を呼んで、注文を言った。

「俺は麦酒と、ウサギ肉とチーズのパイ包みを頼む。この子には切り分けたバゲットとミルクシチュー。粉チーズもあったら頼む。あと、ヤギの乳をコップで」

「合点うけたまわりやした」

　店主がカウンターに戻ると、すぐにヤギ乳とビールが持ってこられ、二十分くらい経った頃に若い娘さんの従業員が現れ、それと同時に客が増えていった。案の定というか、格好から判断するに、狩猟者や農家の人々が多い。

　俺とルークはといえば、料理を待っている間、雑談をしていた。

「じゃあ、今借りているカケドリは、あまりよくないんですね」

「よくないということじゃない。あれが普通で、俺のところだったらもうちょっと上手くやる、ということさ」

「なるほど。うちのトリは特別できがいいってことですか」

「まあ、な。そういうことにはなるが、あれが世の中の平均だ」

　どうも、今日乗ったカケドリは家で乗っているものより上下運動が激しく、尻が擦れて痛くなってしまったのだった。ヤギ乳を飲みながら、ルークにそれを話すと、どうやらそれは調教が悪いせいであるらしい。

　そのうち、若い娘さんの従業員が料理を持ってきて、机に皿を並べだした。

　料理が来ると、食べながら会話を続けた。

　濃厚なミルクシチューに粉チーズをかけ、それにバゲットを浸して柔らかくして食べると、なんとも美味《おい》しい。シチューの中にはウサギ肉も入っていて、待っただけあって煮こまれて柔らかくなっており、これもまた十分に美味しかった。スズヤの手料理とはまた少し違う、いかにも酒飲みの成人男性が好むような、塩の効いた濃いめの味付けだった。

「上下に動くという運動は本来邪魔なんだ。考えてもみろ、足から上を上下に動かしてるっていうのは、走りながら階段を登り降りする運動を余計にしてるってことだろう？」

「乗り心地が悪いだけじゃないんですね」

「もちろん、乗り心地も悪くなる。だが、加えて疲れやすくもなるんだ。うちのカケドリだったら倍は走るよ」

調教のしかたで燃費が全然変わってくるらしい。乗り心地が全然違うのだから当然かもしれない。

ルークが育てたカケドリは、まるで電気自動車に乗っているような感じでスルスルと走るのだ。

尻が擦れて痛くなるなど、考えたこともなかった。

「ところで、王鷲というのはとても速いんですね。行くのはすぐだったのに」

行くのは一時間くらいで、帰りは馬より早い乗り物で六時間走ってまだたどり着かない計算になる。速度と利便性を考えれば、鷲というのは異次元の速さだ。

「まあな。速いし、直線で行けるからな。今日走ってきた街道はかなり遠回りだ」

「そうですね。空を飛んだときはジャムナより南のほうを飛んでいた気がします」

「……よくわかったな」

ルークはちょっと驚いた顔をした。

「ジャムナの向こうに円錐形《えんすいけい》の特徴的な丘があったので。来るとき遠くに見えたのと同じ丘かなと」

「よく見ていたな、偉いぞ」

なんだか褒められた。

「一応、ジャムナは来るときにも小さく見えてはいたんだけどな」

そうだったのか。

「それは気付きませんでした。でも、大人を二人乗せられれば、もっと利用が広まるでしょうにね」

俺が常々思っていたことを言った。二人を運べればタクシー代わりにもなるだろうし、偉い人の移動にも便利だ。着陸の場所を選ばないヘリコプターか軽飛行機のようなもので、こんなにいい乗り物はない。そもそも、二人乗れるのなら大人だって乗り方を学ぶことができるわけだし、窓口が大いに広がることになる。

しかし、ルークは渋い顔を作った。

「そうなんだが、それは言っても仕方がないんだ。昔の人もそう思って改良してきたし、お父さんも強い王鷲を作ろうと頑張ってはみたが、どうしても二人は無理だ」

「痩せた女の人でも無理なんですか？」

本の中でそういったシーンがあった気がする。

「ユーリは賢いし、分別があると思うから言うけどな、良い王鷲を使えば男二人でも飛べることには飛べるんだ」

は？　飛べるのかよ。

「えっ、それじゃ」

俺が思わずそう言うと、ルークは手で俺の発言を制した。

「実際に飛んでいるところを見ればわかるが、飛べるといっても、かろうじて浮かぶことができるって意味なんだ。コマドリみたいに忙《せわ》しなく羽を動かして、ようやくだ。操縦も物凄く難しくなる。失速寸前だから王鷲はパニック状態になるしな。飛べる距離も、俺の家から牧場までの間がやっとだろう。その距離であっても、凄く危険だ。俺がやっても、やったことがないから何ともいえないが、九割がた墜落するだろうな」

「……なるほど」

たぶん、過積載の車が、レッドゾーンまでアクセルを吹かしてようやくノロノロと走りだすといった感じなのだろう。

四トン車に八トンを積んで無理やり動かすようなな。

車だったら過積載でも地面の上で壊れるだけだが、王鷲の場合は高空から墜落するのだから命に関わる。ルークほどの乗り手でも九割がた墜落するのであれば、それはもう二人乗りで練習などできるわけがないし、墜落すれば最良質の王鷲と数少ない王鷲乗りが両方死ぬのだから、リスクが大きすぎる。

「でも、それなら、女の人となら二人乗りできるというのは？」

ルークの蔵書にある英雄ものの小説のワンシーンに、そういうシーンが出てきたのを読んだことがある。

「痩せている女性なら、ギリギリで考慮に値するってところだ。乗り手のほうの体重にも左右されるから、なんとも言えないが」

「お父さんはやったことがあるんですか？」

「ない」

即答だった。

「どうしても進退極まった状態でやらなきゃならなくなったら、俺だったら女性を脱がせて裸にして、自分も全裸になって乗るな」

真面目な顔でルークはそう言った。冗談ではないのだろう。

「それなら、やらないほうがいいですね」

「まったくだ。ユーリも肝に銘じておきなさい。重さを考えるのは基本中の基本だからな」

「はい、肝に銘じておきます」

俺がそう言うと、ルークは安心したようにほっと息をついた。

酒が回ってきたのかもしれない。

「ユーリも学校に行くことになったら分かるだろうが、女の子は割とマジにそれを信じてるからな。たまーに、ほんのたまにだが、馬鹿をする学生がいる。ユーリに限ってそんなことはないとは思うが、乗せてなんて言われても絶対に頷いちゃいけない」

なんか話が変わった。珍しく学校の話だ。

「なんですか、それ」

「王鷲乗りは数が少ないだけあって誤解が多いんだ。天騎士が女の人を王鷲に乗せて助けるなんて場面は、物語の定番中の定番だ。どーしょーもないことだがな」

やっぱり、騎士と姫の恋愛もののような作品では定番なんだろう。

「馬鹿をする見習いというのは、女の子にせがまれて、二人乗りしてしまう人、ということですか？」

「そうだよ。特に、一人で乗る許可が出て浮かれた子どもがやらかすことが多い」

「……なるほど」

「実際は、死ぬような高さになる前に鷲が動転して森に突っ込むことが多いんだけどな。それでも大怪我《おおけが》だ。そんなことで腕や足がなくなったら馬鹿らしいだろ」

「まあ、僕はやらないように気をつけます。機会もないでしょうけど」

「いや、ユーリだったら女の子は絶対に寄ってくるぞ。俺でさえ困るくらい寄ってきたんだから」

なんだそりゃ。

モテ自慢と子ども自慢が同時に始まりそうな雰囲気だ。御免被りたい。

「女の子といえば、昼間の金髪の女の子は、あれはこの国の王様の子どもってことですか？」

ここは話を変えておいたほうが良さそうだ。

「ん？　ああ、そうだよ。シモネイ女王陛下の娘さん……っていうのもおかしいか。王女殿下だ」

「あの子が次の王様になるんですか？」

「いや、それは分からない。たしか妹さんがいるはずだからな。でも、長女であれだけしっかりしてるんだから、普通に女王になるんじゃないか？」

妹がいんのか。まあ、その妹が相当な傑物でもなけりゃ、普通に王様になるだろうってな予測なんだろうな。

「もしかして、惚《ほ》れたのか？」

ルークがニヤついた顔で絡んできた。

「はあ？」

思いの外うっとうしいという感情が出てしまったのか、かなり不機嫌な声を出してしまった。

「い、いや、惚れてないならいいんだ。王族となると大変だからな」

「僕はお父さんの築いたような家庭が理想なので、そういう奇想天外なのはいいです」

「そ、そうか」

「どうせなら、お母さんと出会ったときの話でも聞かせてください。参考にしたいので」

酔っぱらいには昔話をさせておくに限る。スズヤのような女性との出会い方は本当に知りたいところでもあるしな。

「えっ……どうだったかな……」


それから飯をたらふく食って、ルークは酒をかなり飲んでから宿に戻った。

ぐっすりと眠って朝早くに出発すると、昨日は足もとがフラつくほど飲んでいたのに、ルークは苦にする様子もなかった。

昼ごろにようやく自宅に戻ると、スズヤが笑顔で出迎えてくれた。本当にいい家族だ。

Ⅲ

ルークとトリに乗ったり、牧童のような仕事をしたり、スズヤに編み物を教わったりしながら、暇なときに本を書く人生を送り、そのまま三年が経った。

俺は七歳になった。

七歳の誕生日が過ぎて二ヶ月ほど経った頃、家庭では暗い話題が増えてきた。


俺は非常に情報が少ない環境に置かれているが、それでも七年も生きていると、多少の情報は入ってくる。

この国の言葉では、人間のことを全部引っくるめて、〝ティル〟という単語で表現する。

それで、俺を含むルークやスズヤのような、つまりは自分たちの種族のことは、シャンティと呼んでいる。感覚的には、シャン人、と言った程度の意味だ。

なぜ〝人間〟という言葉が既にあるのに、その上更にシャン人などという言葉があるのかというと、どうもこの世界にはシャン人とは別に他の種族が存在しているらしい。

その種族のために、クラッティという単語がシャンティとは別個に存在している。まあ、クラ人という程度の意味だろう。

最初、俺はシャン人というのはシヤルタ国民という意味で、シャン人クラ人というのは、つまりは日本人、中国人といった違いなのかと思っていたのだが、どうもそれは認識が違うらしく、どうやら根っこから生物的に違う種族であるらしい。

シヤルタ王国の隣にはキルヒナ王国という国家もあって、それも同じシャン人の国なのだが、彼らはシヤルタ人ではないがシャン人である。日本人がホモ・サピエンスであると同時に日本人であるのと同じで、彼らは種族的にはシャン人だが、国民としてはキルヒナ人という分類になる。

シャン人という種族は非常に長命で、怪我や大病がなければ八十歳まで生きるのは珍しくなく、百歳になってようやく長生きの域に入るようだ。

加えて、当人たちはそんなことは思っていないが、俺からしてみるとたいがいのシャン人は顔がいい。

種族的な特徴で言えば、シャン人という種族は寒さに強いのか、歴史的には大陸の北方に生息してきた。

昔は、大陸の北部一帯にシャンティラ大皇国という統一国家を作っていたようだ。が、およそ九百年前に戦争に負けて滅んでしまった。

滅ぼしたのは、シャン人とは別の種族、クラ人の連合軍だった。

連合軍に首都を追われると、大皇国はバラバラになり、遺《のこ》った皇子たちがそれぞれ王となって独立した。

シャン人という種族の政治体制は独特で、シャンティラ大皇国の昔から王は女性と決まっている。つまり、シャンティラ大皇国は代々女皇が統べていて、その後分裂した王国も、すべて女王が統べていた。

歴史書を軽く読んで得た知識をまとめると、民族を統一した大国家が滅びて、バラバラの小国家ができていったが、もちろん力が弱いので、九百年かけて順次各個撃破されていった……という経緯であるらしい。

そして、今残っているのはキルヒナ王国と、今俺がいるシャルタ王国だけ、ということのようだ。

地理的には、大きく突き出た半島があり、半島の奥のほうにシャルタ王国があって、半島の根本のほうに、シャルタ王国を塞ぐようにキルヒナ王国がある。

戦火は陸地を通じて迫ってきているので、必然的に矢面に立っているのはキルヒナ王国ということになる。シャルタ王国のほうは直接戦火に晒《さら》された経験がなく、比較的のほほんとしている。

だが、シャルタ王国も底抜けの馬鹿ではないので、キルヒナ王国が滅びれば次は自分の番なのはよくわかっているし、協力しないと各個撃破されて間抜けなことになるのも分かっている。なので、キルヒナ王国がクラ人に攻められることになると、毎度毎度援軍を出してやっている。

その援軍は毎回毎回、ホウ家というところが担当している。

これが厄介なところで、それが現在我が家が暗い雰囲気に包まれている原因なのだった。ホウ家というのは、俺の姓であり、ルークの実家……というか、ウチの本家の家名でもある。

ホウ家は騎士という武人階級の家柄で、武人の中でも最高位であるため、特に将家とも呼ばれているらしい。

将家というのは、どうも日本で言うと大名家に当たるような、大それた存在のようだ。

そして、その総本家の首領《しゆりよう》というか家長は、なんとルークの実兄であるらしい。

ということは、ルークは言ってみれば大名家の次男ということになる。それは大層な肩書だが、ルークはそういう立場にありながら、人生のどこかで騎士道というレールの上を歩くのをやめ、別の道に分け入っていった。

その選択は、嗣子《しし》ではないにしても大名の実子なのに武士じゃなくて商人になった。みたいな話で、やっぱり世間的に見れば相当に特殊というか、異様な選択だったようだ。だがルークの場合、幸いなことに兄が理解ある人物だったので、なんとかなったらしい。

なので、幸いなことに、現在のルークには戦争に行く義務はない。

この国では、将家の当主が出征するとなれば、当たり前だがその傘下にある騎士家は、一族郎党刀槍《とうそう》担いでお伴《とも》する。

だが現在のホウ家は、その一族郎党自体が少なくなっているのだという。前の援軍で弱った兵力を補充する前に、また援軍に行く羽目になり、それを繰り返して、軍団が弱まってしまったという経緯のようだ。

だから、今回はルークも戦争へ行けという話になった。

つい先日、そのような使いの者が現れ、俺が子供部屋に行かされたとき、その話があったらしい。

だが、ルークはきっぱりとそれを断った。

ルークは生き物を育てるのが好き、トリに乗るのが好きという男で、切った張ったの世界とは無縁の人間だ。だから騎士にならなかったのだろうし、今はこんな山奥で小さな家に親子三人だけで暮らし、その生まれから考えれば世捨て人のような生き方をしている。

本家とはなるべく関わらないようにしたいと思っているようで、スズヤから留守中に本家から来客があったなどと聞かされると、不機嫌になったりはしないが、露骨に気が滅入《めい》ったような顔をする。

これが穀潰《ごくつぶ》しのニートだったのなら首根っこ掴まれて連れて行かれたのだろうが、ルークはルークで努力して牧場を築き、そこから出荷されるトリは王家に求められるほどの逸品なのだから、立派に自立している。

取引先というか顧客にも立派なお歴々が並んでいるはずだ。結局、実家としても無理強いはできなかったようで、ルークは出征にはついていかないことになった。

それは、息子としてはほっと胸を撫で下ろす吉報なのだが、曲がりなりにも要請を断り、実兄が出陣するわけだから、立場上、出陣式には顔を出さなければならない。

出陣式というのは、出征の前日に催される宴《うたげ》であるらしい。

◇　◇　◇

その日、俺は新しく仕立てられた服を着て、宴に向かった。乗り物はカケドリだ。

スズヤが後ろに座っているが、手綱を握って操っているのは俺だった。

俺は毎日のようにトリに乗り、ルークに散々仕込まれたので、まだ体格は子どもで複雑な歩法はできないが、移動くらいはなんとかこなせるようになった。

だが、ルークが見ていないところで乗るのは今日が初めてだ。幼鳥ではなく成鳥のカケドリを一人で操るのも、つい昨日予行練習しただけで、今日が二回目の経験であった。

後ろから俺を抱きかかえて、俺の背もたれのようになっているスズヤは、引き連れている二羽のカケドリの手綱を握っている。

ルークは王鷲を届けなければいけないので、後からくる予定になっていた。

スズヤに方向を教えられながら、ゆっくりと進んでいく。

スズヤが引っ張っているカケドリは、スズヤが手を離せば逃げてしまうので、ここは腕の見せどころだった。

俺が今手綱を握っているカケドリが、指示を勘違いして速度を急に上げたりしたら、手綱がピンと張って、スズヤは手を離してしまうだろう。俺は内心でヒヤヒヤしつつ手綱を操っていた。

小一時間も走ると、城門のようなものが見えてきた。

ホウ家の屋敷のある街、カラクモだ。

カラクモは、一応はホウ家領の都ということになっているわけだが、シビャクと比べればさほど大きな都市ではないようだ。

市街地の入り口には申し訳程度の石造りの門があり、出陣前だからか門は開きっぱなしで、荷馬車や様々な人でごったがえしている。


市門を通り抜けると、皆一様に騎乗している母子を不審な目で見たが、道を空けてくれた。

カケドリに騎乗しているからだろう。

カケドリは武人の、もっといえば騎士の乗り物なので、出陣前にそれの進行を妨げるとマズいというのは馬鹿でもわかることだ。

俺とスズヤはトリ三羽を率いたまま、ゆっくりと人混みを掻き分けるように道を進んでいった。

道沿いには家々が連なっているが、王都で見た活気ある大通りとは違って、金のかかった三階建て以上の建物が軒を連ねているわけではない。

実は、俺は幼児の頃に一度だけここに来たことがあるらしいのだが、あの頃はわけが分からず、言葉もさっぱりわからなかったので、よく覚えていなかった。しかし、由緒正しい将家の次男坊が、七年もの間、出生の報告以来一度も長男を本家に連れてきていないというのは、やはり少し異常に思える。ルークは、よっぽどここに来たくなかったのだろう。

本家の邸宅は、水の張った堀で囲まれていた。堀の内側にはもちろん壁があり、その内側に邸宅があって、堀の一部には玄関口となる門と橋がある。

玄関口に差し掛かると、立哨《りっしょう》をしている兵隊から誰何《すいか》の声がかかった。

「何者であるか」

声色が心もち刺々《とげとげ》しいのは、明日が出陣だからだろう。

「ルーク・ホウの子、ユーリです。母上と出陣の見舞いに参りました」

どのみち、門の内側ではカケドリから降りたほうがよさそうだったので、膝を折らせると、スズヤは何も言わずに降りた。俺も飛び降りるようにして降りる。

「ルークの妻の、スズヤです。お話は通っているはずなのですが……」

「ルーク・ホウ？　はて……」

ルークの名は、さほど通っていないのか、門番は首を傾げていた。

すると、すぐに奥のほうから女性が現れ、「スズヤ様、こちらです」と中に入れてくれた。考えてみれば、スズヤが様付けで呼ばれるところを見たのは初めてかもしれない。

本家の邸宅は、やたらと大きい二階建ての建物だった。長方形の建物の両翼が張り出してコの字形になり、内側には庭がある。邸宅の他には穀物倉と思われる蔵が四つほどあり、その他には厩と、牧場にあるのより小さなサイズの、王鷲を入れるトリカゴがあった。

スズヤが先になって歩き、受け付けのところに止まる。

来客受け付けの女性がナントカカントカと受け付けをするまえに、先のほうから歩いてきた男が声をかけてきた。

「よく来られた、スズヤ殿」

スズヤはハッと振り向き、声の主の顔を見ると、慌てて頭を下げた。

「ゴウク様、ご無沙汰しております」

なんだかただ事ではない雰囲気なので、俺も頭を下げておく。

ゴウクというのはルークの兄の名だ。つまり本家の現当主にして、ホウ家とその家臣団全体の頭領ということになる。

「頭をあげられよ。そんなに畏まる必要はない。

きょうだいではないか」

きょうだいという単語が聞こえたので一瞬頭に疑問符が浮かんで、消えた。義兄妹という意味だろう。

スズヤが頭をあげる気配がしたので、俺も頭をあげた。ゴウクの姿を改めて見る。

数年前に見たガッラと比べれば小柄な体型ではあるが、ルークよりは大柄な、ガッシリとした体型の偉丈夫であった。

体毛が濃いのか顎髭《あごひげ》を蓄えており、顎から耳にかけて赤色の毛が繋がっている。それがなんとも似合っていて、練達の武人らしい容姿だった。

「おや……一人で来られたのか？　ルークはどうした」

なにやら少し怒ったような表情をしておる。

「献上品に王鷲がありますので、それを運んでくる予定にございます」

ルークは本家に差し上げる王鷲に乗ってくる予定だった。

駆鳥《カケドリ》三羽と王鷲一羽がうちの献上品である。それがまだやってこないのは、できるだけ時間を遅らせたいからだろうか。遅刻となるとそれはそれで問題だぞ。

「そうか。だが、妻に手綱を握らせて寄越《よこ》すのはいただけぬな」

やっぱりなんか怒っているらしい。

ルークが遅刻したから怒っているのではなくて、妻をエスコートしないことに怒っている様子だ。

「いいえ、この子が送ってくれましたので」

と、スズヤは斜め後ろに隠れていた俺の背中に手を回した。

え、やだやだ。

勘弁してよ。

と、前に出るのを少し抵抗すると、有無をいわせぬとばかりに背中を押す力が増した。

意外とこういうところあるんだよな……ささやかな抵抗むなしく、俺は前のほうにひきずりだされてしまった。

「こんばんは、ゴウク様」

俺は慇懃《いんぎん》に頭を下げた。

「息子でございます」

「その子が手綱を握ったのか？」

ゴウクは、少し驚いた顔をしている。

「ええ。夫に鍛えられておりますので、なんとか無事に送ってもらえました」

「そうか。ユーリ……だったな」

やべぇ、名前覚えられてやがる。

まあ、覚えられてても不思議ではないか。甥《おい》の名前だもんな。

「はい。ユーリです」

スズヤが言った。

「カケドリが得意なのか」

「得意です」

スズヤが勝手に答えた。

「そうか。王鷲は得意か」

「そちらも得意なようです」

「他に得意なものはあるか」

「読み書きも、斗棋《トウギ》も得意です。自慢の子でございます」

「斗棋《トウギ》も得意か」

なんやねんなーもー。

かーちゃん余計なことというなよー。と、子どものように思った。

斗棋《トウギ》というのは、この国にある一種のボードゲームだ。地球で言えば、象棋《シャンチー》に似ているといえば似ている。

将棋はやったことのある俺だったが、敵陣と自陣が真ん中で半分こに分かれて、侵入経路が限定されるという特徴的なシステムに、始めた当初は戸惑ったものだった。

ルークはとにかくこれが好きで、言葉を覚えるために本の読み聞かせをねだった俺に、よく無理やり斗棋《トウギ》をさせたものだった。

が、好きこそものの上手なれというのは、残念ながらルークの斗棋《トウギ》には当てはまらなかったようで、一ヶ月くらいで俺のほうが強くなってしまっ

た。その後のルークは、嬉しいような寂しいような顔をしたあと、ふてくされていた。

ルークがそうなるのは二度目で、ルークは結婚したばかりの頃スズヤにも教えて、同じようにスズヤのほうが上手になってしまったらしい。

スズヤは特別こういうゲーム類は好きではないのだが、先の手を読むのがなぜか得意で、スズヤ相手に安定して勝てるようになるには三年くらいかかった。

ゴウクは、俺が斗棋《トウギ》が上手だと聞くと、明らかに表情が変わった。なんだかウキウキした少年のような表情になった。

「まだ宴が始まるまでに時間がある。一戦やろうではないか」

なにを言ってやがるんだ、こいつは。

スズヤのほうを見ると、さすがに困ったような顔をしていた。

「しかし、ゴウク様に失礼があってはいけませんので……」

「なにを言いなさる。甥となれば息子も同じ。気兼ねなど要らぬ」

おいおい無理押しすんなよ。

おかあちゃんもハッキリだめって言ってやれ。

「そうですか。わかりました。ユーリ、一局付き合ってさしあげなさい」

あっさりだった。

マジかよ。スズヤママは、時々唐突に慈母から子を谷底に突き落とす獅子《しし》に豹変《ひょうへん》するから困る。

「……よろしくお願いします」

まさかこれで俺のほうが断るわけにもいかないので、しかたなくぺこりと頭を下げた。

俺はスズヤとは別れて、ゴウクに連れられて、二人で屋敷の中に入った。

頭の中ではドナドナドーナと売られていく仔牛《こうし》のテーマが鳴っていた。気まずいったらありゃしないよ。

ゴウクが使用人に一言命じると、縁側から靴を脱いで上がってすぐの場所に、斗棋《トウギ》の用意が整えられた。

柔らかい安楽椅子のようなものが二脚と、テーブルと、盤と駒一式。自宅にあるものと比べると、すべてのアイテムが数段質がいい。

この国には針葉樹はアホほど生えているが、寒さが厳しいため広葉樹の木材は貴重である。針葉樹の木材というのは一般的に柔らかく、家具には硬木のほうが好まれるので、堅い広葉樹の木材を使った家具は高価なのだ。だが、ホウ家の家具は殆どすべて、その高価な硬木を使っているように見えた。特に硬い木材が好まれる盤と駒に至っては、表面が黒光りしているような、いかにも硬く見栄えのするような木材が使われている。

席について、ゴウクの顔をじっくり観察すると、確かに顔つきがルークと似ていた。

ただ、常に柔和な表情をしているルークと違って、硬い表情が癖になっているのか、気が休まっているように見える今も、どこか緊張感のある面持ちをしていた。無闇矢鱈《むやみやたら》に威圧的ではないが、近くにいると気圧《けお》される感じがする。

顔にはあまり出ないが、今は少し楽しそうだ。兄弟揃ってよほど斗棋《トウギ》が好きなのだろう。

斗棋《トウギ》をやるときのルークが、よくこんな顔になっていた。

「良い盤と駒ですね」

と、まずは褒めておく。

「ほう、解《わか》るか」

「普通の材質と違うことくらいは……」

「まあ、な。これほどの物となれば、他にはちょっとあるまい」

「なるほど……」

…本当に詳しくないので話の広げようがないな。

「では、やるか。実は少し忙しい」

そりゃ忙しいだろ。

総大将のような立場の者が、出陣前夜に暇なんてことがあろうはずがない。

ゴウクが駒を並べ始めたので、俺のほうも急いで並べた。

「僕は長考はしないほうなので、長くはならないと思います」

「では、砂はなしでいくとするか。先手はそちらだ」

砂というのは砂時計のことだ。

自宅にはないので使ったことはないが、持ち時間を計るのに使われる事は知っている。

一般に先手のほうが有利とされているのだが、それはくれるようだ。

「では、胸を借りるつもりで打ちます」

初手を指すとパチンと硬い音がした。


パチ、パチ、とやりあっていると、そのうち招かれた客や騎士身分と思われるおっさんが観戦にきた。

ガキと頭領が駒打ちで遊んでいるというのは、珍奇で興味をそそる光景なのだろう。

といっても、さほど時間はたっていない。俺も向こうも、殆どノンストップで指しているからだ。


ゴウクは弟とは違い、好きなことを練習したら普通に強くなる幸福な人物だったようで、とても強かった。

序盤優勢と思えても、中盤終盤で物凄く有効な戦法を使ってきて、すぐに劣勢になった。これはまさしく天才の発想としか思えないような独創的な戦法だったので、おそらく俺の知らない有名な定跡なのだろう。

結局、三十分くらいで終わってしまった。

だが、一手にお互い二十秒くらいしか使っていないために、手数は百手を超えた。

「負けました。どうにも、まだ未熟なようです」

負けた。

未知の戦法をかけられっぱなしだったので、奇襲され放題といった感じの一局であった。俺はルークに教えてもらった戦法しか知らないので、頑張ってはみたがどうにもならなかった。

「もう一局やろうではないか。思ったより早く終わった」

と言ってきたが、意外なことに、俺はその言葉を嬉しく思っていた。

喜んでいた。

ゴウクの打ち筋は淀《よど》みなく、かつ新しく、打っていて楽しい。

「はい、喜んで。また僕が先手で構いませんか？」

「もちろんだ」

◇　◇　◇

「負けました」

と盤の上に手を載せた。

いろいろやったら一時間くらい経ってしまったらしい。

全体的に実力が追いついていない。前局で理解した戦法は警戒していたから対処できたものの、やはり後手後手に回ってしまった。

なんとも悔しいが、これ以上やっても意味がないし、ゴウクの予定にも差し支えが出るだろう。

「で、あろうな」

ゴウクは顎髭を撫でながら言った。

明確に詰みが見えているわけではなかったのだが、どうにもここから巻き返せそうにない。

全体的にゴウクの優勢に傾いているうえ、王の安全度を比較するとゴウクのほうがずっと安定しており、こちらの王は敵刃を掻い潜《くぐ》っているような有様だ。攻めに用いる大駒も取られている。これではもう、続けても相手に無駄な時間を取らせるだけだ。

「勉強になりました」

と、座ったまま頭を下げた。

「ふむ……」

ゴウクは顎に手をやってなにかを考えているようだ。

感想戦でもするのだろうか。それは望むところではあったが、ゴウクも忙しい身の上だろう。先程から、召使いと思われる人たちが凄く話しかけ辛《づら》そうに困っていた。伝えるべき要件が渋滞を起こしているらしい。

ゴウクは、そんな様子には気にも留めず、なにやら俺を見ているようだった。ふいに目を離すと、着ていた大仰なジャケットの内側に右手を差し入れた。ゴソゴソやっているので、俺は甥に小遣いをやるために財布を探っているのかと思った。

そのとき、一瞬、微動するようにゴウクの身が動いた。

「——フッ！」

懐に入った手が、ジャブを放つように伸びてきた。

俺の目が若いからか、手に反りの入った短刀が握られているのが見えた。腕はそのまま伸びてくる。俺は反射的に頭が後ろに動き、避けようとした。

だが、短刀の切っ先は俺の眼前に来る前にピタリと止まった。

「…………⁉」

頭の中が疑問符でいっぱいだった。


改めて状況を整理すると、おっさんが唐突に白刃を抜き、俺に抜刀して斬りかかろうとし、顔に差し掛かる寸前で止めたということらしい。

おっさん、なにやってんだ？　かわいい甥っ子を殺すつもりか？

振り抜く前に止めたわけだから、避けていなくても俺の顔は切れていなかったわけだが、恐ろしいことをされた事には変わりない。

「……どういうおつもりでしょうか？　僕がなにか失礼なことでも？」

こちらとしては、どちらかというと伯父に好印象を抱いていたくらいなので、いきなりの乱心は裏切られたような気分だった。

そうは思えなかったが、このおっさんは癇癪《かんしゃく》持ちで、勘気に触れたってことなのか？　だとすると、俺は今から逃げたほうがいいのか？

「ふむ……度胸もあるようだ。これは、なかなかの騎士になるな」

ゴウクは、なにやら勝手に俺の反応を見極めて満足をしたようで、放っていた殺気を収めて、というか剣呑《けんのん》な態度を解いて、出していた刃を戻し、懐に収めた。

なんだ？　俺は試されていたのか？

三歳で王鷲に乗せる儀式といい、もしかしてホウ家ってやべー奴の集まりなのか。

「そりゃ……どうも……」

こちらとしては納得できないというか、煮え切らない感情だけが残ったような心境なのだが、こう言っておくしかない。

「おれの娘の婿に来る気はないか」

娘の婿？

伯父の娘ってのは、俗に言えば従姉妹《いとこ》ってことになるんじゃないのか。

「さあ……なんとも答えは返しかねます」

「まあ、その年齢ではそうであろうな」

ゴウクはそう言って、席を立った。

「考えておくとよい。器量に応じて身を巨《おお》きく立てたいのなら、それも一つの手であろう」

いや、俺は日本においてもくだらない人生を送っていた人間なんだが。器はそんなに大きくもない。

「顔も知らない女性と結婚するつもりはありませんので」

女に関しては、以前に懲りた経験があった。冗談じゃない。

「では、式典の間、我が娘と遊んでいるといい。酒も飲めぬのでは、大人ばかりのこんな祝宴はつまらなかろう。ルークには伝えておく」

娘と遊べとな。

ううん……それも気が進まないのだが。

ただ、確かに大人ばかりの出陣式の中で、ずっと居所もなく手持ち無沙汰でいるよりは、子どもの相手をしているほうが幾らかマシかもしれなかった。

「わかりました。そうします」

大人の遊びに付き合った後は子守りか。子どもって大変なんだな。

大人のメイドさんに案内され、連れて行かれた部屋に入ってみると、そこには一人の子どもが机に向かって座っていた。

黒い髪をした女の子だ。武芸を習わされてはいないのか、ほそっこい体つきをしている。

部屋は、子供部屋にしては大きいが、玩具の一つもなく、あまり飾り気がなかった。案内をしてくれたメイドさんは、忙しいのかなんなのか、すぐ去っていってしまったので聞く暇もなかったが、やはり彼女がゴウクの娘なのだろう。

その子は、飾り気のない素朴な机に向かって、椅子の背もたれに背を預けたまま、静かに目をつむっていた。

机の上には木の板とインク壺、油皿に灯心が入った明かりが載せられており、少女の顔を照らしている。見た目、俺と同い年くらいに見える。まあイトコだから名前も年齢も知っているんだが。

この子は、俺より一歳年下で、名をシャムという。

「やあ、こんばんは」

と話しかけると、

「……」

返事はなかった。

なんだこいつ。話しかけても眉一つ動かさず、背もたれに体を預けて、目をつむっている。

入るときにノックはしたし、その後メイドさんが軽く俺の紹介もしたので、眠っているわけではないだろう。

「もしもーし」

と声をかけても、まるで反応がない。

ひょっとしたら、聴覚に障害があって耳が遠いのかもしれない。

まさか、死んでいるわけじゃないよな。今度は少女の殺害容疑を着せられた状態でどう動くか試されているとか。

本当に死んでいるんじゃないかと心配になり、恐る恐る近づき、顔に手を触れてみると、ぱちりと目が開いた。

「無礼ですね」

生きていた。

「耳が悪いのか？」

俺が尋ねると、少女は疑わしげな目で俺を睨んだ。なにを言ってるんだこいつは、みたいな目だ。

「……耳は悪くありません」

「挨拶は返すもんだ。耳が悪くないのならな」

この国でも、挨拶はされたら返すものだ。無礼うんぬんと言うなら、無礼をしたのは向こうのほうが先、という話だった。

俺は手近な椅子に勝手に腰掛けた。

「なにか考え事でもしてたのか？」

と尋ねる。初対面の印象が悪かったので、敬語を使う気もなくなっていた。

「はい」

ただ単に無視をしていたわけではなく、考え事をしていたらしい。まあ、父親が明日戦争に行くのだから、考え事くらいはするか。

「考え事の邪魔をされて怒っているのか？」

「いいえ、どのみち今日は心が乱れて駄目ですから、気にしなくていいです」

「そうか」

ドアの外からは小さくガヤガヤと音が聞こえている。屋敷のど真ん中で宴が催されているのだから、当たり前だ。

それ以前に、父親が心配なのかもしれない。

「なにについて考えてたんだ」

「どうせ理解できませんよ」

そっけない言葉だった。常人には理解できないことを考えているのか。

「そうかもな。だが、言ってもらわなきゃわからない」

「それはそうですね。でも、どうせ徒労に終わりますから」

くそ生意気なガキであった。面白いじゃないか。

「どうせ他に話すこともないんだし、考えもまとまらないんだから、俺に理解できるかどうか、試してみてもいいだろ。まあ、秘め事の類なら聞いたりしないがな」

「試みをする意味がわかりません。さっさと出て行ってください」

「そうもいかないんだ。まあ、戯《たわむ》れと思って話してみろよ」

シャムは、はあ、と小さなため息をついた。

文明を理解しない猿が、私の部屋にズカズカと入ってきて、猿語を喋ってらっしゃるわ。どうやって追いだそうかしら。

みたいな感じだ。

こ、こいつ……。

「話したら出て行ってくれるんですね」

「ああ、約束するよ」

「そうですか」

ふう、と再びため息をつくと、喋り始めた。

「ソスウが無限にあるかを考えていたんですよ」


俺は一瞬、ソスウというのがどういう意味の単語なのか理解できなかった。

だが、シャン語で本質《プライム》みたいな言葉と、数《ナンバー》、という意味の言葉が合体したような複合語だったので、なんとなく察することができた。

素数のことだ。

「そりゃ、2とか3とか5とかの話か」

「……はい」

「11とか13とか17の話だよな」

「そうだって言ってるじゃないですか」

やっぱり素数のことを言っているらしい。

なんだこいつ、まだ六歳だろ。たしか一歳年下で、六歳だったはずだが。

やけに明瞭に言葉を喋りやがるし、よっぽど頭がいいのか。普通六歳って「おかーさんう○ちでるー」とか言いながらオモチャのクルマで遊んでたりするもんじゃないのか？

前に会った王女様もしっかり者だったし、正真正銘のいいとこのお嬢さんってのはこんなものなのか。私立の小学校の受験問題とか結構凄かったしな。

「素数がなんだって？」

「素数が無限にあるかどうか考えていたんです」

やべぇこいつ……。

「いったい、なんだってそんなことを考えているんだ」

なんでこの年齢の子どもがそんなことを気にするのか謎だった。

もっとこう、その、なんだ、いろいろあるだろ。よくわかんないけど。

「……はあ、やっぱり解らないんですね。でてってください」

「解るぞ」

素数は無限にある。

証明はパッと浮かばないが、それは知っていた。

「はあ、じゃあ、言ってみてくださいよ」

蔑んだ目で見てきた。

虚勢を張っていると思っているのだろう。

「もしかして、まだ証明されていない問題なのか」

「証明があることは知っていますよ」

やっぱり証明はあるらしい。

地球では紀元前からある証明なのだから、当たり前といえば当たり前だが、やっぱりこの世界にもユークリッド並の天才が存在していたわけか。感慨深いな。

でも、じゃあ、なんでこいつは証明済のものを考えなおしているんだ。数論を考えるのが好きなのか。

「やっぱり言えないんですね」

「言えるぞ」

「じゃあ、さっさと言ってください」

なんだかイライラしておる。

無用の時間稼ぎをしようとしていると思われているのだろう。

えーっと、どうだったかな。家にある俺の本には書いてあるんだけどな。

「ちょっと考える」

「……まあ、どうぞ。無駄でしょうけれど」

イラッとくる言葉は軽く聞き流し、沈思黙考に入る。

本に書いたのは一年以上前だったが、やはり若い脳だけあってすぐに思い出した。

紐《ひも》をたぐるように証明を思い出してゆく。

「ある2以上の数をNとする。そうすると、NとN＋1はお互いに同じ1以外の公約数を持たない」

エヌという言葉はシャン語にはないので、都合が良かった。

「……？」

なんか訝《いぶか》しげな顔で俺を見ておる。

「分かるか？　変数NとN＋1の差は1なんだから、2以上の公約数があったらおかしい」

「まあ、そうですね」

「そこでNとN＋1を掛けたら、その数には2つ以上の素数が因数として入ってるわけだ。4と8みたいに素数が重複するというのは考えられないわけだからな。それをMとすると、MとM＋1を掛けた数には、3つ以上の素数が因数として入っていることになる。そして、それは無限に続けられるから、素数も無限に求められる。故に素数は無限に存在する」

俺がそう証明を締め括《くく》ると、シャムはぽかーんと口を開いていた。

時々、

「……あ、えっと……うあ、でも」

とか言っている。

手元の木板にさらさらと書付けをして、ちょっと確認しているようだ。

間違いようもない簡単な証明なので、間違っていないはずだ。これで間違っていたら、俺は発作的に穴を掘って閉じこもるか、高いところから落ちて自殺してしまいたくなるだろう。

ややあって、

「すごいです」

とシャムは呟《つぶや》くように言った。俺を見る目が違っておる。

どうだ、参ったか。

「家の本で読んだのですか？」

打って変わったように顔が明るくなった。ニコニコしおってからに。

「まあな」

「よく覚えていましたね。ありがとうございます」

「簡単な証明だし。こんくらい余裕だし」

背理法を使ったほうの証明だったら、すぐに思い出すのは無理だったかもしれないけど。

「よろしかったらその本を貸してもらえませんか？」

目がキラッキラ輝いている。

いや、本もなにも。

というか、本は日本語で書いてるしな。文字体系からして違うから、たぶん誰にも読めないし、他人《ひと》の目に触れたら狂人と思われてしまうだろう。

それは困る。

「悪い、うちで読んだ本じゃないんだ、王都でな」

とっさに嘘をついてしまった。

「王都ですか、なるほどー」

まあ、王都に探しに行けば、さすがにあるだろう。

解法が同じかどうかは分からないが。

「えっと、お名前はなんと……？」

「ユーリ」

「私はシャムといいます。ユーリさんは王都からいらっしゃったんですか？」

「いや、近所だよ」

「近所というと、ご親戚ですか」

「君とは従兄妹《いとこ》に当たるかな」

「従兄妹というと、えっと……ルークさんの？」

驚いたことに、ルークの名前を知っているらしい。

「そうだな」

「なるほど、やっぱり騎士の方じゃなかったんですね」

騎士じゃないと言われると、どうなんだろう。ルークは微妙な立場だから、まあ確かに騎士ではないのか。

「羨ましいです」

羨ましいのかよ。俺よりよほどいい生活しているのに。

「私の家族は理解がないので、本などをあんまり買ってもらえないんです」

たぶん、この娘は、俺のことをめちゃくちゃ本読みまくって教養を得たと思っているのだろう。

そうとしか考えられないだろうしな。

実際は記憶があるだけで、素数なんて言葉はこの国で今日はじめて聞いた。

シャムは、しょぼーんとした顔をしている。熱意は劣らぬ自信があるのに、環境の違いで他所《よそ》の子どもに差をつけられていたのがショックだったのかもしれない。


「そっか、それは残念だな。せっかく頭がいいのに」

と、俺はフォローをいれてやった。

「えっ、あの……その」

シャムは顔を赤くしている。

「本当にそう思われますか……?」

「まあ、でも、皆が君くらい頭がよかったら、俺はたちまち劣等生だろうから、この先たいへんになるな」

いや本当に。こんなのがゴロゴロ転がっているような国なのであれば、俺は相当頑張らないと普通の生活を送るのも厳しくなりそうだ。

「そんなことはありません。あなたは優秀です」

褒めてもらえるのは嬉しいが、そりゃ六歳しか生きてないお前より、その五倍以上生きている俺が劣ってたら、どうしようもないよ。

それはさすがに悲しくなるよ。

「そりゃありがたい」

「よろしければ、もっといろいろなことを教えて下さい」

「いろいろなことと言っても、何に興味があるんだ」

「なんにでも興味あります、全部です《エブリシング》」

「すべてか」

分類的に言えば、博物学ということになるのかもしれないが、とりあえずは薄く広くなんにでも興味を持っています、というのが正しいだろう。

「あ、全部じゃないかもしれません。お父様のお話とか、斗棋《トウギ》とか、編み物や刺繍《ししゅう》はちょっと……」

哀れゴウク、せっかく頭のいい娘を持ったのに、自分の趣味にまったく興味を示してもらえないとは。

だから本を買ってもらえないのかもしれないな。こいつも上手いこと斗棋《トウギ》を覚えて、賭けで書籍購入権を取るとか、父親に甘えておねだりするとか、そういう方向性で攻めればいいのに。

「といっても、俺も大して物知りというわけじゃないんだ。教えてやれるのは数学くらいか」

というか、明らかに正しいと断言して教えられるのは数学くらいしかない。

別の世界に来たのは明らかなのだから、物理法則も変わっているかもしれない。ドヤ顔で化学なんか教えたら、全然法則が違って、この世界では当てはまらないとか普通にありそうだ。

ただ、数学は変わらないだろう。１＋１は２になるだろうし、円周率が有理数で５だった、なんてこともない。

「もちろん構いません。お願いします。いろいろとお話ししましょう」

第二章　継嗣会議

Ⅰ

ひどく懐かしい顔が現れたので、俺はそれが夢だとわかった。

そいつは同級生の八幡《やはた》という男で、高校卒業以来一度も会っていない。それなのによくもまあ覚えているものだと夢の中で思った。

俺は面白くもない映画を見ているような感覚で、昔の記憶をなぞった夢を見ていた。

八幡という男は、小中高と俺の同級生で、まあ幼馴染《おさななじみ》のような存在だった。彼は俺の生家の近所に住んでいて、親は俺の親父《おやじ》が経営していた会社に勤めていた。

俺が子どもの頃は、家の隣にあったボロ工場がまだ稼働していたので、そこに勤めていた彼の親とも、それほどの付き合いはないが顔見知りではあった。頭の良さも同程度だったので、生家の地域は公立校優位だったこともあって、地域では最も偏差値の高い、だが全国的には無名な公立校に進んだ。

家が近いといっても、一緒に学校に通うほどの大親友というわけではなかったが、高校で会ったら話をする仲だった。三年になったときには、彼は医学部に進もうと勉強を頑張っていた。

そんな八幡が、昼休みに俺を呼び出し、血の気の失《う》せた顔をして「親父がクビになったらしいんだけど……」と相談しにきたとき、その話はまったくの寝耳に水であった。

高校生の俺は会社経営に関わったことがなかったし、そもそもボロ工場が取り壊されて本社の建物が市街地に移ってからは、家の会社は身近な存在でもなくなり縁遠くなっていた。

八幡の家には、数えるほどではあるが遊びに行ったこともあり、兄弟姉妹が多いことも知っていた。医学部を狙っているとなれば学費もキツかろう。

「事情は知らないけど、とりあえず親父に聞いてみる」

俺はそう安請け合いすると、その場で電話をかけた。


なぜ電話で済まそうとしたかというと、そもそも親父はその頃家に帰ってくること自体が稀《まれ》になっていたからだ。

離婚して母親が出ていってからというもの、俺は殆《ほとん》ど一人暮らし状態になっていた。親父のほうは飼っている愛人宅をハシゴしているようで、家には滅多に帰ってこなくなっていた。

親父は愛人を信頼していなかったらしく、権利関係の書類や実印の入った金庫は家に置いていたので、その金庫に用があるときだけは帰って来ていたが、それがいつになるかは不明だった。

「八幡のことか？　なんでお前が知っている？」

生活費の振り込みの相談だとでも思っていたのか、親父は思いもしない話題を急にパスされて驚いたような声をしていた。

「長男が同級生だろ。小学校からずっと」

「ああ、あいつ、息子に泣きついたのか？」

電話の向こうで、親父がクスッとせせら笑ったような気配がした。

「泣きついてはいないけど。どういうことなんだよ」

「会社の備品を盗んで、警察の厄介になったんだ。懲戒解雇は当たり前だろう」

「盗んだ？」

その話も寝耳に水だった。窃盗罪、業務上横領、そんな単語が頭に並ぶ。

「一体、何を盗んだんだ？」

「釘《くぎ》と金具だ」

親父は、そのとき、いっそ自分の経営者としての賢さを誇るような口調だった。

「釘と金具？　いくら分盗んだんだ」

親父の会社は今となっては大きくなっているよ

うだし、たかが釘と金具といっても、扱う量は膨大なのかもしれない。会社の構造を熟知している古参の従業員であれば、横流ししようと思ったら莫大《ばくだい》な金額になる場合もある。

「さあな、犬小屋に使っていたらしいから……一万円くらいか」

後から思えば、この一万円という数字は親父が盛ったものだったように思う。たかが犬小屋に使う金具が一万円もするわけがない。高く見積もっても二千円かそこらだろう。実際には、五百円くらいだったのかもしれない。

「その釘と金具を自分ちで使ったから窃盗なのか？　そんなの誰でもやってるだろ」

会社のボールペンを持ち帰って使っていた、みたいな話だ。そりゃ確かに高いモラルの持ち主だったらやらない事なのかもしれないが、悪意があったわけでもないし、注意で終わる話のように思えた。

「窃盗は窃盗だ。警察も受理した」

「その程度なら、減給とかいろいろあるだろう。何もクビにしなくても」

「俺の判断に口を出すな。時代遅れの職人気取りに、高い給料を払ってやる義理はない」

親父はそう言うと、一方的に通話を切った。

責任を感じ、後から調べてみたところ、親父はその頃古株の社員にいいがかりをつけて処分している最中だったらしい。

会社が大きくなり、大卒の入社希望者にも困らなくなると、親父は小さな町工場だった頃から使っていた社員を邪魔に思い始めた。折しも、作業の自動化が画期的に進歩した時期が重なった事もあったのだろう。

八幡の父親は、そういった事情で切られた一人だった。

親父は雑談交じりに金具を家で使った自白を取ると、警察を呼んで録音した自白を聞かせ、従業員たちの前でわざとらしく連れて行かせた。わざわざそんな方法を取ったのは、依願退職ではなく懲戒解雇であれば、退職金を支払わなくて済む就業規則だったからだ。

やはり、今思い返しても、親父がまっとうな経営者であったとは思われない。

この件について、結局俺はどうすることもできなかった。八幡はその後、奨学金を使ってなんとか入ろうと苦労していたようだが、家庭の混乱などもあって受験に失敗した。浪人したのか、就職したのかは知らないが、結局医者にはならなかったようだ。

◇◇◇

「……」

目が覚めると、うなされていたのか、体中にびっしょりと汗をかいていた。

脱水症状があるのか、喉がやたらと乾いており、二日酔いのように頭が痛んだ。

「……」

子供部屋の小さな暖炉では、消えかかった薪が赤くなっている。

部屋は暖かいが、目を覚ますために少し寒さを感じたかった。窓を開けると、身を切るように冷たい風が吹き込んできて、肌が引き締まるような思いがした。

外は、まだ真っ暗だ。

しばらく窓を開けて外を見ていると、寝汗で濡《ぬ》れた寝間着が凍るような冷たさになり、さすがに窓を閉めた。

暖炉の前で少し暖を取ってから、机に向かう。

昔の夢にうなされた後は、もう七年以上も過去のことになった、昔の知識をよく思い出せる。

油皿に灯《とも》った常夜灯の明かりを頼りに、いくらか思い出した科学のしくみを本に記した。

書いているうちに悪寒も過ぎ去り、再び寝ようと思い布団に入ると、玄関のほうからコンコンと音がした。

こんな時間に誰だろう。

部屋を出て階段を降り、玄関のほうに向かうと、聞き間違いではなく、確かにコンコンと音がしていた。

「誰だ」

俺がそう問うと、「ホウ家の用人、シュンでございます」という返事があった。声は小さく、震えている。

なるほど。

「父上に御用があるのだな」

用があるといったら、ルークとしか思えない。

「その通りでございます」

「僕の一存では、玄関の戸は開けられない。すぐに、父上を起こしてくる」

「よろしくお願い申し上げます」

俺は両親の寝室へ向かった。

両親の寝室では、ルークとスズヤが二人横並びで仲良く寝ていた。すぐに、ルークの体に手をかけてゆさぶる。

「起きてください、お父さん」

「むう……」

ゆさゆさと揺すっても、全然起きなかった。

「起きてくださいって」

段々と揺すりを強くしながら呼びかけるが、ぜんぜん起きねえ。

いっそ、叩《たた》いたほうが早いかもしれない。

「ん……ユーリ？　どうしたの？」

隣に寝ていたスズヤのほうが先に起きてしまった。

「本家の用人を名乗る人が玄関に来ています」

そう言うと、スズヤは暖炉が照らす部屋の中、すぐに起き上がった。

「あなた、起きてください」

それは、さほど大きな声ではなかった。少なくとも、俺が呼んでいた声より明らかに小さかったはずだ。

なのに、「んあ……あさか？」と言いながら、ルークはすぐに目を覚ました。

なんやねん、この夫婦。

「お父さん、本家の用人のシュンさんが玄関に来ています。僕一人で家に入れるわけにはいかないので、外で待たせています。早く行ってあげてください」

ルークは血相を変えてベッドから飛び起きた。

◇◇◇

「どうした、こんな時間に」

ルークが扉を開けると、そこには青ざめた顔の小男が立っていた。

「お耳に入れなければならない事が……」

「早く入れ」

外は雪が少し積もっている。

この地方は寒い割に意外と雪が積もらないのだが、空気は乾いて冷たく、冬は極寒となる。

今は冬の入り口だった。

「失礼いたします……」

リビングの暖炉は消えている。ルークは僅かに赤く熾《お》こっている薪の燃えさしに、明かりにしていた油皿の油を垂らし、灯心から火を移した。

すぐに火が大きくなり、更に細い薪を足すと、本格的な炎となった。

台所では湯を供そうと、スズヤが竈《かまど》の灰の中から残り火を掘り出し、別の火を熾こしていた。

「まずは、手足を見せてみろ」

「大丈夫でございます」

「それは私が決める。自分ではわからんものなのだ」

「……わかりました」

シュンは手袋をはずし、靴下も脱いだ。

死体のように真っ白な指が現れる。

ルークはシュンの手を握るとゆっくりと揉《も》みほぐし、少し異臭のするであろう足の指もためらいなく握り、揉んでいった。

「足の指は……大丈夫だな。手のほうが危ないが、まあ湯のみを握っていれば大丈夫だろう」

「……かたじけなく」

カケドリに乗っていると、足は半分羽毛に包まれているので意外と温かい。むしろ、手綱を握っている手のほうが冷える。

なんにせよ、凍傷を負うほどの冷たさではなかったのだろう。

よかったよかった。

「それで、何があった」

汚れた手をぬぐいながら、ルークが尋ねた。

「遠征団が帰還いたしました」

シュンが暗い表情でそう言うと、ルークの顔がこわばる。

「兄上は大事ないか」

打って変わって、問いただすように訊《き》く。

だが、シュンは首をふった。

「ゴウク様は、討ち死になさいました」

一瞬、頭の中が真っ白になった。

「……おい、冗談はやめろ」

「冗談ではありません。遺体はございませんので、伝聞のみにはなりますが、ゴウク様は確かに亡くなられました」

遺体はない？

「……なんだと。遺体がないとはどういうことだ」

ルークのほうも、俺と同じ疑問を抱いたらしい。ゴウクは言ってみれば大将だったはずだ。戦場では流れ矢に当たったような突然の死もあるだろうし、傷が悪化して死んでしまうこともあるだろう。

だが、その場合は遺体は残る。大将首まで取られるような壮絶な敗け戦だったのだろうか。

「ゴウク様は、ルーク様が贈られた鷲《わし》に乗って王鷲攻めをなされ、見事、遂げられたそうでございます」

「――っ」

ルークが息を呑《の》んだ。

「……そうか。やり遂げたか」

「はい」

そう肯定したシュンは、涙ぐんでいるように見えた。

王鷲攻めってなんだ？　場の雰囲気から尋常でない様子はわかるが、話についていけていない。

「戦況は悪かったのか」

「はい。遠征団は野戦にて総勢の半数を喪《うしな》い、要塞にたてこもり包囲される流れとなりました。その折、ゴウク様は遠征団の天騎士たちと共に王鷲攻めに挑み、それにより、軍は引いていったと……」

「そう、か……」

兄の死を知らされたルークは、控えめにいっても沈痛な面持ちをしていた。

「……ルーク様におかれましては、明日《みようにち》行われる親族会議に参加していただきたく……」

「わかっている。必ず参上する」

ルークがそう言ったとき「お湯のご用意ができました」と、スズヤが湯を入れたタライを運んできて、シュンの足元に置いた。

「ほら、足を入れろ」

「痛み入ります……。ウッ！」

熱い湯に凍った足を急に入れたので、痛みが走ったようだ。

「よろしかったら、これも」

大きな湯呑みに茶を淹《い》れたものと、沸かした火で焼いたのだろう、堅焼きのパンが温められて出された。

ジャムとバターも添えられている。

「……ありがたくいただきます。今日は何も口に入れていませんで」

よほど腹が空《す》いていたのか、シュンはすぐにパンを食べ始めた。

「……朝からか？」

「はい。忙しかったもので」

今は夜明け前なので、少し言葉がおかしいが、この国では機械式時計は殆ど流通していないため、日が落ちたあとの時刻のことは、あまり気にしない。

つまり明日の親族会議というのも、今から夜が明けたら今日ということだ。

「いくらなんでも、危険すぎる。死ななかったのが不思議なくらいだ」

ほんとだよ。

夜間に馬やカケドリを走らせるのは、自動車で夜に幹線道路を走るのとはわけが違う。

自動車には強力なヘッドランプがついているが、馬やカケドリにはない。松明《たいまつ》の小さな明かりに頼って、舗装もされていない土の道を走ることになる。

こんな寒い夜なら、寒さにやられて頭も朦朧《もうろう》としてくるだろう。それで転倒すればそのまま凍死の可能性が高い。普通でも危険なのに、朝から何も食っていない体調で行うなんてことは、言語道断だ。

「ごもっともでございます。屋敷を出る前に何か口にしようとは思っていたのですが……忘れてしまいまして」

「客間を貸すから、それを食べ終わったら、蒸留酒を飲んですぐに寝ろ」

「いえ、私は……」

「寝ないのなら、明日は留守番だ。トリから落ちて死んでもらっては困る」

「……承知しました。お言葉に甘えて、休ませていただきます」

ルークは愛用のグラスを持ってきて、酒を注《つ》いだ。

なみなみとグラスに酒が注がれたそれを、シュンに差し出す。

「酒は必ず飲めよ。体の芯が冷えていては寝付けないからな」

「……お気遣い、痛み入ります」

体が寒くなくとも、こんな状況では眠ろうと思っても眠れないだろう。酒はそれを忘れさせてくれる。

◇　◇　◇

翌日、本家にはルークと俺、シュンの三人で向かった。

葬式ではないのでスズヤは来る必要がない。ではなぜ俺が連れて行かれたのかというと、一応は分家の跡取り息子なのでお供をしろということなのだろう。

朝から出発し、昼前には本家の敷居を再び跨《また》いでいた。屋敷は、出陣式とは打って変わってのお通夜ムードになっている。

俺もだが、皆黒い喪服を着ていた。

だが、今日は葬式ではない。これから遺体が出てくる可能性があるので、それはまた後でやるそうだ。

たどり着くと、豪勢な客間の一つに通され、軽食を供された。ルークと俺でぱくぱくと軽食を食べていると、シュンがやってきた。

「ルーク様、会議の参加者一覧でございます」

「ありがとう」

なにやら人名が並んでいる羊皮紙を渡されると、ルークはさっと目を通した。

そのあと、なぜか何度もリストを確かめ、眉をひそめた。

「ラクーヌ殿の名がない。どうなってる」

「ラクーヌ殿は王鷲攻めを拒否しましたので、奥方様が参加者から外されました」

「なんだと？」

ルークは更に強く眉間を寄せた。

「あれを拒否したからといって、騎士でなくなるわけではないだろう。生きているのなら……」

「奥方様が、主君を置いて逃げるような卑劣者は騎士とは呼べぬと」

この奥方サマというのはゴウクの妻だろう。シャムの母親だ。何かしら発言権があるのだろうな。

「……だが、ラクーヌ殿しかいないじゃないか」

口ぶりから察するに、ルークは最初からラクーヌとやらが次期家長だと思っていたようだ。

少なくとも、かなりの有望株だと思っていたのだろう。

俺でさえ、ラクーヌという親戚は名前だけは知っていた。エク家という有力な分家の長で、ラクーヌ・エクという。エク家は、江戸時代で喩《たと》えれば、代々大名家で家老を務めてきた家柄みたいなものと考えればわかりやすい。

つまりは、家臣団の中でも指折り数えられる立派な名家である。祖父の代にホウ家から嫁を貰《もら》っており、遠い親戚に当たるので覚えさせられた。

それほど大きな家の主が親族会議に呼ばれていないというのは、確かにおかしなことだ。

「ですが、事情が事情でございますから。奥方様は、ラクーヌ殿が当主に収まるくらいならば、婿養子を取るとおっしゃって」

「婿を取るのか」

ルークはちょっと虚を突かれたように言った。

婿養子という発想はなかったのだろう。

俺はゴウクから婿にこないかと言われていたので、嫌な予感がした。とはいえ、今回は緊急に次代を決めるということなのだから、まさかゴウクの息子でもない七歳児の俺が、唐突に婿入りして当主になるというのはありえないだろう。幾らなんでもナンセンスだ。

常識的に考えれば、まあ、幼女と青年、あるいはオッサンが結婚するという、いわゆる年の差婚のような形になるのだろう。あまり良い気はしない。

「だいたい分かった。ご苦労だったな」

「はい。それでは失礼いたします」

と、シュンは部屋から出て行った。

「……まあ、俺には殆ど発言権なんてないからな、座ってるだけだろう」

シュンが出て行くと、ルークは椅子にどっかりと座ったまま、少し不安そうに言った。俺に言っているのか、自分に言い聞かせているのか、曖昧な発言だ。

「そうですか？　ゴウク伯父様の弟なのですから、

筆頭格では」

「いや、ホウ家の当主は騎士号を持っていないとなれない。そういう決まりなんだ」

そうだった。

考えてみりゃ当然の話だ。ルークは、ホウ家の家臣団の一員ではあるのだが、騎士号というものを持っていない。

騎士号というのは、雑な喩えで言うと士官学校の卒業資格のようなもので、それがないと世間的には兵を率いる立場と認められない。

王都にある騎士院を卒業することで貰えるのだが、ルークは途中で嫌気がさして中退してしまったので、それを持っていない。つまりルークが当主になるという線はないということだ。

それはいいとして、先に聞いておかなければならないことがあった。

「王鷲攻めってなんですか？」

この件だ。いろいろあって聞く機会がなかった。

「……そうだよな、ユーリには説明していなかった」

「はい。教えてください」

「……そうだなぁ、そろそろ教えてもいいかもしれん」

なにやら感慨深そうに言っておる。なんなんだ。

「王鷲攻めっていうのは、王鷲に乗って戦うってことだ」

空中戦をするってことか？

「空中で敵の王鷲乗りと戦うということですか？」

「違う」

違うのかよ。

まあ銃もなにもないんじゃ戦いようがないか。

物語ではそういう場面もないわけでもないが、実際に乗ってみると、鷲に乗りながら槍《やり》で突いて回るというのは、かなり無理がある。どうしても刺すのであれば、鷲ごと体当たりするような格好になってしまうだろう。

「戦うのは、もちろん地面にいる敵だ」

「地面にいる敵って」

騎馬兵じゃないんだから、鷲に乗ったまま戦うなんてのは不可能だ。

鷲が川中にいる魚をキャッチするように人間を摑《つか》み上げ、空中でリリースするというのも、やはり難しい。そういう調教をすれば無理ではないと思うが、地面にいる敵兵からしてみれば槍や剣を軽く突き上げるだけで対処できてしまうわけで、それをされたら鷲はもちろん大怪我《おおけが》をし、下手をすればその場に墜落する。費用対効果として割に合うとはとても思えない。

「空中から地面に槍投げでもするんですか？」

「いや。敵陣のまっただ中に突っ込んで、大将首を取るんだ」

「………………」

絶句。

なんだそりゃ。要するに特攻ということか。

「今までユーリに教えなかったのは、俺が王鷲攻めを嫌いだからだ」

「そんなの、成功することってあるんですか？」

と言って思い出した。ゴウクは成功したのだ。

実際それで敵将を倒したのかは確認のしようがないのだろうが、シュンはその後敵軍が引いていったと言っていた。何もなかったのであれば、敵軍が引く道理もない。兎《と》にも角《かく》にも成功はしたのだろう。

そして死んだ。

ああ、だから死体が出なかったのか。

「まあ、成功率は高くはないな。たいていは失敗する」

「やっぱり、そうですか」

「明け方に大勢で飛び立って、敵将のいる天幕を奇襲するんだが、まずそこに敵将がいないという可能性が大いにある。立派な格好をした影武者を本陣に出入りさせていたりすると確かめようがないしな。それでも目星をつけて降下するわけだが、これも普段着陸するような降ろし方じゃ駄目だ。下にいる敵を押しつぶすような勢いで思い切り降ろす。そこで敵将を踏み潰せたら一番いい。あとは降り立って血路を開いて、大将首を取る」

なるほど。

つまるところ、敵が密集している陣地のど真ん中に空挺降下《くうていこうか》して、司令部を皆殺しにするみたいな話らしい。

めちゃくちゃすぎる。

「……まあ、聞こえは良いが、全部上手《うま》くいくなんていうのは殆どない」

「そりゃ、そうでしょうね」

難しいに決まっている。それに勿体《もったい》ない。

王鷲というのはブロイラーのように量産できるものではない。一羽の王鷲を作るには、長期に渡る丁寧な飼育と調教が不可欠で、それは乗っている人間だって同じだ。乗るだけでなく戦わなければならないのだから、王鷲に乗れる上、戦闘訓練を積んだ第一級の騎士でなければ、参加することすらままならない。それを一山幾らの野菜のように投入して、全員が死に、結果敵将は打ち取れないかもしれない。それどころか、まるで見当違いのところを狙っていたら、鷲も人もまったくの無駄死にということになる。ひどい話だ。

とはいえ、一発逆転の手であることは否定できない。百に一つの可能性だろうが、そのままでは可能性はゼロで、皆殺しが目に見えているというような状況であれば、実行するしかなかったのかもしれない。

「兄上はやってのけたというのだから、すごい」

そう言いながらも、ルークは悲しそうな目をしていた。

「そうですね」

やってのけたということは、ゴウクは一流の戦士だったのだろう。

「天騎士になったら必ずそれに参加しなければならないのですか？」

天騎士というのは王鷲に乗る騎士のことを言う。もちろん、ルークのようにただ鷲に乗れるだけの人は天騎士とは言わない。

「違うが……王鷲攻めを為《な》すというのは天騎士の誉れとされていてな」

「じゃあ、ラクーヌという人は」

「王鷲攻めというのは天騎士が自由意志でやるものだから、現場のどのような将も強制することはできない。集団でやる場合も、まあ、各人の意思にもとづいて参加したということになる」

「……なるほど」

一般的な軍事行動ではないということらしい。

拒否権がなかったら、馬鹿な指揮官が意味のないタイミングで仕掛ける命令を下しても、黙って従わなければならないことになる。確実に命を散らすにしても、それは効果的な場面で、かつ有能で尊敬している指揮官の指令で行いたいというのが人情だ。

この国では貴族制が敷かれており、貴族制というのは必ずしも有能さで指揮官が出世してゆく仕組みではない。この場合の拒否権は、必要から生まれた文化なのだろう。

ただゴウクの場合は、特攻の是非はともかく場面的には恐らく適切な場面であったはずなので、ラクーヌが拒否したのは、表向きは問題ないにせよ、実際にはやはり問題なのかもしれない。

そのうち、ドアをノックする音が聞こえ、侍女風の女の人が入ってきて、「参加者様方がお揃《そろ》いになりましたので、ご案内いたします」と案内した。

「いってらっしゃい」

と、俺は笑顔で送り出そうとした。

が、ルークは、

「?? なに言ってるんだ、早くこい」

などと言ってきた。

「は？　僕も出席するんですか？」

んな馬鹿な。

こんな年齢のガキを会議に参加させる意味がどこにある。

「当たり前だろ。なんで連れてきたと思ってる」

「さあ……お供がいないと格好がつかないからとか？」

「違う。ユーリも呼ばれたからだ。ここに名前も書いてある」

と、ルークは先程渡された名簿をペラペラと振った。

◇　◇　◇

「なんで僕が参加することになってるんですかねぇ」

不思議であった。俺まだ子どもなのに。

「直系はシャムちゃんしかいないんだから、しょうがないだろ」

「そのシャムちゃんは呼ばれてるんですか」

「呼ばれていないが、必要になったら呼ぶんだろう。ユーリは……呼びつけておいて招かないっていうのはちょっと失礼だと思ったんじゃないか？」

「へえ」

失礼だなんて思わないから勝手にやっててほしかった。

「着きました。こちらでございます」

着いたようだ。

侍女が、それぞれ大きな木の一枚板でできた観音開きの扉を開ける。

中も扉に応じた広さになっていた。部屋の真ん中に三つの長机を連結した長大なテーブルがドンと座っているのだが、それでもなお空間は広々としていた。

その広い部屋は内装もすべてが凝ったもので、テーブルには凝った刺繍《ししゅう》のテーブルクロスがかかっている。たいへん立派な会議室であった。

その大テーブルを囲むようにして椅子が並んでおり、その椅子の大部分には、すでに来客が着席していた。見渡してみると、壮年や若いのもいるにはいるが、殆どがお爺《じい》ちゃんだった。シャン人の寿命から考えると、百歳を超える老人もいるかもしれない。

ホウ家のしきたりでは、必ずしも最高齢者が家長を務める必要はない。家長が高齢で衰えれば、さっさと次世代に家督を譲るのが一般的だ。

これは、いつ戦争が起こっても対応できるように、家長は常に指揮下の兵を掌握していなければならない。という発想が根底にあるらしい。家長というのは自分で鍛えた兵を率いて戦場で戦うのが当たり前だから、老人が家長にいつづけ、戦争になったら軍を息子に率いさせて送り出すといった状態は望ましくない。なので、戦場に出向くのが厳しい年齢になったのであれば、さっさと退くべきだよね。という考えだ。

それは結構なことだと思うが、そうなると会議のメンツがここまでお爺ちゃんで占められているのはおかしなことだ。察するに、このお爺ちゃんたちは一度跡継ぎに家督を譲った人々で、最近の戦争で家長が死んでしまったので、復帰したのではないだろうか。

参加者は、軒並みお爺ちゃんだ。そういう人たちがこれだけいるということは、ホウ家の軍団は傷つきすぎてスカスカの骨抜き、ということになるのではなかろうか。

まったく参ったね。

侍女は、そのまま中に入って先導をし、席を案内してくれた。どんどん奥のほうに案内されてゆく。

そうして、テーブルの端、なんだか元気のない顔色の悪い女の人の横まできた。その後ろの壁には、ホウ家の紋章が織り込まれた巨大なタペストリーが飾ってある。

あれ、こっちって上座じゃないの？

ここがあんたの席だと言わんばかりに、侍女はぺこりと頭を下げて去ってしまう。ここは、もしかしないでも一番上座だ。

俺は、むしろ末席に座るものだと思っていた。嫌な予感がするな。

ルークが一歩前に出ると、神妙な様子で女性に挨拶をした。

「ご無沙汰しております、サツキお義姉《ねえ》様。この度は誠に……」

「よしてくださいな。お義姉様だなんて」

女性は困ったように軽く微笑《ほほえ》んだ。

声に元気がない。

この女性が、つまりはゴウクの妻だったサツキ・ホウであろう。憔悴《しようすい》したような顔色をしているので、一概に比べられないが、スズヤとさほど年齢が変わらないように見える。

だが、スズヤより十歳以上年上のはずだ。

シャン人は加齢による変化がゆるやかなため、十歳差程度では見分けがつかないことがある。

サツキは、いかにも良家の奥様という感じの女性であった。スズヤは家事などをこなす手前、わりとハツラツとしたイメージがあるが、サツキはしっとりと落ち着いた感じがする。

「なんだか、おもはゆいですわ。昔のようにサツキさんと呼んでくださいな」

「わかりました、サツキさん」

「そちらが息子さんかしら」

俺のほうに目を向けてきた。優しげな目だ。

「ええ、そうです。ほら、ご挨拶しなさい」

「伯母様、こんにちは。ユーリです」

ぺこりと頭を下げる。伯母様でいいはずだよな。

「こんにちは。大きくなったわねぇ、昔見たときはほんの赤ん坊だったけれど……」

やはり初対面ではなかったようだ。

しかし、やはり赤ん坊の頃から一度も会ってなかったのか。こないだの出陣式のときも顔を合わせる機会がなかったしな。

「はい、自慢の息子です」

照れるぜ。

「そうでしょうねぇ。シャムが褒めるくらいですから」

サツキがそう言うと、ルークは「？・？・？」と困惑したような顔をした。

ルークはシャムと話したことがないのだろう。

まあ、ルークは、シャムとはあんまし話が合わなそうだ。

「あなたはあの子と話が合うみたいねぇ」

「あ、はい……彼女は僕よりずっと頭が良いですよ」

「やだわ、もう」

事実なのだが。

俺は同じ年頃のとき、すぐに無くなるゲームボーイの単三電池を確保するのに四苦八苦していた。

俺が、高度な初等教育を与えられていてさえその有様《ありさま》だったときに、シャムは自ら学び、素数について思考を巡らせるところまでたどり着いていた。その差は測りがたいほどある。ぜひ学習を応援してあげてほしいところだ。

「さ、立ったままじゃなんだから、座って？　あ、ルークさんはそちらね」

なにやら俺がサツキの隣の席に座るようだ。

もー、勘弁してよー。

俺はサツキとルークに挟まれる形になった。

「おばさん、ちょっと落ち込んでたけど、若い子のおかげで元気が出たわ。助かっちゃった」

「お役に立てたようで幸いです」

ルークが言った。勝手なもんだ。

しかし、どうしたもんか。

俺は椅子を見ていた。

うーん、どうしたもんかなぁ。

「ユーリ、どうした、早く座れ」

椅子に座らず、その前で立ったままじっとしていると、既に座ったルークが急《せ》かしてきた。

俺だってできるもんならそうしとるわ。

「思い切って飛び乗ってみても良いのですが、盛大に椅子ごとすっ転げたら大恥を晒《さら》すことになるので、思案しているところです」

椅子には子ども俺用に特段分厚い座布団が敷いてあり、即席の子供用椅子になっていたのだが、それが事態をややこしくしていた。椅子の脚に横棒でもついていればハシゴ代わりになるのだが、それもない。

「……座れないなら、最初からそう言いなさい」

ルークは俺の両脇を持って上げてくれた。

人形のように座らされる。

他所様《よそ》の前でそんなこと言うの恥ずかしいってのの。

Ⅱ

色の濃い麦茶を、テーブルクロスに溢《こぼ》さないように気をつけて飲みながら、他のお爺ちゃんと同じように小声で雑談していると、そのうちに会議が始まった。

「……ここにお集まりいただいた皆さん、ご存じのことと思いますが、わたくしの夫、ゴウク・ホウは先日、キルヒナ遠征軍団団長として勇壮に戦い、戦死致しました」

サツキがそう言うと、会場はしんと静まった。

「今頃は生死を共にした愛鷲《あいしゅう》と共に冥府の川を渡り、雲上からこの場を見ていることでありましょう。まずは、簡素ではありますが、遠い戦地に沈んだ戦士たちの霊に黙禱《もくとう》を捧《ささ》げたいと思います」

一拍を置いて、

「それでは、黙禱」

と、厳かな声で言った。

そして、静かな祈りが始まる。

「はい」

三十秒ほどの黙禱は、サツキが発した一言で終わった。

「さて、皆さん。残された我々は、ホウ家の今後について考えなければなりません。幸いなことに、夫はホウ家の行く末を案じ、遺書を書き遺《のこ》してくれました。これは我々にとって幸運なことでしょう。少なくとも、私たちはこの会議の場で、夫の意思をあでもない、こうでもない、と類推する必要はありません。遺志はここに秘められております」

そう言いながら、サツキは懐から一枚の便箋を取り出した。真っ赤な蠟封《ろうふう》がされており、間近で見ていた俺は、妻サツキへ、ゴウク・ホウ、と表面に書いてあるのも見えた。これが遺書なのだろう。

文字はなぐり書きで、蠟封も封蠟の量が多すぎて妙に垂れてしまっている。血の付いた指で触ったのか、指紋状の赤い汚れなどもついており、戦場から持ち帰られた凄惨な空気が感じられた。

「今から、これを開封したいと思います」

そう言うと、サツキは机の上に予《あらかじ》め用意されていたペーパーナイフで、便箋の封蠟《シール》を破った。

嘘《うそ》がないことをアピールするためか、そのまま便箋を逆にして、中身をテーブルクロスの上にあける。パラリ、と一枚の紙が落ちた。

「……後でここにいらっしゃる皆様方に、順に回そうと思います。まずは私から拝読させていただきます」

サツキが手紙を手に取り、読み始めた。

たった数秒で読み終える。

「では読みます……私、第二十七代目ホウ家当主ゴウク・ホウは、弟ルーク・ホウを次代の当主に指名する。以上」

ああ。

やっぱりな。と、腑《ふ》に落ちる気持ちがした。

隣に座っているパパを見上げると、なんだか呆《ほう》けたような表情をしていた。

そうもなろう。控え室での様子を見る限り、こんなことになるとは夢にも思っていなかったに違いない。

それは、自分という人間をよく知る兄への信頼もあったのだろうし、騎士号を持っていないという制度的な理由もあったはずだ。

つい先程、ドヤ顔で「ホウ家の当主は騎士号を持っていないとなれない。そういう決まりなんだ」などとのたまっていたが、ありゃルークの勝手な思い込みだったたってわけだ。少なくとも絶対ではなかった。

「待っていただきたい」

と、そこで上座に近いところにいるお爺ちゃんの一人が口を開いた。さすが、武家で長いこと働いてきただけあって、しわがれながらも迫力のある声をしている。

「ルーク殿は騎士号を持っていないはずでは？」

やっぱり、そこは引っかかるよな。

文民統制の一環でもあるまいし、騎士号を持っていない人間が当主になるというのは、やはりおかしなことだ。このお爺ちゃんにとっても、相当に違和感があったのだろう。

「はい。ルークさんは騎士号を持っておりません。ですが、その件については女王陛下に既にお伺いを立てております。特別に許可をいただきました」

肝心の当事者であるルークの顔色を窺《うかが》ってみると、未《いま》だに状況を飲み込めていないようだった。

パパは、相変わらず茫然自失《ぼうぜんじしつ》を絵に描いたような顔をしている。

「皆様も知っての通り、ホウ家の領は王家天領の南、半島の奥詰まりに位置し、王国で最も暖かで豊かな土地を支配しています。そのため、他国への援軍は代々ホウ家が担ってきました」

ホウ家ってのは王国で一番豊かなのか。それは知らなかった。

まあ、豊かだから余計な負担を強いられているというのは、それも貧乏くじを引かされ続けている理由の一つではあるのだろう。だが、それは言ってみればお綺麗《きれい》な建前で、実際は違うはずだ。

ホウ家領は王家の天領の南、半島の先端にある。逆に言えば、王都シビャクのある王家天領をはじめ、他の将家の領地はみんなホウ家領より北にあるわけだ。

すると、ホウ家領は最後の最後まで脅かされない。シヤルタ王国に対するキルヒナ王国と同じ格好で、他の領地が蓋をする形になり、壁になってくれるわけだ。

なので、女王からしてみれば、ホウ家はいざというとき戦力として信頼できない。王都より前にいる連中は我が身のことなので必死に戦うだろうが、後ろにいる連中は逃げ腰になって真面目に戦わないかもしれない。ならば先に他国への援軍として使ってしまおう。他の将家は敵の進路上にあるので温存しておこう、という発想になる。

これは政治家としては当たり前の思考なので、俺の邪推ではなく確実に念頭にあるはずだ。

「ですが、此度《こたび》の戦でホウ家はいよいよ弓折れ矢尽き、騎士団の戦力維持が難しくなってきました。女王陛下はそのことを理解しておられ、戦力が回復するまで軍団の再建に専念せよとのお達しがありました。つきましては、しばらくの間は家長は騎士でなくても良いと、特別の配慮をしていただきました」

女王陛下への政治工作まで済んでいるとはね。

ルークはまんまとしてやられたわけだ。

しょっぱな、遺書を開ける前から俺たちを上座に案内したことからも分かるが、サツキは遺書の内容を事前に知っていたのだ。出陣する前にゴウクから聞いていたのかもしれないし、一度開封したあともう一度封蠟を施したのかもしれない。

やってくれるぜ。

知っていたということは、ルークに事前に通告しておくこともできたわけだ。それをしなかったということは、奇襲をかけたかったということになる。

事前に通告していたら、ルークは自宅で結論を出し、この場には「無理。お断りします」という手紙だけが届いていた可能性もある。それを避けたかったのだろう。

「サツキさん」

と、やっと立ち直ったルークが口を開いた。

「いや、その申し出は大変光栄なのですが……俺にはとても務まりません。辞退させていただきます」

まあ、そうなるわな。

ていうか、ゴウクはなんでルークを指名なんかしたんだ？　さっぱりわからん。

どう考えても向いていないのに。

「ルークさん、大丈夫ですわよ。まあ、多少変化はあるでしょうが、お望みであれば今まで通りの生活をしてもらっても結構なのです」

んんん？

どーゆーこと？

「実務は我々でやりますから」

ルークを傀儡《かいらい》にしちゃうってことか？　んでサツキが代わりに実権を握る。

さすがにそりゃまずいだろ。

「ホウ家をサツキさんが仕切るということですか？　それは……どうかと」

やっぱり、ルークもまずいと思っているようだ。

サツキが家を仕切るというのは、俺やルークにとってはどうでもいいことなのだが、ここにいる他の連中にとってはとんでもないタブーなのである。

端的に言って、上手くいくはずがない。

なぜかというと、この国はやたらと男女でナワバリを分けたがるきらいがあって、王様と中央政権は女性のもの、軍事は男性のもの、という仕組みになっているからだ。

これは、一見すると国家ぐるみで男女が対立し、将家のほうは性差別的な理由で女性を排斥し続けている、みたいな構図に映るのだが、そうではない。

もっと単純な話で、女性の命令で戦争に行くのだから、その上軍事のてっぺんまでが女性になってしまうと、男は実際に戦闘をして四肢を欠損したり死んだりするのだけが担当、ということになってしまう。それだと、男のほうはいくらなんでもやっていられないので、軍は丸ごと男の領分にしてくださいね。という暗黙の了解になっているのだ。

サツキが騎士院を卒業して騎士号を持っている、言ってみれば戦士側の一員ということなら話は違うのだろうが、たぶんサツキは教養院という文官側の学校を卒業している。それだと、騎士たちの反感を大いに買うのは必至である。

「いえ、ルークさんが望むのであれば、もちろん当主として辣腕を振るっていただいても構いませんわ。私や従者たちは、単に労を惜しまずお手伝いさせていただきます、ということです」

本当だろうな。なんだか怪しくなってきた。

「えっと、それ以前に適任者は他に大勢いるのでは？」

「他の適任者は、皆とっても遠い親戚ですの。これは三人ほどいるのですが、騎士号は持っていますが爵位でいえば騎爵でしかありませんし、内二人はホウ家の領民でもありませんわ」

爵位については勉強不足で理解不能だったが、ホウ家の領民ではないということは、つまりは領外の他家に嫁いでいった女子の子ってことだろう。

たぶん、それだと自分の国の王様を他国から連れてくる、みたいな話になって、気分が悪いんだろうな。

ところで、話に聞いていたラクーヌという奴《やつ》は、そこには入らないのだろうか？　俺の記憶が正しければ、本家の親戚筋としては最も近縁のはずなのだが。

「それに、ルークさんの騎士院での単位は、きちんと記録に残っておりました。ルークさんは三百単位のうち二百九十単位まで取っていますし、認め状の発行記録もありました。今から騎士院に行って手続きをすれば、すぐに騎士号は貰えるはずです」

そうなのか？

なにやら、ルークは卒業までギリギリのところまで行っていたらしい。そこまで行ったのなら卒業しちまえばよかったのに。卒業して騎士号を貰ってしまったが最後、半軍人の予備役みたいな立場になるとか、そういったデメリットがあったのかな。

「いえ、俺は騎士には向いていないと痛感して、自分なりに覚悟があって辞めたので……騎士号を取り直すというのは」

まあ、そうだわな。

俺はパパであるルークを大変尊敬して、大した男だと思っているが、軍人に向いているとはさっぱり思えない。ルークだって、心底それを感じていたからこそ、家業を辞めるという一大決心をしたのだろう。

お兄ちゃんのほうも、なにを思って弟を次の当主に、などと意味不明なことを考えたのか。俺に刃を抜いてきたりもしたし、実はいろいろとヤバい人だったのかな。

「大丈夫ですわ。ルークさんは、言ってみれば繋《つな》ぎということになりますの」

は？

繋ぎ？

「ここにいるルークさんの息子さんが、将来騎士院を卒業して、領を継いでくれればよろしいのです」


ルークの息子って誰だ。

俺の他に隠し子がいたのか？

やれやれ。こりゃ大変なことになってきやがったぜ。

帰ったらスズヤの怒髪が天を衝《つ》くに違いない。

ここは男として庇《かば》ってやらねーと……。


……いやいや。

はぁ……俺か。


「なっ——！　息子は騎士にはなりません！　いや、自らその道を選ぶのならいいが、強制するつもりはありません！」

ルークは、椅子から立ち上がる勢いで大きく言った。

息子への愛を感じる。ルークの中では、血なまぐさい軍人の生き方は、息子に強制するものではないという考えが強くあるのだろう。

立派なものだ。尊敬に値する。

「どうかしら？　男の子は騎士に憧れるものですよ」

「そうかもしれませんが――っ！　この年でそのような重責を負わせるのは――！」

ここは俺も発言したほうがいいのだろうか。

正直なところ、俺のほうも騎士になるなんてのはまっぴらごめんだ。

別にこの国で暮らすのは嫌ではないが、刀槍《とうそう》担いで戦えとなると話は別だ。愛国心なんてまったくないし、国のために死ぬつもりもない。

「それは心配ありませんわ。その場合は、シャムがおります。ユーリくんが卒業するときになって、とてもホウ家の家長を務められないということになったら、私が責任を持って、頭領として相応《ふさわ》しい人を婿入りさせますわ。そのときには、シャムも結婚できる年齢になっているわけですから」

シャン人の世界では若年結婚はできない仕組みになっているのか？

それはまあ結構なことなんだが……うーん。そういう逃げ道を作ってくるのかぁ……。

「……ああ、なるほど」

あーなるなる、そういうことですか。とでも言いたげな様子で、さっきの勢いはどこへやら、ルークは浮かびかけた腰を降ろし、しっかり椅子に座って落ち着いてしまった。

熱くなっていたはずなのに、頭に冷水でもぶっかけられたかのような変わりようだ。

はぁ……やっぱりこうなるよなぁ。

家庭での会話から分かっていたことだが、ルークはシャムと話したことがない。実際にその性格を知れば、婿入りなど上手くいくはずがないと分かるだろう。

サツキのプラン通り、十年も家族として接していれば情も移るだろうし、ルークのような人間は、情が移ったら姪《めい》っ子に不幸な結婚を強いるような選択はできない。結局、その手段は使えなくなる可能性が高い。

だが、ルークにはそんなことは思いもよらない。

子ども扱いされている俺には、この場でルークにシャムの人間性を伝えることもできない。

ルークは、俺のことをフワフワした目で見ていた。息子の将来の選択肢について、選択肢を確保するのであれば頭領になっておくのが親心では……？　みたいなことを考えているのだろう。

うーん……こりゃ、どうにもマズい状況にあるようだ。

ゴウクの遺書は絶対で、ルークがうんと言えばそれで決まりなのだろうか？　それとも、ここにいる諸侯で選挙のようなことをして、多数票を集める必要があるのか？

もし後者なのであれば、ここで一発どうしようもないクソガキの演技でもして、多数派工作ならぬ少数派工作でもしてやろうか。

しかし、クソガキを演じるにしても、もうルークで決定なのであれば、演技は後に待っているルークの為政に無駄に暗いカゲを落とすだけになってしまう。

何をするにしても、ここは事前に選ぶ方法を確認しておいたほうがいいだろう。

「お父さ――」

と、口を開きかけたそのとき、廊下側からドタドタと騒がしい音が聞こえ始めた。

「待てぃッ!!」

屋敷の人たちの制止を振り切った何者かが、バンッ、とドアを開け放った。

なんだなんだ。

「フーッ……儂《わし》を抜きにして、何を勝手に会議をやっておるか!!」

突如現れて、息を切らして居丈高に言ったのは、ゴウクよりも年嵩《としかさ》のように思われる壮年のおっさんであった。

五十歳くらいだろうか。

ちょっとは予想がついているが、一体誰なのだろう。

「はぁ……」

隣で、サツキが頭を抱えたそうな溜《た》め息をついた。

「あれがラクーヌって人ですか？」

俺は、小声でルークに訊《たず》ねた。出陣式で見た顔でもなかったので、たぶん彼とは初対面だ。

「そうだ。ラクーヌ殿だ」

と、ルークが小声で答える。

なるほど。なにがあったのか知らんが、間に合ったのか。

とりあえず、静観しておこう。もしかしたら、このおっさんが様々に入り組んだ面倒事をすべて片付けてくれるかもしれない。

「……ラクーヌさん、あなた、この私によく顔を見せられましたわね」

サツキが凍るような声で言った。

「なにを言っておるか！　ゴウク様の妻の身でありながら、夫の遺志を蔑《ないがし》ろにしおって！」

なぬ？

いや、俺にとっては大迷惑なんだけど、サツキは夫の遺言をそのまま形にしようと頑張っていたように思うが。

違うのか？

「――なんですって？　どの口がそのようなことをおっしゃるのかしら？」

「この口だ！　この場にいる諸侯に、どのような嘘八百を吹き込んだか知らんが、そのような卑劣な口舌が通用すると思うな！」

なんか急いでるな、この男。

と、直感的に思った。

急に来たにせよ、まだサツキの話も聞いていないい。遺書の内容も知らないはずなのに、なにをもって嘘八百などと言うのだろう。最初からサツキを否定するために否定しにかかっているような気がする。

段飛ばしで階段を登っている感じだ。順番がおかしくなっている。

「こ……厚顔無恥とはこのことですわね……戦場《いくさば》から逃げ出した分際でよくも……」

サツキの顔を見ると、怒りで顔の筋肉がピクピクと震えていた。余程気に触ったのだろう。

「そこにある紙はなんだ」

ラクーヌは、サツキの言葉を無視して、一人の諸侯を指差した。正確には、テーブルに居並んだ諸侯の間を回っている最中の、ゴウクの遺書を指差した。

「ゴウクの遺書ですわ。あなたには関係のないものです」

ラクーヌはどすどすと我が物顔で部屋を歩き、持っていた諸侯に「すまぬ」と一言言い、回覧されている途中のゴウクの遺書を拾って、中身を確認した。

「ハッ！　女の策謀というのは、みっともないな」

策謀？　と俺が考えを始める前に、ラクーヌは懐から一枚の紙を取り出していた。

そして、高らかに叫んだ。

「本物の遺書はここにある！　これは偽物だ！」

◇　◇　◇

今、ラクーヌはサツキの面前にまで来て、自分の持っている遺書を掲げ見せていた。

サツキに預けるのは抵抗があるのだろう。

遺書

ホウ家次代の当主にラクーヌ・エクを任命する。

栄光ある大任に見合った働きをすることを期待する。

ゴウク・ホウ

と、ラクーヌの持っていた遺書には書いてあった。

やれやれ、ゴウクもはた迷惑なことをしてくれたもんだ。うっかり遺書を二枚も作っちまうとは。

しかも内容がまるで別々ときたもんだ。酒を飲んで一晩過ごしているうちに、書いた内容を忘れちまったのかな。

困ったもんだよ本当に。こんなうっかりさんだとは思わなかった。


んなわけがない。


どちらかが偽物ということだ。

サツキのほうの遺書も、今は戻ってきている。見比べてみると、同一人物が書いたと思える程度には文字が似ていた。

このラクーヌという男は、さすがに自分で書いた書面をここに持ってくるほどの大間抜けではないらしい。

まあ、ラクーヌのほうが偽物なんだろう。

サツキを全面的に信頼しているわけではないが、ラクーヌの言動は先程から少し不自然だ。それに加えて、文面の印象が少しおかしい。

些《さ》細《さい》な違いではあるのだが、まず文面が堅苦しすぎるように感じる。そして筆致を見比べると、〝遺書〟という文字に明確な違いがある。

遺書を偽造したのはラクーヌ本人ではなく、そういう裏稼業みたいな業者がいるのだろう。そういう人たちも、筆の癖がわからなければ似せようがないわけで、そこは当人が書いた手紙かなにかを参考にして似せているはずだ。

ラクーヌの遺書の文面には、どことなく作戦命令書めいた雰囲気がある。それは、恐らく文面をエク家にあった命令書や任命書の類いから引っ張ってきたからだろう。ゴウクの重臣だったのだから、そういった実務的な書類は腐るほどあったはずだ。

それを継《つ》ぎ接《は》ぎの怪文書のように文章を並べ直して、こういう形にした。

だが、いくらなんでも〝遺書〟という単語がついた書類はなかったに違いない。

サツキのほうの遺書という文字は、シャン語の筆記体で自然に繋がるように書かれているのに対して、ラクーヌのものはやや不自然に文字同士が離れている。

ただ、それを指摘しても、この世界には筆跡鑑定などという文化はないのだから、意味はないだろう。

「どうだ。真正の遺書を見て言葉を失ったか？」

「……ええ、まったく……」

二人は俺のすぐ後ろでやりあっている。俺の椅子には腕かけがなかったので、振り返って二人の様子を見ることができた。

サツキの顔は青ざめていた。それは、怒りが大きすぎて青ざめているのだった。

「このような下衆《げす》がホウ家の郎党にいるとはっ――！　エク家は恥を知らぬか！」

大広間の隅々にまで響くような大音声であった。

サツキの細身から放たれたとは思えないような、押されるようなエネルギーを感じた。感情にエネルギーというものがあるとすれば、それが奔流となって部屋中に吹き回るような声だった。

サツキはラクーヌを睨《ね》め付けながら、糾弾するように人差し指でさした。

「主人が死地に飛び立ったのち、あなたが務めを放棄し出奔したとの報告、既に上がっているのです！　そのような偽の書を持ってきて――遺書ですって？　ふざけるのも大概になさいッ！」

へえ、このラクーヌってのは出奔したのか。

それは大問題だ。よくは知らないが、特攻を拒絶するのは許されているとしても、断ったので戦闘を放棄していいという理屈はないだろう。

エク家が領地に堂々と税金を課して、領民に対して偉ぶっていられるのは、ホウ家にその権利を保障されているからだ。戦争に参加し、当主の命令に従うのは、その代償としての義務ということになる。

特攻はその義務の範囲外であるとしても、拒絶したのであれば通常の軍務を引き続きまっとうする必要がある。恐らく鷲に乗る以外の大勢の兵はまだ残っていたのだろうから、彼らをまとめ上げ、戦闘を継続するべきだろう。

ラクーヌの場合、行軍中に迷子になったとかではなく、包囲されて逃げ場のない要塞から鷲に乗って出奔したわけだから、これは敵前逃亡と見なされても――。


ああ、そうか。とそのとき思った。

ラクーヌはそういうつもりで逃げたわけか。


「なにを言うか！　儂はゴウク様にホウ家を託され、遺書を渡され逃げ落ちたのだ！」

あー、そーいうストーリーを作ってるのか。

考えてきてるな。

「なにを馬鹿なことを！　あなたが出奔したのは何人もの兵が証言しているのです！　託されたのなら――」

誰かに言ってから逃げる――じゃなくて、撤退すればよかったんじゃないの、とは俺も思ったが、

「あの戦場にいもしなかった者が、偉そうな口を叩くな！」

ラクーヌが声を被《かぶ》せて、サツキの声を遮った。

「これから鷲攻めをせんとする者が、死んだ後のことなど公に言い残せるか！　士気が落ちては成功するものも成功せぬわ！」

やっぱり封じ方を考えてきているようだ。

しかも、地の声が大きいので、こういった類いの言葉を叩きつける舌戦ではサツキのほうは不利っぽい。

うーん……。

「この遺書を運んできたのは、シュラ・ロスク殿ですわ！　ホウ家が最も信頼するロスク家の者を、あなたは疑うというのですか！」

「知らぬわ！　大方、きさまが懐柔でもしたのだろう！」

仮にも主君の妻だった人に対して、その呼び方

かよ。

しかし、可哀想《かわいそう》なことに不利なのはサツキのほうに見える。ラクーヌのほうが準備万端にストーリーを用意し、反論に対する言い訳も考えてきたのに対して、不意打ちされたサツキは、何も用意していない。

こういうときに的確に言い返すのは、相当センスがある人でないと難しい。考える力というより、瞬間的に話の構造を理解し、急所を刺すようにして反論する能力が必要になってくるからだ。

俺は、頭が良くて正しいことを言っている人が、くだらない相手の屁理屈《へりくつ》に対応できずに、議論で敗北者のように扱われ、笑いものになるという光景を何度も見てきた。

こういう観客のいる論戦の場では、その場の雰囲気がすべてなのだ。終わった後、じっくり考えて「ああすればよかった、こう反論すればよかった」などと思いついても、既に場は畳まれてしまっているのだから意味はない。


加えて、サツキは頭に血が上ってしまっている。これは不利だ。

舌戦は、そのまま三十分ほども続いていた。

「ハァ……では、その偽物の遺書が本物だという証拠は何なのですか」

「証拠もなにも、儂がゴウク様本人から預けられたのだ。それ以上の証拠はない」

議論は少し落ち着き、水掛け論に推移していた。どうしようもない。

会話の流れを見ていると、結局遺書の真偽を確かめる方法はないようだった。

手紙についていた血の指紋が証拠になるかとも思ったが、よく見ると霞《かす》んでいて指紋の細部は潰れてしまっている。紙はコピー紙のようなツルツルした表面ではなく、毛羽立っているので煤《すす》などで指紋を検出するのも難しいだろう。

証拠とされるようなものは、証言しかないということになる。

「証拠がないのなら、それは偽物ということになりますわ」

「ならんな。そもそも、そちらの証人とて疑わしい。ロスク家がきさまの甘言によって誑《たぶら》かされていないという確証もあるまい」

「他家の名誉をそのように侮辱してっ……！　ロスクの先代にはあなたも世話になっていたでしょうに……！」

「確かに。だが、それとこれとは別の話だ。分かっておるだろうな！」

ゴウクは、ふいにサツキから目を外し、諸侯のほうを睨め回した。

「儂は冗談でこんなことをやっているわけではない。ゴウク殿に遺書を託され、ここにいるのだ！　それに異論を差し挟む愚か者には容赦はせん！」

うーん……諸侯を威圧し始めた。

諸侯のほうも、見ていると腰抜け揃《ぞろ》いではないようで、ビビっている風ではないが、ラクーヌに表立って敵対しようとする様子もない。


まあ、普通に考えて様子見が適当なんだろうな。

そもそも、ここに居並ぶ諸侯たちは、サツキのことも、ルークのことも、ことさら好んではいない。まあ俺はおまけみたいなもんだが、俺のことも好んではいない。

ルークは騎士の道を捨てた人間で、もちろん騎士としての実績はない。悪い男とは思っていないだろうが、彼らの感覚としては、騎士というより商人や農民のほうが近い存在だろう。そりゃ、自分たちの頭領を任せたいとは思わない。

サツキもラクーヌの妻以上の存在ではないし、一応は議長に収まってはいるが、それは司会進行役という意味で、特に重んじられているわけではない。

つまり、彼らにとっては、サツキの遺書のほうが本物だろうと思っていても、ルークを次期頭領にすることで良くなっていくというビジョンが一つも見当たらないのだ。あえて言うなら、血統的にはルークのほうが正統に近いので、血統主義の信仰者は支持してくれるかもしれないが、それくらいである。

となると、現状でラクーヌに反対し、不興を買ってしまうほうが遥《はる》かにデメリットがある。

ラクーヌは根に持つタイプっぽいし、敵対したら後でどうなるかわからない。対してルークとサツキの政権のほうは、なんとなく敵対してもナァナァで済ましてくれそうな優しさがある。実際、あとでしっかりと謝罪して支持を明確にすれば、激烈な報復などはしないだろう。

となると、やはりラクーヌのほうが有利だ。


このまま舌戦をしていても、場が好転することはなさそうだ。俺としては、ここらで作戦会議をしたかった。

「お父さん、お父さん」

隣に座って居心地悪そうにしているルークの袖を引っ張った。

「なんだ？」

ルークが耳を寄せてくる。

「休憩を入れましょう」

「休憩？」

ルークは困ったように言う。どうも、後ろでやりあっている二人の間に割り入って発言はしたくないようだった。

そりゃそうだよな。さて、どうするか。

「……トイレに行きたいんです」

少し悩んだ末、手っ取り早く生理現象を利用することにした。はずかしい。

「えっ、今か？」

「はい。こうしていても仕方ないので、少し休憩を入れよう、と提案してみてくれませんか？」

「えぇ……それは……」

「お願いします。え、えっと、漏れそうなので」

はずかしいんだけど……。

「わかった」

よし。俺はルークの耳元から口を離した。

ルークは、わずかに逡巡《しゅんじゅん》したあと、意を決したように席を立った。

一瞬、何事かと口論が止まる。

「すみません、一旦休憩を挟みませんか？　息子がトイレに行きたいそうなので」

ておいっ！

そこはボカしてくれよ！

「……えっ、そうなの？」

サツキがちょっと困ったように言って、俺を見た。

「はい……すみません」

ルークが勝手に息子の恥を謝った。

父親のデリカシーのなさに気が遠くなりかける。

俺だからよかったものの、これが娘だったら本気で嫌われてるぞ……。

「会議が始まってから、かなり時間が経《た》っていますし……どうでしょう？」

「そうですね……」

そうですね、じゃなくてさっさと休憩入れろよ。どうせあんたも手詰まりなんだから。

「それでは、半刻の休憩を入れます。その後に再開しましょう」

◇　◇　◇

「……ん？　ユーリ、トイレはいいのか？」

「お父さん、案内してください」

トイレなど行きたくなかったが、とりあえずパパと二人で話をする必要があった。

「あー……そりゃ分からないよな。サツキさん？」

「──えっ？」

サツキは、ハッとした感じで返事をした。

少しボヤッとしていたようだ。強すぎるストレス下から急に解放されたせいで、無意識に精神がスリープしていたのだろう。

「ちょっと息子をトイレに案内してきます」

「ああ、はい。できるだけ早く帰ってきてくださいね」

「じゃあ、ちょっと失礼しますね」

俺はペコッと頭を軽く下げて、ルークと一緒に部屋を出た。

「さて……お父さん、近くに誰も使ってなさそうな部屋ってありますかね？」

廊下でそう言うと、

「ん？　トイレはいいのか？」

「アレは嘘です」

俺がそう言うと、ルークはきょとんとした顔をした。

嘘をつく意味が分からなかったのだろう。

「どうしたんだ？　じゃあご飯でも食べたかったのか？」

おとーちゃん……俺をなんだと思ってるんだよ……。

「ちょっと家族の今後について話し合いたいので、二人で会議をしましょう」

「うん？　まあいいが……」

そう言いながら、ルークは手近な部屋のドアを開けた。勝手知ったる実家だからか、確かに中には人がいなかった。

ルークは適当な椅子に座った。俺は立ったままだ。

「それで、お父さんはホウ家の頭領になるつもりなんですか？」

「そりゃ、選挙次第だな」

やはりというか、選挙はあるようだ。

そうでなきゃあんなふうに諸侯を集める必要はないもんな。サツキの独断で決めていいってのもおかしな話だし。

「やめておいたほうがいいと思います。このまま家に帰りませんか？」

俺がそう言うと、ルークはちょっとビックリした目で俺を見た。

「どうしたんだ？　さすがに今帰るのはできないぞ。大切な会議なんだ。ユーリがどうしても帰りたいって言うなら、誰かに送ってもらおうか？」

いや、そういう意味じゃないんだけど……。

「お父さんは……なんていうか、選挙の結果に乗って運命を託すのもやぶさかじゃない、みたいな気持ちなんですよね？」

「まあ、そうかな。俺は騎士じゃないから気が進まないが……本当に兄さんの意思なんだったら、蔑ろにはしたくない。きっと何か考えがあっての遺言なんだ」

やっぱりそういう気持ちであるらしい。ルークにとっては、ゴウクは尊敬できる兄貴だったのだろう。

「でも、負けたらどうするんですか？　その場合、ラクーヌさんはホウ家領全体を統べる領主になるんですよね？　報復に来て一家皆殺し、みたいなことはないんでしょうか？」

「……うっ」ルークは短く言って、口をつぐんだ。

やっぱり考えてなかったか。「……そんなことはさすがにないと思うが」

「そうでしょうか？　権力闘争で勝ったほうが、負けたほうを処断したという流れは、歴史の本で何度も見ましたよ」

これは元の世界の話ではなく、シャン人の歴史書を軽く読んだ限りでも何度も起こっていることだ。シャン人の習性は、体の機能こそ多少違っても、ほぼ人間と変わらない。暮らしていておかしな文化だなと思うことは幾らでもあるが、いずれも調べてみれば納得できる理由がくっついている。元の世界の人類と根本的に違う考え方をするわけではない。

「そんなに心配するな。いざとなったら、お父さんがなんとかするから」

ルークは気休めのようなことを言った。

まあ、実際いざとなったらルークは必死で家族を守ろうとするだろうし、俺のパパは馬鹿でも間抜けでもないので、頑張りでなんとかなるのかもしれない。

だが、それに安心して座して待っているわけにもいかない。相手がトラブルを起こしたご近所さんとかだったら構いはしないが、そうではないのだ。

「……まあ、お父さんのことは信頼していますけど、そうなってしまわないに越したことはないですよね？　なら、最低限ラクーヌさんと対立することは避けたほうがいいと思います」

「対立なんてしてなかったろ……してるように見えたか？」

　ルークが若干不安そうに聞き返してきた。

　俺にそう言われると、客観的にどう見えたか不安になったのだろう。

「いえ、前半の流れは良かったですよ。ただ、これからサツキさんに釣られてラクーヌさんに強い言葉を言ってしまったりすると、これは良くないと思うんです」

「それはそうかもな……うーん……」

「本当は今すぐ勝手に帰ってしまうのが得策だと思うんですけどね……まあ、期待していますから。お父さん、くれぐれもラクーヌさんとは対立しないでください」

　とにかくそれが一番怖い。

「分かってるって。心配性だなぁ」

　心配にもなるっつーの。下手したら家族崩壊なんだから。

「それじゃ、戻りましょうか」

　つつがなく話が済んだので、部屋のドアを開けると、そこにはサツキが立っていた。

「お二人で何を話していたんですか？」

　余裕がないのか、詰問をするような雰囲気だ。

「さ、サツキさん。いえ、なんでもないんですよ」

　ルークは義姉が怖い……というより、後ろめたい気持ちがあるのだろう。若干しどろもどろになっていた。

「はぁ……ルークさん、そのようなことだと困ります。毅然《きぜん》とした態度で対決してもらわないと」

　いや、それじゃ困るんだって。

「サツキさん……でいいですか？　ちょっとお話

があるので、お時間をいただけませんか？」

サツキとも少し話をしておいたほうがいい。

「えっ……？　いえ、ちょっと今は忙しいのだけれど」

「少し作戦会議が必要だと思うんです。なにか対策があるのなら、聞かせてもらえませんか？」

「……まあ、いいけれど」

サツキは不承不承といった感じで承諾した。

Ⅲ

その夜、俺は単身、ラクーヌの部屋に向かっていた。

ラクーヌは、サツキに自由に動かせる手勢はないと見てか、なんと剛気なことに屋敷の中に部屋を取っていた。

「あ、あの～」

ラクーヌがいるはずの屋敷の一角に赴くと、手勢と思われる兵たちが警備をしている。

しかし、兵は廊下に二人しかおらず、しかも緩んだ様子で壁にもたれかかっていた。穂鞘《ほさや》のついた槍の石突を床につけて、片手で抱くように持っている。

「ん？　どこの子だ？」

年若の兵士が反応する。どっかの貴族が連れてきた子どもが迷っているのかと思ったのか、軽く対応された。

「僕、ルークの息子でユーリっていいます」

俺は深すぎるほど頭を下げた。

「えっ、ルークって……」敵対勢力だということは教えられているらしく、戸惑った顔をしている。根はいいやつそうだ。「えっと、なにか用なのか？」

「えっと、お父さんのいいつけで、ラクーヌさんに用事があって来たんですけど、おられますか？」

俺がそう言うと、二人の兵は顔を見合わせた。

こんなところに自分の息子一人で寄越《よこ》すとか、マジか？って感じだ。

まあ、ルークには黙って来たんだけどな。

「いや、いないよ。出かけている」

先程とは別の年輩の兵が答えた。やっぱり出かけているようだ。

当たり前といえば当たり前だった。選挙の前日に暇をしている候補者なんていうのは、よっぽどの間抜けだ。

だからここにも兵が二人しか残っておらず、警護すべき主がいないので緩んでいたのだろう。

「大事な用件なようなので、よろしければ、帰っていらっしゃるまで待たせてもらっていいですか？」

「うー……ん……」

曖昧な答えをすると、一人が片手で〝ちょっと待って〟というようなジェスチャーをして、二人はこちらに背を向けてヒソヒソ話をし始めた。

だが、二言三言の会話で終わったようだ。

「いいよ。じゃあ、この部屋で待っているように」

と、すぐ近くの部屋に通された。

中に入ってみると、暖炉の火で部屋の中は明るかった。

どこぞの王朝の接待室、といった趣ではないが、調度はすべて職人が仕上げたもので、近所の大工が作ったような荒削りなものは一つもない。

贅沢《ぜいたく》な客間、といった感じだ。やっぱり相当裕福な家なんだな。一体何の産業があって儲《もう》かってるのか知らないが、ルークも貴族の端くれでいさせてもらうために結構な額の上納金を払い続けているらしいし、広大な領地の全体から税金を徴収すると、それだけでかなりの収入になるのかもしれない。

「椅子に座って待ってて」

「ありがとうございます」

俺は再び大げさすぎるくらい頭を下げると、トコトコと豪勢な部屋を歩いて、ソファに座った。

若いほうの兵士が残って、パタンとドアを閉めると、部屋の入り口で待機する構えを見せた。一応、変なことをしないか見張るつもりのようだ。疑われないで済むので、逆に有り難かった。

「お兄さん、とお呼びしていいですか？」

俺は若い兵士に声をかけた。本当に二十歳くらいにしか見えない。

「いいよ。なんだい？」

兵士は子ども好きなのか、くだけた様子で接してくる。

「暇なので、少しお話ししませんか？　騎士のことをちょっと知りたくて」

「騎士のこと？　ああ、父ちゃんは話してくれないのか」

どうやら、ルークの特殊な経歴について少しは知っているらしい。

「ええ、そうなんです。場合によっては騎士院ってところに入れられるみたいなので、ちょっと怖くて」

実際には、怖いというよりひたすらめんでーんだが。

こうやって会話して打ち解けておけば、ラクーヌがもし俺を暗殺する決心をしても、多少は庇ってくれるかもしれない。

「ああ、騎士院なぁ……あーっ、あーぁ」

と、年若の騎士は唐突に言葉を濁して、うつむき始めた。

えっ、なんなんだ。

「あー、もっどりてーわ……ほんと……」

なにやら切実感のある溜め息まじりの声だった。

あの頃は良かった……みたいな。

今はそんなに駄目なのか。ちょっと不憫《ふびん》に思えてしまう。

「そんなに良いところだったんですか？」

「坊主も王都に行ってみりゃー分かるだろうけど」坊主て。「王都とここらじゃ全然違うからなぁ……ここらは田舎っていうかさぁ……」

東京の大学を卒業して、地方で勤め人になった男が、都会の大学生活を懐かしんでる、みたいな感じだろうか。

「そんなに面白かったんですか？」

「そりゃ、面白いよ。朝起きたら友達《ダチ》がいて、夜は眠くなるまで遊んでさ。学院から外に出たら遊び場もいっぱいあるし……ホント、青春ってのはああいうもんなんだろうな」

どうやら、この男は騎士院の生活がよっぽど水に合っていたらしい。

東京での華の大学生活でさえ灰色でしかなかった俺にしてみれば、そういった生活は想像すらできん。たぶん、こいつは大学に通っていたらサークルもきちんと入ってヨロシクやってたようなタイプなんだろうな。

こういうタイプからしてみれば、俺のような人生は、人生そのまま灰色のドブ漬けにしたようなもんなのだろう。少し人生を思い返してみても、彼の経験したような華々しい色彩にいろどられた季節が、俺の人生に存在していた記憶がない。

別にそれで不幸だったわけでもないし、人それぞれってことなんだろうが、ちょっと悲しい気持ちになった。

「よろしければ、いろいろ聞かせてください」

「ああ、いいよ」

俺が催促すると、青年は遠い目をしながら話し始めた。

「そんでさぁ、そのダラッドってやつが馬鹿でさ。ククク ッ、酔っ払って道ばたで眠ってたら、身ぐるみ剝がされて、明け方こっそり寮に帰ってきたんだが、その日の授業に着てく制服がねーっていうんだよ。あのときは大騒ぎでさぁ……ははっ、今思い出しても面白いわ」

男は、昔を懐かしむようにずっと話していた。

うーん……よっぽど楽しかったんだろうな。

どうも、彼は二年前に卒業してから、ずーっと家の仕事をしているらしい。まだ若いということで、ゴウクが死んだ例の戦争には行かず、本土の守備に残されたようだ。ラクーヌが戻ってくると、戦場での経緯をなにも知らないという点で都合が良かったのだろう。側仕《そばづか》えのような立場に抜擢《ばってき》された。

それからは、ずっと怒りっぽいオッサンの世話だ。そりゃウンザリもする。

「ああ、ダラッドっていえばさ」

と、男が続きを言ったときだった。

扉がバーンッと開け放たれ、彼に厳しい現実を運んでくる悪魔が現れた。

「おい」

ラクーヌであった。

「ハッ！　ラクーヌ様！」

男は瞬時に立ち上がり、背筋を伸ばし、敬礼をした。

俺も同じように立ち上がって、ペコペコと何度も深く頭を下げた。

「貴様、なにをしておった」

「いえ、子どもの監視を……」

「そうしていたようには見えぬがな」

そりゃ、俺の対面のソファに座ってたしな。静かな夜だし、喋《しゃべ》り声は外まで聞こえていたんだろう。

……知り合いとなった誼《よし》みで、ここは助け舟を出してやるべきか。

いや、このまま縮こまっていたほうがいいだろう。青年には悪いけれど、程度で言えばこっちのほうが重大局面にあるわけだし。

「すっ……すみません……少し気が緩んでいたようです……」

青年騎士が謝った。

俺も、親に悪さを見つかった子どものような演技をして、ペコペコとしきりに頭を下げる。

「……追って処罰を伝える。さっさと出ていけ！」

ラクーヌにそう一喝されると、青年騎士は感電したようにビッと背筋を伸ばし、急ぎ敬礼をしたあと、足早に退散していった。

扉が閉まると、部屋に残ったのはラクーヌと俺だけになった。

「で、何の用事だ。小僧」

ラクーヌは改めて俺に向かい、ぞんざいに言った。

坊主の次は小僧か。まあ、餓鬼と呼ばれないだけマシか。

「お、お、お父さんから伝言を伝えられるよう言われまして」

俺はわざと語尾をおかしくして言った。

俳優ではないので水準以上の演技はできないが、少しはリアリティが出るだろう。

素だと、俺はどうしても大人っぽい喋り方になってしまう。それではまずいのだ。脅威になりえない取るに足らない存在と感じさせておかなければならない。

「そうか、内容を伝えろ」

「さ、さつき様のい、いしょに関しての秘密をおつたえしたいと」

「なぜ当人が来ぬ」

……まあ、そうなるわな。

「お、お父さんは、何人かに見張られていますので」

それは事実だった。身辺警護のために、ルークの周辺には三人の兵がついている。

「ふむ……それで、遺書に関しての秘密とはなんだ」

食いついてきた。

「え、えっと。あのっ……」

と、俺は慌てた様子の演技をして、足早にソファから立った。

パチパチと燃えている暖炉へ行く。

「……見ていてください」

俺は懐から出した一枚の羊皮紙をラクーヌに見せ、暖炉にかざした。

近づけてゆくと、ある距離で線上の黒い模様が浮かび上がる。予め塗られた焦げやすい物質が、羊皮紙が燃え出すより先に焼け焦げ、塗ったところが模様になっているのだった。

炙《あぶ》り出しだ。

白紙だった紙の上に、複雑なホウ家の家紋が焦げ現れてゆく。

「どうですか?」と、一度ラクーヌに家紋を見せたあと、反応がないので、「ちょ、ちょっと色が薄いかな」と言い、もう一度暖炉に羊皮紙を近づけた。

近づけすぎた手が火に炙られ、反射的に引っ込める。

「あつっ」

羊皮紙は暖炉の中に入り、燃えてしまった。

「あっ、すみませんっ、すみません……」

俺は粗相を咎《とが》められる召使いのようにお辞儀をする。

「……構わん。それで、さっきのが一体なんなのだ」

「えっと……」

と前置きして、俺はポケットから紙片を取り出した。羊皮紙の端材というかクズみたいなもので、メモ代わりになっている。

俺はメモに視線を落としながら続きを言った。

「ゴウク伯父さんの遺言書は、あの紙に書かれている、らしいです」

「その覚書きを寄越せ」

「あっはい」

俺はせかせかと近づき、ソファの横に立っているラクーヌに、メモを渡した。

大魔女の遺言の紙、これまで通りの待遇、サルンの遺言書を探してる、折れているほうが表で右上、などと書いてある紙を、ラクーヌは読んで、難しい顔をした。

「……ルーク殿は、なぜそのようなことを儂に教える」

「お、お父さんは当主になんてなりたくないんですっ! そんなの務まるわけがないし……僕もただの農民だし……サツキさんのことは、正直迷惑なんです」

「ハッ! それで坊主を送って寄越したわけか」

幸いなことに、ラクーヌの心理に俺の言葉は染み入ったようだ。

「はい……その、一人で行ってこいって」

俺は、ルークに対する不満を態度で表しながら言う。

「それで?」

「さ、サツキさんが見せてくれたとき、盗んできた用紙がもう一枚あります。それと交換に……え、えっと……」

俺はチラチラとラクーヌが握りつぶしているメモの紙を見た。

ラクーヌは視線に気づき、握りつぶしてくしゃくしゃになったメモを開いて、改めて読んだ。

「これまで通りの待遇を、か?」

「そっ、そうです」

「わかった。約束をする」

やったぜ。約束してくれた。

「じゃ、じゃあ……どうぞ」

俺は、親のお使いを早く終わらせたい子どものように、余計なことは言わずに一枚の羊皮紙をラクーヌに渡した。

「えっと、折れたほうが……」

「耳が折れているほうが表だな。こちらでいいのか」

と、ラクーヌは紙の表を指で叩いた。

「はい。折れが向かっているのが表で、文字を書くほうです」

羊皮紙の右上は、炙り出しが入っている裏面に文字を書かないよう、ちょこっと折ってあった。

「そ、それでは、もう失礼していいでしょうか」

「うむ。ルーク殿によろしく言っておいてくれ」

言っておけるわけがない。

「失礼します。ありがとうございました」

俺はラクーヌに深々と頭を下げると、足早に部屋を出ていった。


あー、疲れた。

二十年くらいぶりに気疲れした感じがする。

さっさと寝よう、と思いながら、護衛の人に頭を下げてから部屋に戻ると、ルークがむっすりとした顔で椅子に座っていた。

「わっ、お父さん、起きてたんですか」

「息子が行方不明で、寝られるわけがないだろ」

まあ、そりゃそうか。

「どこに行っていた」

「……ちょっと、本の部屋で調べものを」

「嘘は吐《つ》くな」うーん、バレてる。「お父さんはこの家で生まれ育ったんだぞ？　隅々までよく知ってるし、とっくに捜した」

　怒り度数からして、まさかラクーヌの部屋に行っているとは思ってはいないようだ。

「……すみません、ちょっと、明日のことで……」シャムのところに遊びにいっていました、などと嘘を吐こうとしたのだが、やめた。「いろいろやってました」

「家族のことは、お父さんが守ると言っただろう。そんなにお父さんが信じられないか？」

「……そういうわけじゃないですけど」

ルークのことは、常々尊敬に値する偉大な父親だと思っているのだが、悲しいことに今回の件は向いていないのだ。

　ルークは政治向きの人間ではないし、演技などできない。餅は餅屋という言葉があるが、人には向き不向きがある。

「まあ、僕も僕なりに頑張ってみようと思いまして……」

　信じられないか、といえば、やっぱりルークのことを信じていないということになるのだろう。だからああいう事を勝手にしたわけだし。

「お前はまだ子どもだ。そんなことはしなくていい……どれだけ心配したと思ってる」

「……はい、すみません」

　そりゃ心配もするわな。この状況で子どもが行方不明になったら。

「確かに、ユーリは優秀だ。なにかできることを見つけたのかもしれない。でもな、お父さんやお母さんにとっては、自分の命より、牧場なんかより、お前の命のほうが大切なんだ。それを分かってくれ」

……うぅん。そう言われると弱い。

「はい」

「だから、危ないことはしないでくれ。約束できるか？」

「……約束します」

守れるかなー。どうだろう。

「じゃあ、もう寝なさい。明日も忙しくなるんだからな」

「わかりました」

ぺこりと頭をさげ、すみやかに寝間着に着替えてベッドに入る。

ずっと隠していた指先には、暖炉で炙られた部分に水疱《すいほう》ができはじめていた。消毒もないし、下手に潰さないほうがいい。放っておこう。

じくじくとうずく痛みに悩まされるかと思ったが、意外なことにすぐに眠気が訪れた。俺なりに緊張していたのかもしれない。

◇　◇　◇

翌日、時間を遅らせて午後から始まった会議は、サツキが幕を開いた。

「皆さん、どう転んでも、今日の決議でホウ家の次の頭領が決まります。騎士たるに誇りを抱く者として、恥じることなき挙手をしてください」

泣いても笑ってもこれが最後、ということか。

「私とラクーヌさんの議論は、昨日で尽くされたと思います」まあ、都合三時間くらい、中身のない水掛け論をギャーギャーやってたわけだからな。

「今日は、遺言書の検証から始めましょう。実は、確実に真贋《しんがん》を判別できる方法があるのです」

サツキがそう言うと、居並ぶ諸侯はギョッとした顔をした。

そんな方法があるのなら、昨日の話につきあわされたのは一体なんだったんだ。という顔だ。

「偽の遺言書の出現に備え、ホウの本家では、先々代から特別な予防策を取っておりました。秘密にしていて申し訳ありません。ホウ家頭領の遺言書には、火に近づけると家紋が浮かび上がる仕掛けが施されております」

サツキはなおも続ける。ラクーヌは遮らなかった。

「ここに、ゴウクの父、私の義父である先々代の頭領、サルン・ホウの残した遺書があります。夫のときの継嗣会議でご覧になった方も、この中には多いかと思います。私が昨日この検証を行わなかったのは、書庫の中に埋もれていたこれの在処《ありか》が分からなかったからです」

考えてみたら、炙り出しって何十年も前のものでも効くのかな。

どうなんだろう。モノによっては微生物に分解されて効果がなくなってるってこともありそうだ。

「昨日この話をしていたら、そこにいるラクーヌさんは、その仕組み自体が存在しない架空のでっちあげだ、などと言って、難癖をつけていたでしょう。ですが、もう一枚の遺書と突き合わせれば、もう言い逃れはできません」

「やってみるがよい」

ラクーヌが自信満々に言った。そりゃ、俺が昨日全部バラしていることだからな。

「……では、検証に移りましょう。すぐに済みます」

諸侯が居並ぶ長机の、暖炉に近い真ん中あたりの場所にスペースが作られ、敷布の上に三枚の紙が並んで置かれた。サルンという人が残した遺書は、ひときわ古い羊皮紙なので、若干茶色がかって見える。

その上下にカマボコ型の長い木の棒が置かれ、裏返しに並んだ三枚の紙を、上下に挟んでいた。

「それでは、始めましょう。ラクーヌさん、ここにあるのは、あなたが持つ真正の遺書で間違いありませんね」

「間違いない。早くやってみるがよい」

ラクーヌは自信満々な様子で、心配そうな気配すら発していなかった。

お前はこの加工について何も知らないことになっているのだから、少しは演技をしろよ。と言いたくなる。もし実際にゴウクから貰ったものだったのだとしても、そんな仕掛けがあったことが判明したのであれば、少しくらい驚かなかったらおかしいだろ。

たぶん、根っから負けず嫌いな性格なんだろうな。驚いたフリをするだけでも、サツキに負けたような気分になって嫌なのだろう。

「公平を期して、検証はうちの料理長が行います。熱いものの扱いにも慣れておりますので、適任でしょう」

「……よくわかりませんが、務めさせていただきます」

一人だけ場違いにここにいるエプロンを着た男は、わけのわからない様子でムスッとしていた。

俺はシェフとしてここで働いているのに、なぜ唐突に呼び出されて、職域外の仕事をさせられているのか。という不服が態度に表れている。

彼は、普段はオーブンの仕事で使っているのであろう分厚いミトンを両手にはめていた。確かにサツキの言う通り、適材適所だろう。

「そこにある棒を持って、紙の上を滑らせればいいんですね？　オーブンで炙るような形で」

「そうよ。やって頂戴」

「では」

料理長は、ミトンのついた手で燃えている暖炉の中にある鉄の棒を摑んだ。

燃えているといっても、薪の温度なので赤熱はしていない。料理長は、もう一方のミトンが持っている大きいボロ布で、棒をしごくようにして灰を落とした。

かまぼこ型の二本の棒に橋渡しするようにして乗せ、ゆっくりとスライドさせる。最初に差し掛かったのは、サルンというルークの父親だった男が残したという遺書だった。

「……っ!?」

俺はラクーヌの顔をじっと見ていた。

ラクーヌは、ここで初めて驚愕《きょうがく》に目を見開いた。

「えっ――」

と、小さな声を上げたのは、何も知らされていないルークだった。

「……どういうことだ……？」

諸侯の一人がつぶやき、他もざわつき始める。


サルンが残した遺書には、何も起こっていなかった。燃えにくい羊皮紙は、炙られて表面の湿気が飛んだせいか、ほんの少しだけイカのように背が丸まっただけだった。

続くサツキの遺書も、何も起こらない。背面には何も現れず、熱された棒は、次にゴウクの遺書に向かった。

ラクーヌの反応から成功はほぼ確信していたものの、内心俺は心配でたまらない。

棒がゴウクの遺書の背中にさしかかると、黒い模様がさっと浮き上がった。

円形のホウ家の紋章が、円の外周だけ浮かび上がり、空洞になった真ん中には、筆で書かれた〝にせもの〟という文字が浮かぶ。

「馬鹿なっ――！」

ラクーヌは、まるで身に覚えがないことのように狼狽《うろた》えた。


彼は、昨日俺が帰ったあと、偽造屋にカケドリを走らせ、俺が渡した紙でまったく同じ偽造書を作ったのだ。

つまり、大急ぎで自分が収まる墓穴を掘ってくれたわけだ。

そしてサツキは、戻ってきた王鷲から降りた人物がゴウクの部屋に入っていくのを見てから、会議を始めた。

ここまでお膳立てすれば、あとはなんとかなるだろう。要は遺書の真贋があやふやだったのが争点だったわけで、そこがハッキリとしてしまえば、遺書偽造犯など頭領に相応しかろうはずがない。

「嘘つきが炙り出されたようですわね」

と、サツキが上手いことを言った。

安心したのか、先程までの険しい顔が薄れ、勝ち誇ったような顔になっている。

「貴様っ……謀《たばか》りおったなっ」

ラクーヌは、俺を鬼気迫る形相で睨《にら》んだ。まあ、実際にこの紙を手渡した実行犯は俺なわけだしな。

「まあ、そうなりますか」

ついでに説明しとくか。

ラクーヌと俺とサツキは事態を理解しているが、ここにいる他の人間は全員理解できていない。

サツキが嘘ついたの？　それっていいことなん？　悪いことなん？　って感じだろう。

「昨晩、父上と僕がサツキさんを裏切った、と貴方《あなた》に述べたのは嘘です。どうも遺書の真贋が定かならぬ様子だったので、あなたが偽物の用紙で自ら偽造書を作るよう仕向けさせていただきました」

昨日、俺は後半の会議を欠席し、厨房《ちゅうぼう》を借りて炙り出しの溶液を作っていた。ここにいるシェフは昨日世話になった間柄だ。

炙り出しというと筆で描くのが一般的だが、実際にはかなり細い線まで浮かび上がる。

俺は、サツキからホウ家の家紋の印章の中で一番大きなものを貸りて、印章の外周にだけ溶液を塗って、羊皮紙にスタンプした。

そして筆で〝にせもの〟と真ん中に書いた後、改めて印章の全体に溶液を塗って、キチンと印章がすべて浮かび出る紙をもう一枚作った。ラクーヌの目の前で暖炉にくべた紙だ。

「ぐっ……ぬぅ……」

さすがのラクーヌも、グゥの音も出ないようだ。

まあ、顔は怒りで真っ赤にして俺を睨みつけてきているから、感情が昂《たか》ぶりすぎて頭が上手く働いていないだけかもしれない。

「何か言うことはないんですか？　ゴウク伯父様にすみませんとか」

本来この手の言っても仕方のない話はしないのだが、少しは子どもらしい純粋そうなところも見せておいたほうがいいだろう。

「違う！　偽物ではない！　さっきすり替えられたのだ！」

「いやいや、貴方自身の手でここに置かれてから、誰も指一本触れていませんよ。それはここにいる全員が見ているはずです」

「――昨晩、儂の部屋に盗人《ぬすっと》が入って一度盗まれたのだ！　そのときに加工されたに違いない！」

結構アドリブでも頭が回るなあ、この人。

「一度盗まれたことを知っていたのなら、なぜ検証が行われる前に申し出なかったんです？　あなたは盗まれたとは言っていませんでしたが、サツキさんの問いに対して、間違いなく自分の持つ真正の遺書だと答えていましたよ」

自分の都合のいい部分だけ利用して、悪いところはなかったことにする。そうは問屋が卸さない。

「さすがに、それは今作ったホラ話としか思えません」

「ぐっ……この餓鬼ぃ……！」

歯ぁギリギリいわしとる。

「貴方は、そのガキの考えた計略にまんまと嵌《はま》って踊らされてしまったわけですけど。その様子だと、ちょっとホウ家の頭領っていうのは荷が重いんじゃないですか？」

少しは煽《あお》っておいたほうがいいだろう。序列が際立つからな。

「絶対に許さん――覚えておけ、糞《くそ》餓鬼ッ！」

めっちゃ怒ってる。殺意で人が殺せるのなら、とっくに死んでそうな眼力《めぢから》だった。

俺としても心苦しいが、お前がそんな性格なのが悪い。

こいつが敵前逃亡をしたのは、なにも死ぬのが怖かったからではない。ゴウクが自棄《やけ》っぱちの特攻で無駄に死ぬだろうと踏んで、最初から頭領の座を掠《かす》め取るつもりで逃げ出したのだ。

クラ人の軍隊は、捕虜になった人々を戦争が終わったら帰すなんてことはしない。捕虜にした人々は奴隷として連れて行くし、連れていけない状況であれば皆殺しにしてしまうという。ゴウクが失敗すれば、ホウ家の軍団が籠もっていた要塞の兵たちは、尽《ことごと》くが虐殺されるか奴隷になるか、どちらかの運命しかなかった。

そうなってしまえば、こいつが敵前逃亡したことなど誰も知りようがない。サツキが今持っているゴウクの遺書だって届かなかったかもしれない。逃亡の誹《そし》りなど最初からなく、有力候補の大貴族として大手を振って頭領に就任していたに違いない。

しかし、ゴウクの特攻は成功してしまった。それは、こいつにとっては顔が青ざめる想定外のニュースだったに違いない。

たまたま要塞から逃げ出せた一人二人の生還者ならともかく、ほぼ全員が戻ってきたわけだから、出奔の事実を揉み消すことなどできない。かといって、もう後戻りできる状況にはない。敵前逃亡は重罪なので、座していれば必ず処断は下るだろう。

だから計画を強行し、高圧的にサツキを潰しにかかり、諸侯を脅してまで票を握ろうとした。

特攻が怖くて逃げ出しただけの人ならともかく、そういう卑劣なクズなのであれば、選挙が行われたあと、ルークを謀殺する可能性が高い。

単なる選挙であれば喜んで勝ちを譲ってやったのに、俺はこいつがクズすぎるせいで譲れなかったのだ。

最悪だ。

誰も幸せにはならない。

あえていえばサツキは幸せだろうが、俺は騎士院に入学しなきゃだし、ルークは牧場にかまけてはいられなくなる。ルークは最低限の教養があるからまだいいが、スズヤなんかどうするんだって話だ。

本当にどうすんだよ。頭いてぇ。

「さて！」

いい事ずくめのサツキが、晴れ晴れとした顔でパンッと手を大きく叩き、注目を集めた。

「ラクーヌさん、なにかおっしゃりたいことがないようでしたら、これから挙手に移りたいと思いますわ。いかがかしら？」

「あるわ！　すべてこやつらの陰謀だ！」

そりゃあるわな。

「では、ラクーヌさんが相応しいと思う方は、ラクーヌさんのほうに挙手してくだされればよろしいですわ。でも、一言だけ言っておきます」

どうやら、ラクーヌと議論する時間は持たないようだ。それが正解だろう。

「ラクーヌさんは、夫の騎士たるに相応しい散り様に賛同せず、むしろ利用せんとして戦場から出奔しました。のみならず、その後は遺志を蔑ろにし、偽の遺書まで作った。これは許しがたい悪行ですが、書の真贋が定かならぬのなら騙《だま》されるのも仕方ないでしょう。しかし――真贋が定かになった今になっても尚《なお》、彼に賛同するようなら、その方は下賤《げせん》と誹られて然《しか》るべき者と判断します。当然、騎士としては相応しからざる者ですわ。その点、よくお考えの上、挙手をしてくださいませ」

「なにをほざきよるか！　勝手なことを――」

「分かりました。では最後に釈明なさい。それで満足なのでしょう？」

サツキが突然そう述べると、

「ぬっ――」

と、ラクーヌは口ごもった。

とりあえず文句だけは声高に言ってみたものの、具体的に俺に述べた以上の言い訳など思いつかないのだろう。

「では――」

「待てッ！」

やはり待ってほしいらしい。

自分に不利な空気になっていることは、なんとなく空気として感じているのだろう。そこそこの策を廻《めぐ》らせてから来ただけあって、そこまで鈍感ではないようだ。

「儂は――っ、うっ……むうっ……」

口に出してはみるものの、頭が混乱していて話の筋道をつけられないのか、言葉になっていなかった。

その間、サツキはぴたりと口を閉じている。見苦しい言い訳を際立たせるためだろうか。

そのため、誰一人喋っておらず、しんと静まった空白の時間の中で、ラクーヌは話す権利を手放すまいとするように、間を繋ぐようにしてぽつぽつと口を開けては、嗚咽《おえつ》のような間繋ぎの声を発していた。

ややあって、

「儂はッ――！」

と、強い声を出した。さて、どんな話を持ってくるか。

「儂は頭領に相応しい！　騎士号も持っていない、そこの若造よりは！　よく考えてもみろ、騎士でもない者に騎士の長たる将家の長が務まるものか！」

ここにきて、そういう方向性でくるか。

やっぱ頭はそこそこ回るんだな、この人。

「それはっ――」

と、ルークがなにか言いかけると、

「ルークさんっ」

と、サツキが鋭い声で止めた。

「言わせておきましょう」

ルークがここで何を言っても、ラクーヌの口からはそれを否定する言葉は次から次へと出てくる。

遺書が偽物とバレたことによって、ラクーヌの立場は領内の最有力者から、遺書を捏造《ねつぞう》した犯罪者に変わってしまっている。

言葉の説得力というのは、言う人が何者かによって変わるものだ。昨日の段階では違ったが、今ルークが否定されたところで、ではラクーヌのほうが当主に相応しいですね、とはならない。

「それで？　続けてくださいな」

「ぐっ……」

「どうしました？　終わりなら挙手に移りたいと思いますが」

サツキのほうも、昨晩、昨日の失敗について考え、反省したのかもしれない。

付き合うからポンポン言葉が出てくるわけであって、付き合わなければ一方的に悪口を言っているだけにすぎない。

ラクーヌが発するルークの悪口の内容、一つ一つについて真実性を議論していたら、ラクーヌの思うつぼだ。そこからルークの有資格性が問われる展開に持っていかれてしまう。

「わ、儂は、武勇を上げてきたッ！　前の前の十字軍のときもっ！　先々代の頃から立派にやってきた……」

「それはここに並みいる諸侯も十分承知のことのはずですわ。では、挙手に移りましょうか」

「まっ、待て！」

感覚的に自分の不利を察しているのだろう。

「では、二分間待ちますわ。その間に発言がなかったら、挙手に移りましょう」

結局、ラクーヌはそれから二度ほど発言したが、その次の言葉は出てこなかった。

◇◇◇

机の上を片付け、場を改めると、

「では、決を取りたいと思います。ホウ家の次代の当主に、ゴウク・ホウが弟、ルーク・ホウを相応しいと思う方は、挙手をしてください」

と、サツキが言い、自身も一票を持っているのか、手を挙げた。

我先にと、あっさりと全員の手が挙がる。

中にはラクーヌ側に色良い返事をしていた者もいたのだろう。連結された長机の反対側にいるラクーヌは、世界すべてから見放されたような、愕《がく》然《ぜん》とした表情を浮かべていた。

「では、ラクーヌ・エクが相応しいと思う方。お手を挙げてください」

サッ、と手は下がり、誰の手も挙がらなかった。

ラクーヌの背中には、サツキが呼んできた衛兵が待っている。

「そこにいる逆賊を捕らえなさい」

確実に遺書を偽造したということが明らかになれば、やはり捕らえることはできるようだ。

まあ、できなきゃ困るが。

サツキが言うと、衛兵がラクーヌの肩を掴んだ。

「ラクーヌ殿、こちらに」

「――ッ」

ラクーヌは、肩を掴まれても動かなかった。

目を瞑《つぶ》ったまま、重苦しい雰囲気で肩をいからせている。その姿は、なにかに葛藤しているようにも見えた。

「ラクーヌ殿ッ！」

しびれを切らした衛兵が強く言うと、ラクーヌの腕が一瞬動いた。

肩を掴んだ手を振り払うような動きで、懐から抜き出した何かが一閃《いっせん》、衛兵の首を撫《な》でる。

「なっ――！」

遠間で槍を構えていたもう一人の衛兵が、掻《か》かれた首から血が噴き出す前に、槍をラクーヌに突きこんだ。

ラクーヌはその動きをわかっていたのか、一人の首を薙《な》いだそのままの勢いで半身になり、間一髪で槍を躱《かわ》す。

「――ッ!!」

衛兵が槍を引きながら、ラクーヌを叩くように動かすと、ラクーヌは鉈《なた》で枝でも叩き切るような動きで、槍の柄をスッパリと切り落としてしまった。

　そのままの動きで槍の持ち手をざっくりと裂くと、衛兵は斬撃を食らったことに動揺しているうちに、あっさり首を斬られてしまった。

　目はその光景を見ていたが、現実感のほうが追いついていなかった。

　あっという間に二人の人間が死んだ。殺されたのだ。半分以上断ち切られた首が変な方向に曲がりながら、衛兵が床に倒れた。首からはピュッピュッと真っ赤な鮮血が小さな噴水のように出て、白いテーブルクロスが飛沫《しぶき》で汚れる。

「ユーリ！　下がっていなさい」

　ルークが言った。やけに落ち着いた、頼もしい声だった。

　逃げるにしても、出口のドアはラクーヌのほうが近い。

「サツキさんもっ！」

　そう言っているうちに、目を血走らせたラクーヌは走りながら近づいてきていた。

　諸侯たちは椅子に座ったまま、身を挺《てい》してサツキを守ろうという輩《やから》はいないようだ。

「邪魔をするな！」

　ラクーヌが、叫びながらルークに突進する。

　ルークは、俺とサツキの壁になる形で、ラクーヌと対峙《たいじ》していた。若干中腰になりながら、両手を交差させながら大きく前に出す、奇妙な構えをとっていた。一見腰が引けているようにも見えるが、それを含めて構えなのかもしれない。どこか堂に入っているように見える。

　ルークに、先程血を吸ったばかりの短刀が突き入れられた。

「――フッ」

　ルークは、短く息を吐きながら、わずかに後ろに退《さ》がりつつ、腹めがけて迫る短刀に、対角線から被せるように突き出した右手を添えた。

短刀を持った手首に親指の付け根が添えられると、ラクーヌは急に突進をやめ、体ごと腕を引いた。

それは考えてやったというより、訓練によって刷り込まれた動きを反射的にしてしまった、という感じの動きだった。

「貴様ッ――」

突進を自ら止めたラクーヌが、忌々しげな目でルークを見る。ルークのやった行為は、何か分からないが非常に有効だったようだ。

ラクーヌが部屋の入り口を見る。部屋は大騒ぎになっており、表立ってラクーヌを捕らえようとする者はいないものの、外に駆け出す諸侯は何人もいるようだ。

衛兵の数でいえば、サツキの配下の者が多いわけで、そのうちには助けが入るだろう。ラクーヌはそれを見越してか、悠長に待つことはせずに、ルークに次の刃を繰り出した。

だが、ラクーヌの繰り出した刃はルークには届かない。ルークが前に出した手のゾーンが厄介で、突破できないようだった。

見ていると、ルークはラクーヌの手首を取って、短刀を制したまま自分の間合いに引きずり込みたいようだ。ラクーヌはそれをされたくないので、手首を取られそうになると引っ込める。

よくわからないが、手首を握ると短刀を無力化できる仕組みがあって、二人はその認識を共有しているようだった。

しかし、それは危うい綱渡りのように見える。

五秒ほどの間に何度か挑戦したラクーヌだったが、埒《らち》が明かぬと見ると、空いていた左腕を盾のように前に出し、短刀を持った右手を庇うようにして前に出た。

もみくちゃになってしまえば、刃を肉体に一突きするだけで勝てるのだから、こちらが有利と見たのかもしれない。

しかしルークは冷静に一歩下がって間を外すと、先に出された腕をかわし、続いて突き入れられた短刀を避けた。そして、今度は手首ではなく柄《つか》を握っている拳のところに手のひらを添えた。

単にスイッと受け流したようにしか見えなかったが、刃の向きはルークの腹から逸《そ》れた。加えて、勢いを促すような力が加わったせいで、短刀はルークが座っていた椅子の背もたれのほうに向かっていった。

詰め物が入れられた背もたれにザックリと刃が刺さると、予め考えていたのだろう。瞬きするほどの間もなく、ルークの片足が椅子の脚を強く跳ね飛ばした。

テコの原理が働き、短刀がラクーヌの手から捻《ね》じれ取られる。

ラクーヌは、焦りで判断が鈍ったのか、椅子に刺さったままの短刀を取りにいこうとした。

ルークは一瞬止まった。それは、ラクーヌの動きを阻止する一手を捨てる、音楽の間に一拍子無音を挟んだような止まり方だった。

ラクーヌが無防備に肩口を晒したとき、ルークは再び動いていた。鮮やかな動きでラクーヌの背中を取ると、首に腕を回す。同時に、ラクーヌの腕より遥かに長い脚で、椅子を蹴飛ばして武器を遠くにやった。

それらは、すべてを合わせても、十秒にも満たない間の出来事だった。終わったときには、ラクーヌの喉の前にはルークの肘関節があり、裸絞めが極《き》まっていた。

頸動脈《けいどうみゃく》が強く圧迫されると、ラクーヌは数秒の後に全身の力が抜け、脱力した。

「ふう……」

完全に気を失ったのを見て裸絞めを解いて離れると、ルークは牧場で一仕事を終えたときとそっくりな溜め息を一つ吐いた。

「ユーリ、大丈夫か？」

昔取った杵柄っていうか……。

昔剣道をやってた、とかそういうレベルじゃなかったような気がするんだが。

……うーん、どうして騎士になるのやめたんだろう。

「大丈夫ですけど……お父さん、めっちゃ強いんですね」

俺は初めて見たルークの勇姿にびっくりしていた。

そりゃ軍人というか戦士を育てる学校に通っていたわけだから、戦えないわけではないと思っていたが、まさかこんなに強いとは。

いや、本当に凄《すご》いわ。

「ルークさんは、騎士院演武会に出たほどの腕前ですからね。それにしても大したものですわ。鍛錬を欠かしていなかったのですね」

サツキが言った。

いやいやいやいや、鍛錬なんて一つもしてなかったぞ。

牧場で労働はしてたから体はなまってなかっただろうけど、格闘技の訓練なんか一度もしていない。これは絶対に確かだ。

「……んん、まぁ、昔取った杵柄《きねづか》が役に立ったようで嬉《うれ》しいです」

幕間《まくあい》　騒動後夜

Ⅰ

一連の騒動が幕を閉じると、参加者たちは各々にあてがわれた客室に戻った。

しばらくの間、廊下はバタバタと人が走り回る音でうるさかった。斬り殺された衛兵の死体を別の場所に移したり、掃除をしたり、血飛沫《ちしぶき》を浴びた人たちを着替えさせたり、いろいろ忙しいのだろう。

俺は大丈夫だったが、ルークの服はラクーヌを落としたときに少し汚れてしまっていたので、本人は大丈夫だと言っていたが、メイドさんに懇願されて服を替えていた。

夜が更けてくると、走るほどの急ぎの用事が一通り済んできたのか、喧騒《けんそう》は次第にゆるやかになっていった。

俺とルークはというと、その間何もやることがないので、テーブルを囲んでゆっくりしていた。ルークの前には酒が入ったグラスがある。日本で売られていたような透明なグラスではなく、濁っているというか、濁っているのを彩色してごまかしているような感じの青いグラスだったが、形は美しい。

「さっきのお父さんの戦い方って、やっぱり騎士院で学んだんですか？」

と聞くと、

「ああ、そうだ」

と返ってきた。やっぱり騎士院で学んだ戦闘技術らしい。

貴族のおぼっちゃまが修練とは名ばかりの竹刀打ちをしているような感じなのかと思っていたが、どうも考えを改める必要があるようだ。

訓練も相当厳しいんだろうな。毎月死人が出るようなところだったらどうしよう。

「ユーリはああいうのに憧れるのか？」

「そうですね、少しは」

憧れないといったら嘘《うそ》になる。

「少しか。たくさんじゃなくて」

「できるようにはなりたいですが、十年も二十年も血反吐《ちへど》を吐く思いをして修業しなければならないのであれば、ちょっと考えちゃいますね」

まあ俺には無理だろう。運動神経ないし。

「そんなことはないさ。もうちょっと体ができあがってから、五年も頑張ればあのくらいはできるようになるよ」

希望的観測で五年か……。

「それって、朝から晩まで走りこむとかなんでしょうか」

「いいや、半日だな。騎士院では運動するのはたいてい、日が昇りきるまでだ」

半日もか。それってどうなんだろう。

ニートの感覚でいけば「おえっ」ってなるが、現状でもルークの手伝いで半日くらいは労働に費やしているわけで。


ただ、周りにいるのは気心の知れたルークではなくて、小生意気な貴族のガキとか、ハー○マン軍曹みたいな鬼教官かもしれないので、やっぱり少し不安ではある。

あの衛兵の兄ちゃんの感じを見た限りでは、それほどひどいところではないんだろうとは思うけど。


そこで、トントン、とドアが叩《たた》かれた。

「失礼してもよろしいでしょうか」

という声がドアの向こうから聞こえる。

「どうぞ」

ルークが言うと、メイドさんが入ってきた。

「……失礼します。お夕食はいかがいたしましょうか」

「なんでも構わない。持ってきてくれ」

ルークは食べ物にはあまりこだわりがない。

スズヤに夕食のメニューを訊《たず》ねられても、「なんでもいいよ」と返すのが通例だった。そのたびに「なんでもいいっていうのが一番困る」と返されるのが、我が家のお約束だ。

ルークが当主になったら、あのやりとりもなくなってしまうのだろうか。

「サツキ様が、お夕食にお招きしたいと申しておりますが」

「…………」

ルークは傍目《はため》に見ても明らかに分かるくらい渋面を作った。

今日はもう疲れたから、部屋で簡単にピザとか食べてイカの干物でもツマミに酒飲んで寝てぇ。

みたいな感じだ。

「……わかった、招かれよう。準備ができたら呼びに来てくれ」

行くんだ。

「準備は既にできております。ついていらしてください」

そっちも準備万端かよ。


メイドさんの後についていき、案内された先の部屋は、なんだか家主の私的な空間っぽい部屋だった。

家の権威を見せつけるような調度品はなく、窓枠等もきらびやかではなく、壁には壁紙が貼られていない。この屋敷の部屋としては、今まで見てきた中で一番質素なのではないだろうか。

だが、どこにでもあるようなシンプルな家具は、いずれも丁寧に作られているようで、ニスの光沢が美しく出ている。漆喰《しっくい》塗りの壁は一切の塗りムラがなく、染み一つなかった。

贅沢《ぜいたく》さは感じないが、贅沢に作られた部屋のようだ。

そこにある六人掛けくらいのさほど大きくもないテーブルに、緑色のランチョンマットが四枚敷かれていた。

そこに、サツキとシャムが座っている。

「どうぞ、好きな席におかけになって」

とサツキが言ってきたので、好きな席に座った。

空気を読んで、シャムの対面にした。

◇　◇　◇

「さきほどは、危ないところを助けていただいてありがとうございました」

サツキは微笑《ほほえ》みを浮かべながら、改めて礼を言ってきた。

「いえ、まあ、あれくらいは」

ルークは誇るでもない様子だった。

誇ってもいいと思うけどな。ヘタすると、あそこにいた人間全員惨殺というのもありえたのかもしれないし。

「やっぱり、争い事はおきらい？　もう十八年になるのかしら」

十八年？

ルークは、ヒゲを剃《そ》っているせいで二十代にしか見えないが、今年で三十八歳になる。

誕生日の関係でややこしいが、単純に逆算すれば十八年前は二十歳である。

「嫌いです。だから自分で選んで、借金までして牧場を作って、新しい生活を始めたのに……」

やはり、ルークとしては気の乗らない選択肢ではあるらしい。

心の中では乗り気な人間が「請われればやぶさかではないよ？」みたいな気分で言っているのではなく、絶望を感じるほど嫌ではないのだろうが、本当に好んではいないようだ。

「分かっていますわ。でも、ユーリくんを騎士院に入れるつもりだったのは本当なんでしょう？」

「それは本当ですが、途中で嫌になったら辞めさせるつもりで……」

確かに、前から騎士院にいれるとは言っていた。

どっちみち、俺に選択肢はないんだよな……。

「何事も強制はしませんわ。ユーリくんが本当に辞めたくなったのなら、辞めても構いませんのよ。まあ、そうはならないと思いますけれど」

そう言って、サツキは俺に目線を向けた。うーん……。

「ルークさんが牧場を続けてもらってもいいと言ったのも、本当ですわ」

「しかし、それでは、その間はサツキさんが本家を取り仕切るのですか？　それはあまり良くないのでは」

ルークは真剣に心配そうだった。恐らく、後家にあたる人間が家の執政に関わるという事自体、前代未聞とまでは言わないまでも、よろしくはない感じなのだろう。

「だいじょうぶです。私はあんまり表に出ませんし……老後に暇を持て余しているお爺《じい》さん達《たち》もたくさんいますので」引退爺《じじい》たちを使うつもりのようだ。「でも、任せておくとお金をふところに入れたりする人も出るでしょうから、そのときは私がこっそりルークさんにお教えしますので、ちょっと一筆書いてちょうだいね」

にっこりと笑った。お前の悪事はお見通しだ。潔く切腹せい。みたいな手紙を書くのだろうか。

「……わかりました、それくらいは」

やっぱりルークは気乗りしない様子だ。

「あら、お料理が来ましたわ」

料理が運ばれてくる。

……なんかいろいろあるな。

チーズにサーモンの燻製《くんせい》を薄切りにしたのを巻いたやつとか、なんだかよくわからないソボロが入った玉子焼きだとか、果物を生ハムで包んだようなのとか、一口大にまとめられたいろいろな料理が一つの皿にのっている。

前菜か。スズヤが作る家庭料理もいいけど、こういうのもたまには悪くないよな。

「いただきます」

と、一応食前の礼を一言言い、「どうぞ」と言われてから食べ始めた。

ぱくぱくと食べてゆくと、どれも美味《おい》しい。あのミトンを付けた料理長が作ったのだろうが、なかなかやるものである。

ルークを見ると、黙って出されてきた食前酒を飲みながら、ツマミを食べるように前菜を食べていた。

幸せそうだ。

料理がどうこうより、美味《うま》い酒が飲めるのが嬉《うれ》しいのだろう。おそらく家で飲んでいるのより数段いい酒なんだろうな。いつものウイスキーと違う、なにやら甘いような香りがするので、ブランデーの一種なのかもしれない。

ふとサツキのほうを見ると、

「たくさん食べてね？」

と微笑みながら言ってきた。親戚のおばちゃんか。

いや、考えてみたら、正真正銘親戚のおばちゃんだった。

「はい、遠慮なくいただきます」

そう言いながらも、なんとなく肩肘が張ってしまう。

前菜からデザートまで、なんだかんだ六皿も来た料理を食べ終わると、かなりお腹《なか》がいっぱいになった。

すると、向かいに座っていたシャムが、妙に緊張した様子で、今日はじめて口を開いた。

「あ、あのっ！　一緒に星を見ませんかっ!?」

星？

と思って外を見ると、木々の間から見える空は、見事に晴れていて星が見えた。絶好の天体観測日よりであろう。

ルークのほうを見ると、なんだかニヤニヤしている。

おませな少女が意中の男性をロマンチックなデートに誘っているのだと思っているようだ。

違うから。たぶんかなり学術的な天体観測だから。

「どうですか？　あまり興味ありませんか？」

それにしても、今日はあんなことがあったというのに、シャムは完全に我関せずといった感じだ。サツキも知らせていないのだろう。

俺とルークという珍しい来客があったにせよ、シャムは問題の中核部にいる当事者でありながら、まったく蚊帳の外で日常を暮らしていたことになる。なんだか変な感じだ。

「お父さん、行っていいでしょうか」

星には少し興味がある。天文学は入門書というか面白解説の本を幾つか読んだだけで、殆《ほとん》ど素人だが、星から割り出せる世界の情報というのは多い。

「ああ、行ってきなさい。わかってるだろうが、屋敷からは出ないようにな」

「大丈夫ですよ。じゃあ、行ってきます」

俺はシャムと一緒に部屋を出た。

「こっちです。いい観測場所があるんです」

外出用の厚着を持って、ウキウキしたシャムに連れられて向かった先は、階段を二度上がり、更にハシゴを登った先、屋敷の屋上だった。

屋敷は大きな三角屋根でできているが、頂上の一部に乗っかるようにして、二畳ほど平らになっている部分がある。そこに出たようだ。

ここからはカラクモの市街地が一度に見渡せるようだった。一応ここも軍事拠点の一つなので、物見台ということなのだろう。屋根もなくて雨ざらしという奇妙な物見台だが、これはたぶん大鷲《おおわし》の存在を想定し、あえて死角を作る天井を設けていないのだと思われる。

床には先程通ってきた穴が開いている。蓋の外周には、海獣の皮のようなものが鋲《びょう》で打ち付けてあった。よく知らないが、たぶん防水パッキンのような働きをするのだろう。

一応、滑り落ちないように手すりが設けてある。絶好の観測ポイントと言えるだろう。特に屋根がないのがいい。

「どうですか？　私の秘密の場所です」

秘密の場所でもなんでもないと思うが、はにかみながら自慢するように言った笑顔は、なにやら年相応に可愛《かわい》らしかった。

「といっても、僕は星のことは殆どわからないんだが」

俺が正直にそう言うと、

「じゃあ教えてあげますね」

と言われた。

シャムは俺より一歳年下のはずだ。こんな年の幼女にものを教えてもらう日が来るとは思わなかった。

「敷物と毛布を用意してありますので、寝転びましょう」

シャムはさっさと敷物を敷いて、その上から毛布を敷いた。見張り番用に置いてあるものなのか、備え付けの箱の中に入っていた。

言われたとおり寝転んで、空を見る。天井がないので、自分の目と天を遮るものは何一つない。

考えてみれば、こうやって落ち着いて夜空を見るのは、こちらに来てから初めてのことだった。

ルークもスズヤも天体に興味があるような人間ではなかったし、子どもらしい非常に規則正しい生活をしていたので、夜はすぐに寝ていた。

天文学はもっとも古い学問の一つで、目さえ見えていれば学ぶことができるが、体力が必要な学問でもある。軌道衛星や自動化された天体観測所がない時代では、夜通し起きて星を見ていなければならない。

「いい空だな。よく晴れてる」

「そうでしょう？」

まだ老化していない若々しい瞳で見た天上は、とてつもなく美しかった。未《いま》だ光害という言葉がない世界では、星空はこんなにも美しいものであるようだ。湿度が低い冬というのもあるのだろうが、感動的なほどの星空だった。

日本にいた頃に見た星々は、いくら澄んでいても、さほどのものではなかったように思う。幼い頃などは、学校でミルキーウェイなどと習ってもピンとこなかったものだ。空を見ていても、明々白々に星が密集しているところなど無かったのだから。

だが、今ならわかる。明らかに密度の濃い星の帯が、天界を横断しているのだ。古代の人が乳の川と呼んだのも頷《うなず》けるほど、星々が密集して流れのない大河を形作っている。

なんと美しいのだろう。

この密集した星々は、この星と同じ銀河系に属しており、同じ銀河の仲間と呼べる星々だ。銀河は円盤状になっている。俺たちは円盤を横から見ているので、銀河の星々は一直線上に密集して見えるわけだ。

あれ？　考えてみたらミルキーウェイがあるってことは、銀河があるってことか。

ふーん、銀河はあるのか。やっぱり、人類もヒトっぽいし、縁もゆかりもない世界に来たわけじゃないんだな。

「ねえ、ほら、聞いてますか？　あの星はミルラアといって……」

「ミルラアって？」

「この星の周りを回っている三番目の星のことをミルラアというんですよ」

なるほど。

指を差されても星が多すぎて、どれがどれだかまったく分からない。ミルラアという星も、ぶっちゃけどれだか分からなかった。

ただ、月のように格別に大きく見える星があるわけではない。普通に光っている星だった。

「こういう星は他にも五つあって、特別な星とされています。動きが他の星とは違うんですよ」

自分たちが住んでいるこの星が本当に衛星を六つ持っている可能性もあるが、そうでないならシャムは天動説で宇宙を理解しているのだろう。

天動説というのは、素人考えでは「どうやったらそんな勘違いをしていられるんだ。馬鹿か」と思ってしまうような考え方だが、天文学の面白解説の本で読んだところによると、天体の動きというのは天動説でも説明できてしまうことがとても多く、楕円《だえん》軌道を知らないと、むしろ地動説より天動説のほうが理論的に天体の動きを説明できる部分もあり、否定するのは意外と厄介だったらしい。

「他の星はどう動くんだ？」

「不動星という星を中心に回転しています」

北極星のことか。

「星座とかはわかる？」

「……わかりますけど」

隣を見ると、つまらなそうな顔をしていた。

「天文学で重要なのは五つの星なんですよ。他はあまり変化がないので……」

星座とかにはあんまり関心がないのかもしれない。

確かに、大型の天体望遠鏡がなかったら、外宇宙の星なんぞ退屈極まりないものだろう。

時々は超新星爆発とかが起きて、新しい星が増えたり消えたりすることもあるだろうが、そうでなかったらずーっと一定の速度で北極星を中心にぐーるぐるぐーるぐる回っているだけだ。研究対象としてこんなに退屈なものはなかなか無いだろう。

逆に言えば、内惑星や外惑星はソイツらと比べりゃ実に自由闊達《かったつ》に動くわけだ。

「まあまあ、教えて下さいよ、先生」

「しょうがないですね。じゃあ、教えてあげます」

下手に出るポーズをすると、シャムは得意げになった。

ちょろい。

そして得意げなのがなんとなくかわいい。

「まず、星座には冬の星座と夏の星座があって、今見えるのは冬の星座です」

そこからか。

小学校の先生みたいだな。

「それでですねー、えーと、あれがうし座」

「……なるほど」

案の定というか、全然分かんねぇ。

満天の星の下で指さされただけで、星座が分かるわけがない。

「あれがこと座で、あれがねこ座です」

「へぇ」

全然分かんないが物を教えてくれるシャムが思いの外かわいらしいので良しとしよう。

なんだかお父さんになったような気分だ。

微笑ましくなる。

俺もこんな娘が欲しかったな。前世では悪い思い出の一度以外は女性と縁遠い人生で、その一度が最悪だったために、女性恐怖症みたいなことになってしまったが。

「それで、あれがひしゃく座です」

へぇ。

うし座もねこ座もこと座もさっぱり分からなかったが、柄杓《ひしゃく》座はわかった。

七つの星が柄杓の形を作っており、七つすべての星が明々白々に他と比べて明るいので、シルエットが目立つ。

まるで北斗七星みたいだな。


……ん?

俺は自分の目を疑い、パチパチと瞬きをすると、もう一度柄杓座を見た。

……んんっ?

あまりにも北斗七星に似ている。

つーか、北斗七星だ。

頭の中が真っ白になる。

すぐに目線を移動させ、見覚えのある星座が他にないか探してみる。


俺も星座には詳しくないので、はくちょう座とか言われても分からないが、明るい星ばかりで作られた有名な星座は覚えている。

すぐに見つかった。

見える星が多すぎて分かりづらかったが、オリオン座にしか見えないなにかがあった。


えっ。

あるわけがないものがあった。

異世界で星の見え方が重なるなんてことがありえるのか？

一瞬で答えが出た。まさか。ありえない。

星座は宇宙にある恒星や銀河の光や、超新星爆発の残光が、地表に届いて見えるものだ。

その位置や距離はてんでバラバラで、星座の星は近距離に密集しているわけではなく、宇宙を立体的に捉えれば、とんでもなく離散している。

宇宙の指紋とかＤＮＡとか言ったら喩《たと》えとしては変だが、地球とは別の星にいるのであれば星座は別の形に見えるだろうし、宇宙創生から別の世界なのであれば、形もまったく違うはずだ。

なんらかの理由が存在するはず。

こじつけのような理由はいろいろと考えられるが、剃刀《かみそり》を使ってそぎ落とせば、この惑星は地球と同じ天の川銀河内の、同じような位置にあるというのが、もっとも合理的な解釈であろう。

◇　◇　◇

「――で、あれがさる座で、あれがいす座で」

ふと音が戻ってくると、まだシャムの説明が続いていた。

「……っと、これで全部ですね。覚えましたか？」

覚えられるわけがない。つーか、それどころじゃない。

「ごめん、ちょっと聞いてなかった」

「えっ、もしかして、眠ってたんですか？」

ちょっとショックっぽい顔をしてる。申し訳なくなるな……。

「いや、ちょっとな、それどころじゃなくて……」

「それどころじゃないって、自分で教えてくれって言ってきたのに……」

ごもっともである。

なんかしょんぼりしてるし。

「ごめんごめん、それより、今日はちょっと観測を切り上げないか？」

俺がそう言うと、シャムは悲しそうな顔をした。

「……やっぱり天文は退屈でしたか。私はけっこう好きなんですが、残念です……」

もっとしょんぼりしてしまった。

ああもう。

なんて言ったらいいのだろうか。

「いやいや、俺も好きだよ。でもちょっと他の大発見があって確かめたいことができたから」

「……わかりました。じゃあ、あとで教えて下さいね。その大発見を」

シャムにはあとで埋め合わせをしなきゃいけないな……。


俺は一目散にハシゴを降りて、メイドさんを探してサツキの居場所を聞くと、部屋の扉をノックした。

「どうぞ」

と返事があったので、

「失礼します」

と部屋に入った。

「あら、ユーリくん。どうしたの？」

「ちょっと地図を見せてもらいたいのですが、ありませんか？」

「地図……？」サツキは訝《いぶか》しげな顔をした。「まあ、確かにルークさんのところでは見たことがないかも知れないわねぇ」

地図を見たことがないわけではないのだが、子どもが描いたような大雑把な地図で、しかもこの国だけしか載っていなかった。それでは意味がない。

「一番大きいのが見たいんです」

「大きいのは……宝物庫にあったかしら？」

「大きいのといっても、大きさが大きいのじゃなくて、描かれている面積が大きいのなんですが。大陸の形が分かるような」

「大丈夫よ。大皇国後期の全土地図だから」

シャンティラ大皇国の頃の地図とは恐れ入る。

国宝級のもんだったりして。

「もちろん、当時の本物じゃないけどね。書き写したものよ」

疑惑が顔に出ていたのか、説明してくれた。

写しか。なんにせよ、範囲的には十分だろう。

シャンティラ大皇国といえば、今のシャルタ王国を含む広大な版図を支配していたらしいし、土木技術は現在のシャルタ王国を凌《しの》いでいたと聞いている。建築物の中には、九百年後の現在も使われているものが多くある。

このカラクモは大皇国崩壊後に建設された都市なので遺構もなにもないが、王城島の護岸壁や王城の基礎などは大皇国時代の建築物だと聞いている。そこが作った地図なのだから、悪いものではないだろう。

「それを見せてください。お願いします」

サツキに案内されるがまま、背中を追って鉄板で補強された剣呑《けんのん》な扉を開けると、そこが宝物庫だった。

サツキが大きな鍵を置き、カンテラを持って奥に進むと、所狭しと積まれた貴重品の数々が薄く照らされた。

どうも、海賊の財宝といった感じの金銀財宝ではなく、武具の類が多いようだ。恐らく歴史があって貴重とされているのであろう甲冑《かっちゅう》や刀槍《とうそう》が、たくさん壁にかかっている。

だが、よく見ると金塊らしきものもあった。頑丈そうな棚の上に並べて安置されており、ホコリを被《かぶ》っていた。その近くには、鮮やかな紅色をした宝飾サンゴのような品もある。

「ホコリっぽいわねぇ」

「そうですね」

サツキはハンカチを口元に当てている。

こういった品々は人々の欲望を刺激し、良からぬ考えを起こさせるので、メイドたちを気軽に入れて毎日掃除させるというわけにもいかないのだろう。

「たしか、ここにあったような気がするんだけど」

サツキは桐《きり》のような白っぽい素材で作られたタンスを開けた。中には、大きな羊皮紙で作られた地図が二つ折りになって入っている。

羊皮紙は動物の皮を原料としているため、一枚のサイズに限りがあるが、この羊皮紙は大きなサイズを二枚繋《つな》げて真ん中を細い糸で縫ったもののようだ。

取り出して開いてみると、見開きの新聞紙ほどのサイズになった。

形が非常にくずれてはいるが、明らかに見覚えのある地形が広がっていた。ユーラシア大陸北西部だ。

「私たちの国はこのへんになるわねぇ」

とサツキが指さしたのは、スカンディナヴィア半島に当たる場所であった。

殆どが伝聞で描かれたものなのだろう。ユーラシア大陸といっても、形は非常に崩れており、俺の知っている精確な地図とは大分違う。

だが、明らかに俺の知っている地形が残っている。

地図に残っている国境線を見る限り、シャンティラ大皇国というのは東はウラル山脈、西はスカンディナヴィア半島、南はウクライナあたりからクリミア半島、バクーの手前くらいまで領土があったらしい。

ロシアと同じで、最北部の領土に関しては人が住みにくいことを考慮しなければならないが、それでも大した版図である。

首都シャンティニオンはクリミア半島にあったらしく、適当に誤魔化している感が凄《すご》いスカンディナヴィア半島と比較すると、黒海海岸線の地図は非常によくできていた。

世界地図の記憶とほぼ合致する。

黒海と地中海を結ぶ、マルマラ海のような地形もあり、そこからイタリア半島くらいまで地図が延びている。

反面、グレートブリテン島はなんだか落花生みたいな形の島になっていて、アイルランドがない。

本当に存在しないのか、伝聞で雑に描いたので無くなってしまったのか、どっちなのだろう。

「この地図だと、私たちの国はあまりよく描けてはいないわねぇ。なにぶん、国の中心がずっと東のほうにあった頃のものだから」

「……なるほど」

やっぱり、半島の地形はかなり不正確なようだ。大皇国が健在だった時代は、ここら一帯は辺境も辺境であまり重視されていなかったのだろう。

だいたい納得はいった。

はあ、マジでそのまんま地球じゃん、ここ。

俺はなんで七年間も気づかねえんだよ。

「ご期待に添えたかしら？」

「ええ、十分に。あとで半島の正確な地図も見せてもらえませんか」

「国の地図は夫の部屋にあるわ」

「よろしければ、すぐに見せてほしいです」

「それじゃあ、行きましょうか」

俺とサツキは宝物庫を出た。帰りがけに扉を閉じると、鍵をかけた。

「こっちよ」

廊下をしばらく歩き、サツキに案内されたのは、両壁に書棚が並んだ、武人の私室とは思えないような部屋だった。

書棚にはぎっしりと古い本がはいっている。私室というよりは書斎といった趣の部屋であった。

「本がいっぱいですね」

「ここに住むようになったら、いくらでも読んでいいのよ？」

「楽しみです」

俺は本の虫というわけではないが、本を読むのを苦にするタイプではない。

「あら、机に出してあるわねぇ……」

机の上には、既に地図が広げられていた。

ゴウクが出て行く前に広げたのだろうか。この部屋のものをいじるのはゴウクとサツキくらいで、メイドさんはいじらないだろうから、出て行ってからそのままなのかもしれない。

サツキの顔から微笑みが消え、哀《かな》しみの陰が差した。

「拝見させていただきますね」

「……うん、どうぞ」

サツキは俺の脇の下に手を入れると、体を持ち上げた。

「あの」

「椅子に座ったほうが見やすいわよ」

ひょいとゴウクが座っていたであろう椅子に座らされた。案外力持ちだな。

サツキは俺を座らせたあと、少し遠くに離れて、俺の姿を見ている。

ぬう。

まあいいか。

地図を見ると、それはシャルタ王国とキルヒナ王国、両国の地図だった。二国は、スカンディナヴィア半島に存在して、キルヒナ王国は陸の根っこを抑えるようにして、フィンランドの部分に存在している。

そして、その更に東方には、〝ダフィデ王国〟〝ティムナ王国〟という国名があり、領土は見切れていた。この二国は、既に滅びてしまった国だ。

俺の記憶の中のスカンディナヴィア半島と違いがあるとしたら、半島の一番さきっぽのところがえぐれているところだろうか。

デンマークがあったところ、コペンハーゲンなどがあった島は、存在自体が見受けられない。まさか地元の地図がそれらを見落としているということはありえないので、こちらは本当に存在しないのだろう。

ホウ家領は半島の先端、最南部の一帯を仕切っているようだ。

「夫が戦ったのはここ」

と、サツキは地図上を指さした。

サンクトペテルブルクか。

サンクトペテルブルクはバルト海に面した都市で、半島の付け根にあたる部分にある。

つまりは、半島が大陸に接続するところ、キルヒナ王国の東の国境で戦ったというわけだ。

ただ、サツキが指差したのはサンクトペテルブルクではなく、その内陸だった。

「ここに要塞があるの。ラクーヌは、ここから逃げたわけね」

地理的には貿易に良さそうな場所だが、シャン人はクラ人の国家とは断交状態にあるようなので、国境に交易都市ができることはないのだろう。

「最初から要塞で戦ったんですか？」

「最初は野戦で、大敗して籠城戦になったみたい」

サツキの言う要塞というのがどういう形のものなのか分からないが、なぜ特攻をする羽目になったのだろう。

援軍が来て包囲を解ける見込みがあったのであれば、特攻などする必要はない。もともと低い成功率しか見込めない行為なわけで、これ以外どうしようもないという切羽詰まった状況でなければ、そういう選択はしないだろう。

地図上で見ると、要塞はここよりずっと北に位置している。彼らは冬という援軍を待っていたのかも知れない。敵と味方の我慢比べの結果、こちらの食料が先に尽きたということなのだろうか。

類推したところで、答えは出ない。詳しいところは、当事者の誰かに聞かないと分からないな。

「ありがとうございました。よく分かりました」

「そう？　何がわかったのかしら？」

「いやぁ、地理の勉強になりました」

ほんとにな。

「あら、そう？　それならよかったわ」

そこらへんはあっさりと流してくれるらしい。

「それでは、今日はつかれたので、休みます。夜分遅くにすみませんでした」

「いいのよ。それじゃあ、お部屋まで送っていくわね」

「いえ、分かりますので大丈夫です」

さすがに送られなくても帰ることくらいはできるだろう。

「夜はけっこう迷うのよ？　外が見えないから、大人でもたまに迷子になるの。大丈夫かしら？」

ぐ……。

そう言われると不安になってくるじゃないか。

「では、お願いしても構いませんか」

「もちろん。それじゃあ、行きましょうか」

結局、サツキと一緒に部屋まで帰ることになった。


書斎を出ると、廊下はシンと静まって本当に暗かった。いくら裕福でも、夜間の廊下にまんべんなく照明を置いておくことはできないようだ。

まあ、火災の危険を考えると、照明を増やすのは賢い選択とは言えない。

例外的に、階段は転落の危険があるということなのか、手すりの折返しのところに一つ一つ固定された照明がつけられていた。油壺《あぶらつぼ》の油を太い灯芯が吸い上げて、そこそこ大きな火が立っている。暗闇に慣れた目なら階段のはじめと終わりくらいはよく見えた。


そこを通り過ぎると、ルークの寝ている部屋に通じていると思われる廊下に入った。

俺の記憶が確かなら、ここを直進すればたどり着くはずだ。

が、そこで妙な声が聞こえた。

「しく……しく……」

女の子がしゃくりあげるような声が響いている。

思わず背筋が寒くなった。霊的な何かか。考えてみれば、霊の一匹や二匹いそうな屋敷である。

今日人二人死んだし。

「あ、あの……」

思わずサツキに声をかけると、シクシクという声が止まった。

「しーっ」

と、サツキは俺に黙っているようにジェスチャーで合図をする。黙っていたほうがいいのか。

そのまま少し歩くと、声の主にたどり着いた。

「シャム、また迷子になったの？」

「……ズーッ」

泣きべそをかいていたのか、廊下で体育座りをしていたシャムは鼻をすすった。

「……うん」

そう言いながら、サツキの顔を確認してホッとした様子であった。かわいい。

「ちょびっと恥ずかしいところを見せちゃったかもね」

そうサツキが言うと、シャムは暗闇に隠れた俺の姿を見た。

「えっ、ユーリっ!?　ちょ――」

「こら、大声を出さないの……」

サツキの指がシャムの口をぴたっと閉じた。

確かに、遠くでほんの僅かに聞こえるおっさんのイビキ以外、なにも聞こえない。森に棲《す》む鳥獣の声が聞こえない分、俺の実家より静かなくらいだった。幼女が金切り声を上げたら大層響くだろう。

「す、すみません……」

シャムは親に対しては意外と従順なようだ。

「それじゃ、俺は……」

「違うんですっ、今日はたまたまで……ほんと、滅多にあることじゃなくて……」

「分かってる分かってる。こんな暗くちゃしょうがないよ」

真っ暗な上、廊下には揃《そろ》いのドアが並んでいるわけで、これは迷っても仕方がない。

シャムの自室は二階に存在するはずなので、一階で迷っているのは不思議であったが、まあオバケに怖がってるうちに間違えてしまったのかもしれない。こんな屋敷ではオバケを怖がりたくもなる。

「ほんとです……信じてくださいね……ぐすっ」

暗闇でよく見えないが、再び涙目になっているような気配がする。

「大丈夫よ。少しくらい欠点があったほうがかわいらしく見えるものだから」

「ぐすっ、おばかに思わないでくださいね……」

シャムが気にしているのは別のところらしかった。

「思わないよ……」

そもそも頭の良さと関係ないし……。

「じゃ、お部屋に戻りましょうか。ユーリくんの部屋もすぐそこだから」

サツキはシャムの手を握って、歩き始めた。

Ⅱ

「ここが僕たちのいるカラクモなんですね」

「そうよ」

と返しながら、サツキは目の前にいる少年のことを観察していた。

この国の貴種であれば誰でも知っているものを、初めて見るもののように興味深そうに見ている。

「ちなみに、夫が戦ったのはここよ」

と、地図上の一点を指差すと、少年は新たに何かを考えているらしかった。

その心は読み解くことができない。

サツキは、昨晩の出来事を思い出していた。


「——ということで、あなたは余計なことをせずに、明日になったら偽りの発議をしてもらえればいいんです」

父親なしで話をしたいと言われ、謀議めいたことを説明されたとき、サツキは正直、なにを言われているのかよく分からなかった。

「ふふ……面白い思いつきだけど、ラクーヌさんは引っかからないんじゃないかしら?」

「ラクーヌという人は、自信家で傲慢な性格に見えました。騎士を捨てたお父さんのことは、当たり前ですが見下しているでしょう。僕のことも、学のない農民の子ども程度に思っているはずです。

そういった人間が軽挙妄動に走るというのは、彼にとってはとても心に馴染《なじ》みやすい流れなんですよ。これは、ラクーヌさんが最初から信じたいと思っている嘘なんです。さもありなん、と思うだけで、疑いはしないと思います」

「うーん……」

「もちろん、続きの会議でお父さんがあなたの味方をしない、という前提があっての話です。あなたの援護をするようなら、敵だった人が急に擦り寄ってくるわけですから、それは疑われるでしょう」

サツキにとっては、ルークには味方となって率先してラクーヌと論戦してほしかった。そういう意味では、さきほど日和見のような態度だったのは不満で、ルークに一言言ってやろうと思っていた矢先のことであった。

この少年の言う通りにすると、ルークはラクーヌと対決するどころか、敵対できなくなってしまう。

「でも、分かっていないかもしれないけれど、あなたが一人でラクーヌさんのところに行くというのは危険なことなのよ？　あまり怖がらせたくはないけれど、ひどい目に遭うかもしれないわ」

「そんなことをしなくても、選挙には勝てるってことですか？」

「そうね。絶対に勝てるとは言わないけれど、こちらのほうが味方は多いのよ」

「勝ったとして、なんの意味があるんですか？」

なにを言っているのだろう。とサツキは思った。

勝てばそれで終わりではないか。

「……？　何を言っているのかしら？」

「勝って当主になったからといって、なんでもできるわけではないですよね。ラクーヌさんを所領に帰さず、反逆罪のような容疑をかけて、明日にでも処刑することはできるんですか？」

少年は、なんとも剣呑なことを言い出した。

「……さあ、それは分からないけれど」

「エク家を国外追放する程度でも構いません。選挙で勝ってお父さんが当主になったとして、すぐに実行可能ですか？」

サツキの胸の中に嫌な雲が漂った。ラクーヌのエク家は、南部の港町を累代支配している。それは古くからの支配なので、何かハッキリとした罪状がなければ所領を取り上げることは難しい。

もちろん遺書の真贋《しんがん》がハッキリすれば可能なことだ。だが、それがハッキリしないからあれだけ言い争っていたわけで、贋物《にせもの》であることはわかっていても、皆の前でそれを明々白々にする方法がない。

結局、ルークが勝利したとしても、容疑に関しては灰色ということで有耶無耶《うやむや》にされてしまうのではないだろうか。

「ラクーヌさんが帰ってしまった場合、後々容疑をかけたとして、召喚や領の明け渡しを拒んだら強制執行しなければならないわけですよね。この場合は、戦争というか内戦のような形になると思います」

「……そうなるわね」

実際、それは事実なのでそう言うしかなかった。従わなければ軍を起こして従わせるしかないし、その場合ルークが騎士号を持っていないことがとても大きな問題になる。

内輪の問題なので、シモネイ女王に頼んで勅令を出してもらうことはできない。そんなことをすれば国中の笑われ者になってしまい、統治が覚束《おぼつか》なくなる。

「そうなったとき、諸侯は協力してくれるんですか？　圧倒的な戦力差で、些細《ささい》な謀反を鎮圧するような形で鎧袖一触《がいしゅういっしょく》に滅ぼせるのであれば良いですが、苦戦が目に見えるようであれば結局戦争を避けて、ナアナアでエク家の存続を認めることになるのでは？」

「……その可能性はないとはいえないけれど、今から心配のしすぎじゃない？」

少年の言うことは、現実に今起こっている問題ではない。石橋を叩くように、将来こうなるかも

しれない、という段階の話だ。

確かに、会議は全会一致ではなく票が割れた形での決着になるだろうし、その直後にラクーヌを処刑するのは難しいかもしれない。だが、そのあとラクーヌが大人しくなる可能性もある。

サツキとしては、問題は一つずつ片付けたかった。目の前の問題だけで大きすぎるくらいで、既に手一杯なのだ。

「残念ですが、ああいった傲慢で卑劣で手段を選ばない人が、黙って静かにしているとは僕には思えません」少年は、安易に流れるサツキの心を見透かすように言った。「彼は絶対にお父さんと貴方《あなた》を攻撃し続けますよ。それに、ホウ家が戦争に参加しなくて済むということは、逆に言えば内外に示せる大成果のようなものも得られないということになりますね。内政に力を入れて収穫が少し上がった、というような地味な成果で、諸侯の支持を十年以上保ち続ける自信があるんですか？」

頭が痛くなりそうだった。

せっかく、選挙に勝てばすべてが上手《うま》くいくと思っていたのに、水をさされたような気分だ。

ラクーヌが来てからずっと頭の痛い問題に悩まされているのに、少年は選挙に勝っても負けても未来は暗いのだと主張している。

「それは、やってみなければ分からないでしょう……」

少し苛《いら》つきながら、サツキはそう言った。だが、内心では少年の言っている将来像が克明に想像できてしまっている。

乏しい成果。それを大上段から否定して回るラクーヌ。徐々に態度を冷たくしてゆく諸侯。それは有り得そうな未来だ。

「まあ、そうですけどね。お父さんはあれで凄い人なので、案外、諸侯の支持を集めるのかもしれません。でも、そうならない可能性も相当高いと思っています」

「あなたの計画は選挙に悪影響が出るわ。そのせいで負けるかもしれない。簡単に頷くわけにはいきません」

この後の会議でルークが黙って対決をしないというのは、相当に悪い影響がある。そもそも当人は当主になりたがっているのか？　なりたがっていないのならば、無理に任せる必要などない。という話になってしまう。

それに、明日の発議にも不安があった。ラクーヌが罠《わな》に引っかかっていればいいが、逆に露見してしまえば、こちらは恥をかくことになる。もちろん、これもその後の選挙に悪い影響が出る。

相当に危険な賭けだ。

「どうせ勝ったところでケチがつくんですから、この際全部解決しちゃいましょうよ」

「……申し訳ないけれど、協力はできないわ」

サツキがそう言うと、

「えっと……サツキさんって、僕を信じてないんですか？」

と、少年は首をかしげて言った。それは、演技めいた動作だった。

尋ねる風でありながら、信じていないことは承知している。その上で、知らない体《てい》で話している。

「……そうね、あなたはまだ若いから……」

「ははっ」

と、少年は何におかしみを覚えたのか、乾いた笑いを漏らした。

サツキは、少年の半ば挑発するような言動に苛《いら》立《だ》ちを覚えた。こっちは、夫の遺志を実現するため、文字通り心を砕いているのだ。若者の軽はずみな行動になど乗れない。

「何がおかしいの？」

「おかしいですよ。自分でもそう思わないんですか？」

まったく意味が分からなかった。

実力もなにもない、自分の四分の一も生きていない少年のことは信じられない。当たり前のことだ。

「ゴウクさんは僕にホウ家を託した。僕に賭けたゴウクさんの判断を信じられないのなら、あなたは何のために夫の遺志を遂げようとしているんです？」

◇　◇　◇

そしてサツキはここにいる。

ラクーヌは屋敷の牢《ろう》に繋がれ、すべてが解決し、有言実行、後顧の憂いは晴天の空のようにすべてが取り除かれた。

結果を言えば、この少年がすべてを解決してしまったことになる。

「それではサツキさん。今日はお疲れ様でした。おやすみなさい」

あのときとは別人のように、ペコリと礼儀正しいお辞儀をすると、少年は寝室の扉を閉めた。

夫はあの少年に何を見たのだろう……。

サツキにはさっぱり分からなかった。ただ一つ分かるのは、夫の目は確かだったということだ。

「お母さん」

愛娘《まなむすめ》が、繋いでいる手をくいっと引っ張る。

「……うん、行きましょうか」

サツキはそう言って、廊下を歩きはじめた。

第三章　日常の風景

I

ルークが頭領に就任してから三年、俺はしごかれ続けていた。

「そんなことでは院に入った後、笑われますぞ」

道場の板張りの床の上でぐったりしていた俺に、毛も白んだ爺《じい》さんが言ってくる。

この爺さんともかれこれ、三年のつきあいになる。彼は名をソイム・ハオといい、戦争で家長が討ち死にしてしまったせいで隠居から復帰することになった騎士の一人で、若い頃は遠征するたびブイブイ言わせてたらしい。

手塩にかけた一人息子はずいぶん昔の戦争で死んでしまい、そのときは孫がいい年齢になっていたので孫に家督を譲ったが、その人も先日ゴウクと一緒に天に旅立ってしまった。

その後、サツキに頼まれて俺の教育係の一人となった。領地の管理は任せっきりにできる者がいるらしく、遺《のこ》った曽孫は俺より五歳も年下なので、毎日暇を持て余しているらしい。そのため、毎日俺を棒でぶっ叩《たた》いたり関節を極《き》めたりする生活を送っている。

損をしているのは俺だけだ。

ソイムは年齢としては九十歳を超えている老人だという。だが、そんな爺さんでも、老いぼれた皺《しわ》肌の奥には衰えたとはいえ老いてなお洗練された筋肉が秘められており、それを老熟した技術で操るものだから、恐ろしく強い。

俺は立ち上がり、再び木の槍《やり》を手にした。

これは白木の棒の先っちょが赤く塗られているもので、子どもが訓練で使うものらしい。赤い先端は刃先を意味している。

ソイムのほうは、細い木の棒に藁《わら》を巻いて、上から動物の皮をかぶせた棒を握っている。叩かれても痛くないように配慮しているわけだが、完全に中空になってる竹刀みたいなもんでも叩かれりゃ痛いんだから、芯の入っている棒に何を貼り付けようが、やっぱり痛いもんは痛い。

俺は立ち上がった。

「どうぞ、かかってきなされ」

ソイムは両手で棒を構えた。

俺は飛びかかるように突っ込んでいって、突いては引き、薙《な》いでは戻し、懸命の連打を食らわせたが、全部避けられるか、いなされるかされてしまった。

息切れしはじめたと思った矢先、軽く力を加えられて一撃がいなされると、間髪容《い》れずに出足払いのような足技がきて、踏み込んでいた足をすぱんと抜かれ、無様にすっ転んだ。

床を叩き、受け身をとって事なきを得る。

くっそー。

もちろん体のスペックが大人と子どもで違うのもあるが、やはり技術がかけ離れている感じがする。

俺も三年頑張ってきたが、全然足元にも及ばない感じだ。

「悪くはないですな。だが、引き際が悪い。息が上がったら引かねば今のようになりますぞ」

「引いたら攻められて、結局はこうなるんじゃないか」

「フフ……それはそれですよ」

ソイムは笑みを浮かべていた。そして、諭すように言った。

「若君《わかぎみ》と私とでは、随分と力量に差があるのですから、負けるのは仕方がない。ですが考えてもみなされ。ここが戦場であったなら、引いて粘っていれば仲間の横槍がわたしを刺してくれるかもしれぬではないですか。だが、無謀に攻めて今のようにあっけなく倒されてしまえば、その目もなくなってしまうのです」

この老人はなぜか俺のことを若君《わかぎみ》と言ってくる。こっぱずかしいこと極まりない。

それは置いても、言っていることは正論だったので、これには納得するしかなかった。

「なるほど、確かに」

俺はぐっと体に力を入れて、立ち上がった。

息はもう整っていた。

「さあ、かかってきなされ」

シャン人の騎士は、なぜだか槍に強い執着があるため、基本は身の丈ほどの槍をメインに修得するのだが、それだけを学ぶわけではない。

なんといっても槍はかさばるので、常日頃、家の中でも勤務先でも持っていたら奇人変人でしかないわけで、日常的には短刀を帯びる。

江戸時代の武士が大小を帯びるのがしきたりであったように、騎士にとって短刀は外出時いつでも持っているべきものらしい。

槍にも種類があり、例えば「俺は突くより斬るほうが向いてる気がする」という人は、薙刀《なぎなた》風になったものを使ったりもするようだ。

つまりは、槍術《そうじゅつ》（短槍術）、剣術（短刀術）、格闘術の三つがシャン人の近接戦闘の基礎項目となる。それに加えて、弓術やカケドリ、鷲《わし》の騎乗術が加わる。

「そい！　そいっ！」

わざと掛け声をかけながら、ソイムが槍を繰り出してくるのを、俺はかわしていた。

手には木で作られた短刀を握っている。足を突かれれば寸前で足を引き、顔を突かれれば上体を反らし、なんだかんだで避けていく。

槍の間合いギリギリにいるのだから、一歩引けば避けられるわけで、来るのさえわかっていれば実は避けるのは簡単なのだ。

追い足もこちらに合わせてゆるめてくれているようで、追いつかれることもない。

俺は木の短剣を構えながら、片手を柄《つか》に添えるように構えていた。手元に突き入ってきた槍を胸元ギリギリで避けると、空いた片手で柄を摑《つか》む。

槍を握られるというのは、使っている側にとっては嫌なことだ。握り手を振り払うにしても、人間の腕は押す力より引っ張る力のほうが強くできているので、そう簡単には離れない。その対処に手間取っているうちに近づかれてグサリ、というのは、本来有利なはずの槍がやられるパターンとしては典型的なものらしい。

俺の場合は力が弱いので、すぐに振り払われてしまう。槍を引っ張って体に助走をつけると、攻めに転じてふわりと間合いの中に入った。その勢いのままに短刀を繰り出し、槍の持ち手を狙う。

が、俺が狙ったときには、ソイムは既に持ち手から力を抜いていたようで、槍から手を離してスカされてしまった。逆に、短刀を握った手が拳で狙われていた。

ソイムの拳がビシッと手の甲を打つと、腕全体がしびれるような感じがした。

体が硬直した瞬間に、腹のところに軽いケリが入って、俺は仰向《あおむ》けにすっ転んでしまう。受け身を取ると同時に槍が突きこまれ、腹のところにチョンと先端が当たり、やっぱり俺は負けた。

その後、整理運動とばかりにソイムと一緒に屋敷の外周を一周走り、汗みずくになったところで、今日の稽古は終わった。

「それでは、次の稽古は明日ですな。体をよく休めてくだされ」

「ありがとうございました」

飯を食ったら午後はサツキから直々に勉強を教わる予定が入っていた。

◇◇◇

「……こらぁ」

ポカリと頭を叩かれた。

「うわっ」

おもむろに意識が覚醒する。やべぇ半分寝てた。

「寝てたでしょ」

「あ……ハイ」

「そんなに退屈かしら?」

俺に授業を教えていたサツキが困った顔をしていた。

そりゃ退屈に決まっている。こんな授業、あんな激しい運動をしたあと、しかも食事をした直後にやるもんじゃない。寝るなというのは無理な注文だ。非人道的とすら言える。

「いえ、頑張ります」

「ここは行灯《あんどん》かきかき冬の雪って覚えるの」

……？？？

「へ？」

「だから、主語が御婆《おばあ》だった場合の動詞の活用がね」御婆というのは、この場合は一種の学術用語で、年配の女性のことを指す。「目的語が御爺《おじい》、男性、モノ、土地、王族、御婆、女性の場合で変化するでしょ？」

「は……はぁ」

そないなこと言われましても……俺はまた途方にくれた気分になった。

サツキがこだわる古代シャン語というのは、万事が万事この調子だ。

「そこで語尾が行灯かきかき冬の雪ってなるのね。女性が年配の場合と若輩の場合は同じユキでいいから、一つ覚えるのが減るわね」

えーっと。

七つ覚えるところが一つ減ったところでどうだっていうんですかね。

そもそも、動詞が目的語の都合で変化していくというのがわからない。

もちろん日本語でも英語でも動詞は変化するが、主語が自分か他人か、過去か未来かで変化するのならともかく、目的語がジジイかババアかによっていちいち変わったりなんてことはない。

そんなことがあったら、活用の種類が倍々に増えて数が爆発してしまうので、そんなアホのような言語が存在するはずがない。

だが、信じがたいことに、その言語は存在するのだ。しかも、主語による変化、目的語による変化のほかに、敬語による変化もあるので、実際には掛ける項目が一つ増える。

動詞だけが頭のおかしい異常な世界で、形容詞のほうは常識的な通念が通用する平和な国なのかというと、こちらはこちらで別角度の狂気に支配されたサイコホラーのような世界なのである。

俺の中の矮小《わいしょう》な常識では考えられない言語なのであった。

当然、こんな言語を国民の全員が習得していたなんて話はあるはずもない。大皇国が健在であった当時も、書き言葉としてしか使われていなかったらしい。大方、暇を持て余したインテリ層がなにかをこじらせてこういう馬鹿な仕組みを造り出したのであろう。

「あの、これってなんの意味が」

俺は通算何度目かの質問をした。

「古典を読むためには、これくらいはできなきゃねぇ」

同じ答えが返ってきた。

「えっと……これができたら魔法とか使えるようになったりするんですか?」

「なに変なことを言ってるの」

「いや、言ってみただけです」

魔法が使えるなら、ちょっとくらい必死にやるんだけどな。

はぁ。

「歴史と同じ丸暗記なのに、なんでユーリくんは古典が嫌いなのかしらねぇ……」

サツキは困ったように言った。

まるで同じじゃないからです。

例えばルークが考古学者で、俺も将来考古学者にならなければならない。みたいな話なら、まだ理解はできる。考古学者なら古典を読み解く必要は当然あるだろうからな。

だが実際は違うし、この異常な言語は既に、話す言葉としても書く言葉としても利用者の絶えた言語なのだ。古典研究の現場でしか使われていない。なぜ古代文学にまったく興味のない俺が勉強しなければならないのか。さっぱり分からない。

「とにかく教養人を名乗るなら古代シャン語くらいできないと駄目ですからね。さ、書いて覚えましょう?」

俺は勉強が嫌で逃げ出したくなる子どもの気分を久々に、そしてさんざんに味わった。

◇　◇　◇

純粋なる苦行が終わると、俺は目を虚《うつ》ろにしながらシャムの部屋へ行った。

拷問を受けたわけでもないのに、精神が疲弊し足がふらつく。シャムに会って癒やされたかった。

ノックの反応がないので、ガチャリとドアを開けた。

「……よう」

「………」

シャムは机に向かったまま、ペンを握って動かない。

「シャム」

「……っ！　ユーリですか」

二度目に話しかけると、今気づいたようにビクッと反応した。ドアを開けたのも気付かないとか、どんだけ集中してんだよ。

「なにをしてたんだ?」

「いえ」

「なんだったら後にするけど」

別に用事があるわけではないので、癒やされたくはあったものの学習の邪魔はしたくなかった。

「このケプラーの法則って凄《すご》いですね」

「なんだ、また難しいことを考えてたのか」

「この地動説モデルならすべてを説明できます。水星の予測も完璧にできますし、火星の謎の動きも、なにもかも解決できます。正直言って半信半疑でしたが」

まだ半信半疑だったのか。

火星の謎の動きがどうこうというのは、天体観測を真面目にしたことのない俺には謎のことだったが、何やら大いなる謎が解明されたようだ。

よかったよかった。

「それなら良かった」

「今までのモデルでは、太陽の周りを火星その他の惑星が回っていることになっていたんです」

は？

なんだそれ。

「それはつまり地動説じゃないのか」

太陽の周りを水金地火木、いろいろな惑星が回っている。それは俺の認識となにも違わず、なにも不思議ではない。

「いえ、中心にある地球の周りを太陽が回っていて、その太陽の周りを惑星が回っているんです。言い換えると、月より遠くに第二の月として太陽が回っていて、その太陽の周りを月のように惑星が回っている。というような感じです」

なんだそりゃ。そりゃまた不思議な世界だな。

太陽の質量を知っている俺からしてみると、逆にちょっとイメージできない。

「そこにいろいろな係数を当てはめると、とてもよく天体の動きが説明できるんです」

んなアホな。

「そうなのか？」

話が長くなりそうなので、俺は椅子に座って話を聞いた。

「ほら、火星は年を通して見ると、こういった動きをしますよね」

シャムはさらさらと木の板に線を描くと、それを俺に見せた。

Zを反対にしたような形だったり、紐《ひも》を輪っかにしたような形が描かれている。火星ってのは奇抜な動き方をするんだな。

「そうだな」

ここは知ったかぶっておこう。

「火星が地球の周りを円軌道で回っているのであれば、こうは見えないわけです」

まあそうだな。

地球が真ん中で周りを回っているのなら、見える大きさはともかく、月のようにすいっと夜天を横切るだけだろう。普通に考えれば。

「でも、火星が太陽の周りを回っていると考えれば説明がつきますよね」

「ああ、そういうことか」

遊園地のコーヒーカップみたいなものだ。

メリーゴーランドなら、真ん中から見て、馬に乗っている客が回転方向と逆側に動くなんてことはありえない。だが、早く回っているコーヒーカップであれば、客が一時的に回転方向と逆に動いたように見えることもあるだろう。

天動説もよく考えられているものだ。

「理屈と膏薬《こうやく》はどこへでも付くってやつだな」

「……なんですか突然？　それってことわざかなにかですか？」

「そうだな」

「初めて聞きました。でも、そういうことですね。理屈に理屈を上塗りして、いろいろな係数を定めて、説明がつくようにしてあるんです」

シャムが納得できていたレベルで説明がつくようにしてあるということは、本当に無矛盾になるようにいろいろと数値が設定してあるんだろうな。

もちろん、重力の大きさを考えればそんなモデルは机上の空論でしかないわけだが、見かけ上矛盾がないだけでも驚くべきことだ。

もの凄い複雑な計算になりそうなもんだが。

「このモデルなら無理な理由付けがなくても、きれいさっぱり片付きます。我ながら素晴らしいです。なんて美しいんでしょう。すべてが一つに調和しています」

「そりゃ良かった」

なんとまあ嬉《うれ》しげである。俺も大昔、研究室にいた頃はこんな顔をしてたのかな……。

いや、してないか。こんな熱意はなかった。研究内容も自分自身の興味関心から設定したものというより、世の中の需要を意識したようなもんだったし。

「あ、我ながらというのはおかしいですね。ユーリが考えたのに」

シャムは申し訳なさそうに言った。

「いや、そこは別にいいんだが」

俺はただ知ってるだけで、自分自身で考えたわけでもない理論なので、どうでもよかった。

金になるならともかく、大昔に別の世界のケプラー氏が考えた理論で名誉や尊敬を得たいとも思わないし、俺の手柄になってしまうのは他人の成果を盗んだようで気分が悪い。

「そういうわけにもいきませんが、とにかくいろいろと詰めてみます」

詰めるって。

「仕事じゃないんだから」

もっと別のことしようよ。

なんだ、えーっと、おままごととか。

プリ○ュアでも見てろと言えないところがアレだが、こんな時代でもなにかしらあるだろ。

「今はこれが楽しくて仕方ないんです」

無理をするふうでもなく言った。

うーん、すごい。どんな脳みそをしているんだろう。

俺がこのくらいの頃は、まだポ○モンが151匹だった時代で、誰かがバグ増殖したミュ○を友達から貰《もら》って大喜びしていたものだったが。

それがこのイトコは二項定理や三角関数を理解し、ケプラーの法則で太陽系のモデルを解き明かし、それで大喜びしている。

「ちょっと外に出てみないか？　面白いことがあるかも」

少しくらい外に出たほうがいいのでは。

「えぇー……」

なんだかあからさまに嫌そうな反応をされた。

「まあいいじゃないか、気晴らしに」

「気なら晴れてますが……ユーリってたまに俗っぽいこと言いますよね……」

俗っぽい……。

気晴らしに外に出ようというのは、シャムにとっては言われ慣れていることなのかもしれない。

引きこもり気質にとっては、外にでることは気晴らしにもなんにもならないのかもしれないし。

「でも、ユーリがそういうならいいですよ」


屋敷の外に出ると、もう夕暮れ時だった。

屋敷の庭にはイチョウの木が植わっており、今の時期はもう、紅葉して実を落としている。微《かす》かに銀杏《ぎんなん》の臭いがするが、悪臭を感じるほどでもない。街路樹ではないので実が踏まれないのと、使用人が腐る前に拾って回収しているためだ。そうしているのを見たことがある。

このあたりは常緑樹が少ないので、冬になると緑が見えなくなる。そこが少しさみしいところだった。

この時期になると、もう肌に寒さが染みる。毛皮の上着を着てでてきたが、それでも四肢が冷たい。

「もうすっかり冬だな」

しみじみと俺が言うと、

「……お父さんと同じようなことを言うんですね」

うっ。

間接的にジジ臭いと言われたみたいで妙に堪《こた》える。

「なんでここは寒い地域なのか考えたことあるか？」

じゃあ好みの話をしてやろうかな。幸いなことに、科学の話ならレパートリーはたくさんあるんだ。

「……？　北だからじゃないんですか」

「北だろうが南だろうが、年間の日照時間はトータルすれば変わらないはずだろ」

白夜のある地域には必ず極夜もあり、それでバランスが取れるようになっている。

一年通しての昼の長さは、赤道直下でも極地でもそれほど変わらない。だが、極地の夏が太陽が沈まない季節だからといって、赤道直下のように灼熱《しゃくねつ》の地域になるわけではない。

「そういえばそうですね。なんでだろう……」

シャムは考え込み始めた。

この頭のいい娘は、すぐに他人に答えを聞かないという美徳がある。

必ず自分の答えを見出《みいだ》そうとする、教えがいのある娘なのだった。

「気流とか、海流とかですか？」

確かにそれもあるだろうけど。

「太陽の角度だよ」

「角度……？　角度が関係してるんですか？」

「暖炉で考えてみると分かりやすい」

俺は手のひらを突き出した。

「こうやって手のひらを垂直に火にかざしたら熱いけど、こう……斜めにすると大して熱くはならないんだ。面積あたりの熱の供給量が減るんだよ。このへんじゃ、常に太陽に対して地面が斜めになるだろ？」

「はぁぁぁあ……」

シャムは口をぽか－んと開けて感心していた。

「なるほど……」

「そうやってこの土地は寒くなってるわけだ」

「興味深いです」

「それを踏まえて、見てみろよ」

俺は調子にのって、イチョウの落ち葉を一枚拾った。

「なんですか？」

さっきので機嫌をなおしたのか、シャムはどこか楽しそうだ。

「この葉っぱさ」

「？」

「ほら、葉が落ちてるだろ？」

「そうですね」

「なんで葉が落ちる……というか、葉を落としたか分かるか？」

「う－ん」

シャムはまた考え始めた。

「……わかりません。そういうものだからとしか」

　わからなかったらしい。

「確かに、そういう種類の木だから落としたというのは、その通りなんだけどな」

「はあ」

「この土地じゃ、冬の間はなにもかもが凍ってしまう。そんな場所で生きるための生存戦略なんだ」

「ああ、葉っぱが凍ってしまうから捨ててるんですか。なるほど」

　すぐ分かってしまったようだ。

「だが、こんな大量の葉っぱを毎年作っては捨てるのは、植物にとっては重労働だ。人間で言ってみれば、腕を毎年切り落としては生やすようなもんだから、大きな負担になっているはずだ」

「……したくないといっても、仕方ないんじゃないですか？　凍ってしまうんだから。残しておいても死んで取れてしまうんでしょう？」

　そりゃそうだけど。

「氷結への対策ってのは、植物にとってもいろいろある。例えば葉を分厚くして、凍らない幹の中から樹液を循環させるとかな。表面を凍りにくい物質で保護してもいい。そうすれば、ちょっとくらい寒くても捨てる必要はない」

「……考えてみればそうですね。でも、そうしていない」

「この土地くらい寒い場所じゃ、そうにもいかないから、そういう植物は生えていないってことだろうな。植物に言わせたら、ここの寒さに耐えるほどの葉っぱを維持するくらいなら、毎年作りなおしたほうがよっぽど安上がりってことなんだろう」

「なら、もっと暖かい地方なら違ってくるわけですか」

「そうだな。この国でも、一番南のほうには一年中緑をつける植物も生えているらしい。そのあたりに境目があって、ずっと南に行けばそれもなくなって、もう寒さに対して対策する必要はなくなる。そこには薄い葉っぱを一年中つける植物がたくさん生い茂っているんだろう」

「はぁ～……なるほど」

「まあ、そういう環境は他の生物も暮らしやすいから、今度は葉っぱを食べる虫と戦ったりする必要がでてくるんだろうけどな……こういうのも面白いだろ？」

「はい！」

シャムははにかむように笑った。

「それじゃ、そろそろ戻るか」

「そうですね。寒くなってきました」

そろそろ食事もできているだろう。

遠くには、門を警備する兵が、夜勤と交代しているのが見えた。

Ⅱ

騎士院は十歳から入学できる学校であるらしい。

この国では進路の選択などは無きに等しいので、騎士院に入る子弟は生まれたときから進路が決まっている。なので、入学するタイミングで大病をしたとか、そういった特別な理由がなければ、のちに騎士階級となる子どもたちは十歳で入学する。

俺も十歳となり、騎士院の入学式が近づいていた。当たり前だが騎士院に入学試験はない。それなのに、なぜか俺はここが正念場とばかりに謎のしごきを受けていたわけだが、それはさておきルークの話をしよう。

サツキはルークの生活は変わらないと言ったが、結局、ルークの生活は激変した。

すべてをほっぽり投げてしまえば、確かに昔のままの牧場経営を続けることも可能だったのだろうが、責任感の強いルークはそうしなかった。今では牧場の仕事は殆《ほとん》どを他の人間に任せてしまって、自分は将家の当主としての仕事を一生懸命やっている。配下の騎士たちと会い、話をして、適切なポストを宛がい、騎士団を再構築しているようだ。

それでも牧場経営はやめるつもりがないらしく、副業のような形で続けてはいる。だが、それは道楽というか趣味のような形になってしまい、牧場に行くときはマイ王鷲で通勤するようになった。

ルークは、牧場主ながら自分の鷲というのを持っていなかった。必要なときは調教ついでに売り物にする鷲に乗っていたし、鷲を維持するには金がかかるから、売り物でもない鷲をカゴに飼っておくのは無駄でしかなかったのだ。だが、今となってはそうもいかないので、ついに自分だけの王鷲というのを持つようになった。

やはりルークは鷲が好きなので、毎日かわいがっているようだ。


スズヤは当初こそ怒り、適応には苦労したが、今はなんとか暮らしているように見える。侍女やメイドさん達と上手《うま》いこと関係を構築して、ガーデニングをやったり料理をやったりしながらマイペースに生きていた。

元からマイペースな性格なのが良かったのかもしれない。

社交界においては、スズヤは体が弱く、なかなか催しに参加できないということになっている。

スズヤは生まれも育ちも農民なので、綺麗《きれい》なドレスを着て催しに加わっても、内政や軍事の話にはついていけない。それは仕方がないことだし、今からついていけるように教養を積むとなると大変な犠牲を払うことになるので、誰も強要はしなかった。

催しにはスズヤの代理としてサツキが参加している。

まあ、変わったことといえばそれくらいで、各々が生活を激変させたのは事実だが、結果を言えばそれほど不幸になったわけでもなかった。


「悪いが、明日は牧場に行かないことになった」

ある日、夕食の場でルークにそう言われた。

これはさほど珍しいことではない。ルークの予定は一ヶ月先まで埋まっているので、あんまり突然の予定変更というのはないのだが、それでも親戚の爺婆《じじばば》が死ぬ時期までは予想できない。時々、葬式などが突然の予定として現れる。

とはいえ、残念なことだった。俺にとって、今や牧場での単純労働やトリの練習は最も楽しい気分転換の時間だったからだ。

「また誰かの葬式ですか？」

「いや、違う」

違うようだ。

「じゃあなんですか？　王様の呼び出しとか？」

「疫病が流行《はや》ったんだ。南の町で」

疫病。剣呑《けんのん》な響きだ。

「浮疸病らしい」

なるほど。

聞いたことあるよ、それ。

「行かないほうが良いのでは？」

と俺が言うと、

「そんなわけにいかないだろ。領民が困っているときに」

なんてことを言うんだ、というような注意のされかたをされた。俺からすれば、何を考えているんだ、と言ってやりたいところだ。

「ですが、伝染《うつ》ったら困るでしょう」

「ユーリは心配性だな。そんな簡単に伝染らないよ」

どうだか。

経験則に照らし合わせて言っているのならまだいいが、どっちみち科学的な根拠のない判断だろう。

「じゃあ、僕も行きます」

「えっ、ユーリも行くのか？　それはちょっと……」

「簡単には伝染らないんだったらいいでしょう」

「だが……まだ子どもだし……」

渋っている。ならお前も行くなと言いたい。

「浮疸病というのがどのようなものか、一度見てみたいですし。お願いします」

「わかった。だが、俺の言うとおりにしろよ」

それはこっちのセリフだ。と叫びたいのを、口の中で噛《か》み殺した。


翌日、俺たち親子は、朝はやくから王鷲に乗って出かけた。

そろそろ、俺の体重も増えてきた。ルークと二人乗りできる時期は残り少なくなりつつある。そのため、巡航飛行のときは、練習がてらに手綱を握らせてもらっていた。

ホウ家の領地は広大で、半島の南部一帯はすべてホウ家の領土ということになっている。今回行く街も、カラクモから百キロ近く離れたところだった。

王鷲にはGPSのついたカーナビのようなものはもちろんない。風に飛ばされないよう地図を固定できる二つ折りの板のようなものもあるのだが、基本的には事前に航路を覚えていくことになる。

ルークくらいになると、地図と眼下の地形が頭に入っているので、場所を軽く聞くだけでたどり着けるようだが、俺には無理だった。

太陽で大まかに方向を確かめながら、記憶の中の地図と符合させてゆく。目的地に最も近い都市の上空までたどり着くと、よくやった、とばかりにルークが俺の頭をヘルメット越しに叩いた。

ここから先の方向はわからないので、ルークに手綱を渡す。ルークが北西の方向に翼を向けると、しばらくして白い煙が立っているのが見えた。風が殆どないのもあるが、普通の野焼きの煙と違って真っ直《す》ぐに立っている。狼煙《のろし》だろう。

ルークはそこに翼を向け、鷲を降ろしていった。


浮痘病というのは、ものの本によると昔からある病気で、まだシャンティラ大皇国があった頃クラ人の国からもたらされた病気であるらしい。一度かかれば有効な治療法は存在せず、まあ半々の確率で死ぬ。俺が持っている知識は、その程度のものだった。

鷲から降り、浮痘病が流行っているという村落に入る前に、俺はルークに手ぬぐいのような長い布を三枚ほど渡した。

「どうぞ」

と俺が言うと、

「なんだ?」

と不可思議そうに言われた。

「口と鼻を覆ってください」

俺は自分の口と鼻を手ぬぐいで隠した。

息苦しくなるが、呼吸はできる。

「なんでだ?」

「……? 病気予防のために決まってるじゃないですか」

自分で言って、しまったと思った。

この世界ではそんな常識は通用しないのだ。

病原菌やウイルスの存在なんか知らず、病気を祟《たた》りだの地面から吹き出した毒だののせいとか考えているのだ。


症状が一定している伝染病に関しては、経験則から一応は伝染るものだとは考えているようだが、正体については判明していない。認識としてはその程度だ。

どう説明したらいいものか。

「ともかく、これで病気が移る可能性を大幅に少なくすることができるんです」

「でもなぁ、これじゃかっこ悪いぞ」

嫌がってる。

領主としての体面もあるのだろう。おい領主様が来たけど、あんなふうにマスクして病気にビビっちゃってんぞ。やっぱ一般出は駄目だな。

こんな感じか。

「父さんが病気を持って帰ったら、看病する母さんにも伝染ってしまうかもしれないし、サツキおばさんにも僕にも伝染る可能性があるんですよ。そうしたら一家全滅でホウ家はおしまいです。世間体を気にしてそういう危険を冒すほうが、ずっとかっこ悪いと思いますけど」

俺が真剣にそう言うと、

「わ、わかったよ……つけるよ……」

と、ルークは不承不承といった感じで布を装着した。


そうして、俺たちは徒歩で村落の中に入った。

「ここには、世話をしてくれる人がいない病人が入っています」

案内人が説明をした建物は、どうも町の宴会場というか、集会場のような建物だった。

ドアを開けてくれる。

中に入ると、むわっとした異臭がたちこめていた。

ベッドとも言えないような、麻袋をひいただけの寝場所に横たわった病人たちを見た瞬間、俺は目を覆いたくなった。

彼らの顔や腕には、指先ほどの液疱《えきほう》がみっしりと広がっていたのだ。おそらく、体を見ればそっちにも広がっているだろう。

その程度は患者によってまちまちだが、状態がひどい患者になると、顔から腕がびっしりと水疱《すいほう》に覆われていて、健常な皮膚を見つけるほうが難しい有様だった。

彼らは一様にして高熱にうなされているようだ。


これ、ヤバいやつだ。

見た目からして相当グロい。水疱は簡単に破けるものであるらしく、皮膚を掻《か》いてしまって顔中が血まみれになっている患者も散見された。

「お父さん、絶対に病人に触らないでくださいね」

さすがに病人に聞こえてはまずいので、小声で言う。欲を言えば、ルークを今すぐこの建物から出て行かせたいくらいだった。

「分かってるよ」

ルークは心外だというふうに言った。

さすがに、病人に触れたら病気が伝染るくらいのことは知っているのだろう。

「しかし、ひどいな……」

ルークはしげしげと病人を観察しながら、部屋を一回り見て戻ってきた。

見てるこっちは気が気じゃない。

研ぎから戻ってきたばかりの短刀を、赤ん坊が無邪気にいじっているのを見ているような気分だ。

ひと通り見終わり、帰ってきたのを見ると、ルークの手を持って引っ張った。

「お、おい。ちょっと待てよ」

力いっぱい引っ張って、出口へ誘導した。

「ドアを開けてください」

俺が言うと、案内人さんは若干不審そうな顔をした。

そんなに急いでるなら自分で開ければいいのに、とでも言いたげだ。

そんなことできるわけがなかった。

このドアノブには、べったりと液疱の中の膿《うみ》が付着しているはずだ。俺からしてみれば、猛毒が付着しているようなものだ。

「早く開けてください」

もう一度言うと、案内人さんはドアを開けてくれた。

急いで小屋の外に出る。

「一体、どうしたんだ」

「あの部屋にいたら、お父さんは同じ病気になりますよ」

既に一度感染して生還しているのなら別かもしれないが、ルークの顔は綺麗だし、そんな病気にかかったという話は聞いたことがない。

「大げさな」

ルークは困った息子を見るような眼差《まなざ》しを俺に向けた。

「大げさでもなんでもありません」

俺はあの病気に心当たりがあった。

あまりにも天然痘に似ている。

天然痘は天然痘ウイルスによって引き起こされ

る病気だ。感染からしばらくの潜伏期間を経て発病し、ああいう風に体中に膿を内包した水疱が浮き上がる。

それは体表面だけのことではなく、内臓にも同様の症状が現れ、内から外から炎症を起こしはじめる。

そうして四〇度近い高熱に見まわれ、それが数日続く。その間、体力が持たなかったものから死んでいく。

数日で抗体ができ、体内からウイルスを駆逐できるのが幸いなところで、だから致死率は四割程度に収まるが、四割というのは十分に高い致死率だ。

四割というのは平均の値だから、例えば凶作などで食うものが減り、住民の体力が衰えているようなコミュニティで流行れば、もっと死亡率は上がるだろう。

これは人間の話だから、シャン人だともっとひどいかもしれない。

天然痘は、もともと感染力が強いのも厄介だが、その症状も感染拡大に適している。体中に膿を内包した水疱ができるので、そこから出た膿や皮膚の一部が、周囲に付着してしまうのだ。

もちろん、それらには天然痘ウイルスがたっぷり含まれていて、感染性がある。

さらに厄介なことに、天然痘ウイルスは非常に丈夫で、体外に出た途端すぐ不活性化するＨＩＶなどと違い、皮膚片などの中で生きながらえ、一年近く不活性化しない。

そうして、膿や皮膚組織の一部が人の手や靴の裏、服の繊維などに付着し、どんどん感染を拡大してゆく。

様々な特徴が合わさって、感染力と致死率の高い、非常に厄介な病気になっているのだ。

「わかった。わかったよ。何をすればいいんだ？」

「今すぐ屋敷に帰りましょう」

と俺が言うと、

「それはできない」

と言われた。

は？

「俺にも領主としての務めがある。ここの住民を救ってやらなきゃならないんだ。病気が怖いからって、逃げ出してなにもしないってわけにはいかないだろう」

まったく、ごもっともなことである。

「じゃあ、何をするんですか」

「そりゃ、周囲から人を集めて、蔵を開いて食料を出して……」

「食料を出すのはいいですが、人を集めたら病気を拡散させるだけですよ。領主の仕事は、ここにいる百人を助けて千人を病人にすることじゃなく、病人を百人に留《とど》めることでしょう」

「それは確かにそうかもしれん。だが、それなら、どうするっていうんだ？　ここにいる連中は死ぬまで待てっていうのか。それは、領主として
……」

へんなところで真面目な男である。

「話を聞いてください。ここに人を集めるにしても、感染しないようにすればいいんです。人をこの病気に感染しない体質にする方法があります」

「……なに？」

「この村で雌牛を飼っている農家に行ってみましょう。たくさん牛乳を出して、村に分けているような農家がいいです」

「なんだ、帰りたいんじゃなかったのか」

「帰ってから人をやって確認させるのが一番だと思いますが、すぐ済むことですので、今行ってもいいでしょう」

考えてみれば、もし感染してしまっているとしても、すぐにワクチンを打てばまだ間に合う。

天然痘ウイルスが体内で増殖するより先に抗体ができて、症状が顕在化しないためだ。

「わかった。じゃあ行ってみるか」

案内人さんに聞いた農家にたどり着いてみると、案の定、彼らはまったく普通に生活していた。

その家庭の人たちは、感染を怖がってはいるものの、一人の天然痘患者も出してはいなかった。

俺は彼らに礼を言って辞去した。


「やっぱり、元気ですね」

「偶然じゃないのか？」

懐疑的だ。

「違いますよ。この家の人たちは皆、感染しない体質なんです。みんなで乳を絞っているんでしょうね」

「どういうことだ？」

「なんというか……牛がかかる病気で浮痘病と同じようなものがあるんですよ。牛が浮痘病と同じような症状になるんです。といっても、症状は乳の周りに水疱が幾つかできる程度です。牛が死ぬことはありません。それで、その病気は牛から人に伝染するのですが、伝染しても症状が軽く、水疱が一個二個できて、もしかすると体が少しだるくなる程度で済むんです。それに一度罹《かか》れば、もう浮痘病には罹りません。この人たちは、病気にかかった牛を乳搾りしてる間に、その病気をうつされたんです」

「……わけがわからないんだが、それがなんで病気にならない理由になるんだ？」

「それは……まあ、言ってみれば、同じような敵と戦った経験が体にあるから、致命的な病気にかかっても負けないってことですかね」

牛がかかるその病気を日本では牛痘という。牛痘を使った種痘は天然痘の予防法として早期に確立された手法だ。

牛痘というのは天然痘の近縁種のウイルスで、人間にも感染するが、殆ど害がない。前もって天然痘の弱毒種である牛痘に感染しておけば、免疫が作れる。つまりは予防接種である。

天然痘は凶悪な伝染病だが、ＨＩＶやインフルエンザと違い、予防接種が非常に効果的な病気だ。

予防接種で免疫がつけば、免疫が切れるまでは天然痘にかかることは絶対にないし、発生しても、周辺住民全員に予防接種をすることで感染は最小限に食い止められる。

「やっぱり、わけがわからん。そんな話は聞いたことがない」

「そうなんですか。でも、そういう話があるんです」

「つまりは、何をすればいいんだ？」

「乳に水疱がある牛をどこかから探して、その牛の水疱を針かなにかでつついて潰します。そして、人の腕かどこかに内容物を塗布して、その上から少し血が出る程度の傷をつけます。上手く病気が移れば、なんらかの反応がでます。それで終わりです」

「そうか……まあ、わかった。ユーリがそこまで言うなら、やってみるか」

ようやく重い腰をあげてくれたようだ。

重い腰というが、十歳児に唐突にそんなことを言われて、実行しようと思う大人がどれだけいるだろうか。

ルークも俺を常日頃から信頼していなかったら一笑に付していたに違いない。信頼していても、物分かりの悪い大人であったら、従ってはくれなかっただろう。

ルークには感謝だな。

「じゃあ、今日のところは帰りましょう」


王鷲に乗って屋敷に戻ると、俺は人を遠ざけて靴や服を全部脱がせて行李《こうり》に入れ、蒸留酒で露出していた顔や手を洗い、水浴びをして新しい服を着た。

ルークもかなり苦笑いしていたが、付き合ってくれた。

なんだか今回のことでだいぶ株が落ちた気がするが、仕方がない。行李は倉庫の奥深くにしまい、隔離しておくことになった。

その二日後には牛痘感染の牛が発見され、あの村落のまだ病気にかかっていない住民全員に種痘接種が施され、村落は感染が落ち着くまで隔離されることになった。

大丈夫だとは思うが、ルークも俺も発症してからでは遅いので、種痘接種を行った。

四日目のことだから、大丈夫なはずだ。

もし発症しても症状はかなり抑えられる。


種痘に関しては、効果についてては不安があったが、接種した人は殆ど感染を免れたというから、やはり想定通りの効果があったのだろう。

極小数ながら感染してしまった人々は、恐らく種痘接種を失敗したのだ。

やっぱり天然痘だったか、と、少し大掛かりになってしまった事件が解決したことに安堵《あんど》しつつ、薄ら寒さを感じるのであった。

第四章　騎士院

I

十歳になった俺は、騎士院とやらに入学することになった。

鬱だ。

十歳児の子どもとの共同生活なんてやってられん。そもそも、俺は慣れた生活を崩されるのがあまり好きではない。都会の喧騒《けんそう》も好きではないし、嫌なことずくめだった。

この世界に来てから一番楽しかったのは、なんだかんだで一歳から七歳までの間だった気がする。

それからは、歴史を覚えさせられ、国語を覚えさせられ、それが終われば古代シャン語を覚えさせられ、最後の一つは結局ものにならなかったが、ろくなことがなかった。

ソイムにはぶっ叩《たた》かれるし。

とはいえ、数日前にソイムの手から家伝の短刀を手渡されたときは、思わず感動し、三年間の修業の日々を思い、自分でも驚いたが涙が出た。

王都にはホウ家の別邸があり、入学式を控えて家族みんなでここに来ると、その日はなにもせずに泊まった。

そして今日は入学試験である。

これは、字面だけ見ると入学試験ということにどうしてもなってしまうのだが、実態としては入試ではなく、実力テストというのが正しいようだ。結果が悪ければ入れないという質のものではなく、入学後のクラス分けのためのテストであるらしい。

この国には小学校があるわけではない。十歳までの教育は各自の家庭に任されるわけで、学力に相当のバラつきがあるのだろう。

最下級のクラスに振られたら文字の書き方教室みたいのが始まるのかもしれない。

それはサツキの教育とは逆の意味で拷問でしかないので、ここは頑張らなくてはならない。

そして、朝。

「いいですよぉ、こなくても。一人で行けますから」

俺は懸命に両親をなだめていた。

「何を言ってるんだ。親は付いていく決まりなんだよ。他の子たちも親子連れで行くんだから恥ずかしがらなくてもいいんだ」

一人で行くのかと思ったらこれである。

メイドさんに騎士院の制服らしきものを着せられたかと思ったら、両親まで正装しており、俺についてくるつもりらしい。

両親が正装して実力テストについてくるって、どういうことなの。そんなの嫌だよ。

「ホントですか？」

「嘘《うそ》を言ってどうするんだ」

マジなのかよそれ……。

俺一人だけ超過保護の息子みたいなことになったら嫌すぎる。

「ユーリは私が行ったら恥ずかしいかしら……」

スズヤはそんなことを言ってしゅんとしている。

俺は慌てて、

「そんなことはないですよ。僕の自慢のお母さんですから」

とフォローを入れた。

「じゃあ、なんで一人で行くなんて言うの？」

「こんなことでお父さんお母さんを煩わせることもないかと思って……ただの試験ですから」

「息子の晴れの舞台を見るのを煩わしいなんて思うわけがないでしょう？」

スズヤは俺をじっと見つめている。こんな目で見られると、俺が間違っていたと思ってしまう。

これが母は強しってやつか……。

「ごめんなさい。僕が間違ってました。今日はよろしくお願いします」

こうなったらもう折れるしかない。

俺は折れた。

「はい、よろしい。ちゃんと応援しますからね」

こんなお母さんにそんなことを言われたら、息子は頑張らない訳にはいかない。

頑張ろう。はぁ。

そうして、親子三人で馬車に乗り込み、走りだした。思えば、王都で馬車なんぞに乗るのは初めてだ。それまでは市街地は徒歩で歩き、大抵の場合国の駅伝制のトリは使えなかったので、帰りは乗合馬車などに乗って帰っていた。

馬車の車窓からじーっと市街地を見ながら、二十分ほど走ると、やたら大きな施設にぶち当たった。ずーーーっと塀が続いていて、途切れるところがなく、塀の向こうには木々が見えている。

案の定そこが騎士院だったようで、馬車は塀の途中で曲がり、大きな門のようなところに入っていった。

ルークに聞いた話によると、ここは騎士院には違いないのだが、全部が騎士院ではないらしい。

この施設の中には、騎士院と教養院という二つの施設が混在している。二つをひっくるめて〝学院〟というらしく、つまりさっき通った大きな門は学院の正門ということになるのだろう。

騎士院は男の学校で、教養院は女の学校、と思っていても概《おおむ》ね間違いではないらしいが、例外がたくさんある。

ルークの在院中には同級生に女は一人もいなかったそうだが、教養院には男がけっこういるそうだ。

その教養院というのはなんなのかというと、騎士を体育会系とすると文系に当たる教育機関で、魔女という不思議な身分の人々が主に入るらしい。

魔女というのはおかしな字面ではあるが、彼女たちは、要は王に仕える官僚を仕事にしている人々のようだ。

幕府でいえば、大名ではなくて将軍家直轄の旗本や御家人のような立場になるのだろうか。だが、魔女というのは戦う役柄ではなく、純粋に事務というか役人の仕事をしているらしい。

教養院には魔女家の女が大多数で、あとは魔女家の男、あとは淑女教育目的で騎士家の女が入る。

騎士院には、当たり前だが騎士家の男が多く入る。あとは魔女家の男、極稀《ごくまれ》に特別な役職に就くために魔女家の女も入る。

魔女家の女と騎士家の男は、これはもう明々白々に官僚と軍人になるのだが、その他がちょっとややこしい。


魔女家の男というのは、騎士院を卒業すると騎士号を貰《もら》えるので、ツテがある場合は王の軍である近衛《このえ》軍に入れる。在学中にコネを作れば将家の騎士団にも潜り込むこともできる。

頭が良ければ、出世には不利で大臣級には絶対になれないが、官僚にもなれる。

立場的には宙ぶらりんで、どっちに転んでも出世には不利なのだが、この国の貴族制度の中では比較的自由で強制されない人生を送れる立場であるようだ。

実家にはあまり期待されないので、場合によっちゃ家を捨てて商人になったり、極稀にだが農家になったりする人もいるらしい。


騎士家の女というのは、よほど有能で頭脳明晰《めいせき》なら官僚コースにも入れる場合もあるらしいが、普通は他の騎士家の嫁になる。

教養院に行くのはよほど良家の娘であって、ここには純粋にお嫁さんになるための教養を積むために入るようだ。

サツキがこれにあたる。

稀なのは騎士院に入る魔女家の女で、これは少数だが栄達の道が用意されているらしい。


彼女たちがなにになるかというと、近衛軍の将校になるのだ。

将家の軍には女性は殆《ほとん》どいないのだが、近衛軍は将家とは切り離された七大魔女家《セブンウィッチズ》と王家が金を出して維持している軍団なので、最高司令官は女王で、将軍クラスはすべて女性である。

とはいえ、女の子で棒きれ振り回して将来は軍に入りたいという人材は少ないので、近衛軍の大部分は男性で構成されているのだが、要するに彼らは女性の尻に敷かれているわけだ。

ルークの親友だというガッラがこれに当たる。

ガッラはめちゃくちゃ出世して、ようやく近衛軍第一軍の五百騎隊副長という役目についたが、通常はそれで出世終了らしい。

あとは軍団長や、総軍団長の尻に敷かれる将来が待っているだけである。

◇　◇　◇

正門から中に入っていくと、既に馬車が連なっていた。

大人がいっぱいいる。いっぱいいるというか、むしろ子どもたちより数が多いように見えるので、ルークが言っていたのは事実であるらしい。父兄参加型のクラス分けテストということか。

どうなってんだよこの国は……。

馬車の群れの中にホウ家の馬車が入ってゆくと、なんか大人たちの視線がこっちに集中した気がした。注目の的という感じだ。この馬車はピカピカに磨き上げられた上、ホウ家の家紋がデカデカと描いてあるので分かるのだろう。

馬車は建物の正面玄関の前で停《と》まり、御者が降りて客車のドアを開けた。

一家三人が地面に降り立つと、明らかに声が止《や》んで耳目が集まっている気配がした。

やっぱりホウ家の威光は絶大なのか、それとも牧場主上がりの非騎士のルークについて変な評判でも立っているのか。なんとなく悪目立ちしているような感じがする。

どちらにしろ、これから先のことを考えると頭痛がしそうだ。

ルークは、なんだかんだでここ三年で慣れたのか、気圧《けお》されもせずに平気な顔をしてスズヤをエスコートして、建物に向かっていった。

俺もその後ろについていった。

なにやら大学の校舎のような、立派なレンガ造りの建物の中に入っていくと、大企業の受付みたいな場所があり、そこには受付嬢みたいな人が座っていた。

「ルーク・ホウだ。こっちは息子のユーリ」

ルークが受付嬢にそう言うと、

「承りました。すぐ係の者が試験会場に案内します。ルーク様、スズヤ様は父兄控室でお待ちください」

スズヤまで名前を覚えられているらしい。

「では、わたくしがご案内させていただきます」

ほぼノータイムで、なんだか美人のお姉さんがやってきた。案内人がついてくれるようだ。

ここで両親とはしばしのお別れである。

「頑張るんだぞ、ユーリ」

「応援してますからね」

ルークとスズヤはニコニコ笑顔でバイバイと手を振っていた。

大学受験じゃないんだからもう……。

お姉さんについてトコトコと人通りの多い廊下を歩き、試験会場となる部屋に入った。

すぐに、様子が変なことに気付く。

そこにいる連中は、俺と同じような年頃の男の子ばかりだった。それは当然そうだろうし、驚くことではない。

変なのは、テストが既に始まっていることだ。
二、三十人いる子どもたちは、大学の講義室にあるみたいな長机に座って、手元の木の板に向かってなんだか書いていたり、頭を捻《ひね》ったりしていた。
その横には一人ずつ、男だったり女だったりする職員のような人がついている。

もうテストが終わったのか、記入を終えた板を前のほうに提出し、部屋から退出する子どももいる。

どうなっているのだ。

一斉に始めなきゃ条件的に平等にならないじゃん。

時間制限がないのか？

それにしたって、後から来た人間に問題が漏れる危険を考えれば、全員を閉じ込めて一斉に開始するのが普通だろう。

そんなんでいいのか。


なんだか訳が分からないまま、俺も適当なところに座らされて、木の板を机の上に置かれて、インク壺《つぼ》と羽根ペンが添えられた。

木の板には名前を書くところもなく、白っぽい木肌の板に問題だけが書いてある。

羊皮紙ももったいないってか。入学試験というからそこそこ気負ってきたのに、肩透かしを食らった感じだ。

問題は十問しかない。

問１：我が国の名前を答えよ。
問２：隣国の名前を答えよ。
問３：12×３はいくつか。
問４：上を北として東西南北を欄に記入せよ。
問５：女王の名前を答えよ。

以下の文章を読んで問いに答えよ。


クロはおおきな槍《やり》をもっていましたが、その槍は盗まれてしまいました。

盗まれた槍はうられてしまい、シロはたくさんのお金をもらいました。

シロはそのお金でびょうきのアオにくすりをかってあげました。

クロはシロをみつけだすと、こぶしでなぐりつけました。

クロはアオのすがたをみると、シロをゆるしました。

問6：クロの槍を盗んだのは誰か。
問7：シロはなぜお金が欲しかったのか。
問8：クロはなぜシロを殴ったのか。
問9：クロはなぜシロを許したのか。
問10：クロ、シロ、アオという単語が使われる二字以上の言葉をそれぞれ一つずつ書きなさい。

こんな感じだった。

いくらなんでも簡単すぎだろ。俺が三年やってきた勉強はなんだったんだ。

大学入試のような勉強をさせておいて、本番がこれじゃ肩透かし通り過ぎて怒りが湧いてくるぞ。

なんだかひどく虚《むな》しい気分になりながら、さらさらと問題を解き「終わりました」と言った。

時間にして数分もかからなかったろうか。

「もうですか？」

案内人さんは俺の木の板を覗《のぞ》いて、回答が揃《そろ》っているのを確認した。

「あっはい。では、ついてきてください」

前のほうに連れて行かれる。そこには、なんだか先生っぽい年かさの女性がいた。

「名前を言って提出しなさい」

「ユーリ・ホウです。回答終わりました」

その老先生は木板を見て目を動かすと、マルバツも付けずに「一の部屋に連れて行きなさい」と言った。

隣の筆記役と思《おぼ》しき人がすかさず筆を動かし、ユーリ・ホウ・一、と名簿らしきものに書き込んでいるのが見えた。

なんだこりゃ。

「ついてきてください」

俺はわけがわからず、案内の女性に伴われて、その部屋を出て行った。

俺は連れられるままに歩いて、とある部屋に入った。

その部屋は先の部屋よりだいぶ狭い部屋で、既に五人ほど他に子どもがいた。

「では、ここでお待ちください」

案内人さんは、一仕事終わったとでもいうかのように、俺に向かって丁寧に頭を下げた。

そして踵《きびす》を返して、先ほど入ってきたドアに向かって一歩二歩と進んでいく。俺をここに置いて帰ってしまうようだ。

わけがわからん。

「ちょっとまってください。なんなんですか？ここは」

俺が背中に問いかけると、案内人さんは振り返って首を傾《かし》げた。

「試験会場ですが？」

？？？　試験ならさっきやったじゃん。

「えっと、試験なら先ほど終わったのでは」

俺がそう言うと、案内人さんは意を得たりと納得した表情になった。

「ああ、あれは、前段階試験といって、おおまかな試験なんです。これからやるのが本当の試験なんですよ」

へ？

あー……そういうことか。

少し考えたら、なんだかストンと納得がいった。

学力に幅がありすぎるから、予《あらかじ》め簡単なテストでおおまかに何個かクラスを分けて、これからもう一度テストをするわけか。

だから木の板で、しかも一斉に開始しないでバラバラにやってたわけだ。そんなテストに一々羊皮紙を使うのはもったいないから、済んだら木の板を削って使いまわすんだろう。

案内人さんが、試験中隣で付きっきりで待っていたのも不思議だったが、それはあそこが単なる通過点だったからだ。

すぐ終わるのが当然だったたってわけだ。

「よく分かりました。すみません、仕組みをよく分かっていなかったもので」

「いえいえ」

案内人さんはぺこりと会釈して、今度こそ部屋を出て行った。

なんだ。そういうことだったのか。

なーんだ。

でも、説明してくれなきゃ普通にあれが本試験だと思っちゃうだろ。

察するに、これはルークかだれかが事前に俺に説明しておくべき事項だったんじゃないのか。

……まあいいか。試験が始まるのを待とう。

◇ ◇ ◇

待てど暮らせど本試験は始まらず、およそ三十分ほど待っても、まだ始まらなかった。

考えてみれば、前段階試験が全員分終わらなければ、本試験は始まらないのだ。誰かが粘っているのか、それともルークが俺を会場に連れてくるのが早すぎたのか。

それから更に三十分ほど待たされたろうか。部屋の子どもの数は、どんどん増えていった。

あのテストの内容であれば、満点をとれる子どもはそう珍しくないのだろう。

だが、会場にいた人数を考えれば、ここにいる人数は少ない。

それを考えると、ここは十点中九点以上クラスとかではなく、満点のみが選《よ》り分けられるクラスなのかもしれない。

部屋の子どもたちがお互いに打ち解けあってぺちゃくちゃと私語が始まった頃、ようやく教師らしき人が現れた。教師は一人の女の子を伴っている。俺と同年代くらいの女の子だ。

その少女は、金色の髪をなびかせていた。俺はこちらに生まれてこの方、金髪というのは一人しか見たことがない。初めて王都にルークと納品しに来たときに出会った、あの少女だ。

次に王様になるって話の、たしかキャロルとか言ったか。

あのときの少女だろうか。遠くても顔はよく見えたが、どうにも確信できなかった。とはいえ、前に会ったのは四歳の誕生日の頃だから仕方がない。

やはり金髪というのは珍しいものなのか、周りの子たちもジロジロとその子を見ていた。たぶん殆どの子どもにとって初めて見る金髪の人類なのだろう。

改めて見ると、なんとなく怜悧《れいり》な感じがして、親しみにくさを感じた。緊張で顔が強張《こわば》っているせいで、そう感じさせるのかもしれない。

女の子は、すぐに俺よりずっと前の席に座って、こちらに背を向けてしまった。自己紹介などはなかったので、結局正体は分からずじまいだ。

まあ、とにもかくにも、この女の子が最後の生徒ということになるか。

つーか、頼むからそうであってくれや。


「では、用紙を配ります」

先生が宣言し、一人ひとりに試験問題となる用紙を配り始めた。

やった。

ようやく始まる。

やがて、俺のところにも羊皮紙でできた試験問題が配られてきた。

これを終わらせれば、とにもかくにも今日は帰れるってわけだ。さっさと終わらせよう。

試験用紙は表になって配られてきたので、問題に視線を滑らせる。

軽く内容を読むうち、目を丸くした。

おいおい。

最初の問題は、ホウ家の屋敷で読んだ、孫子のまがい物みたいな兵書に書いてあった戦略用語に関しての問いだった。

なんの説明もなく、これはどういう意味か、と書いてある。

当たり前だが兵書そのものを読んでなければ答えようがない。

確かに有名な兵書ではあったらしいが、十歳で大人が読むような小難しい兵書を読んでいる子どもが、いったいどれほどいるのだろうか。

ルークもサツキもなにも言わなかったが、受験する前に読んでおくべき基礎文献とかいう扱いなのか？

その次には、それを使った戦闘場面での動きに関する記述問題もある。

本を読んでなかったらこの時点で二問不正解で、まあ百点満点で二十点はマイナスだろう。


その手の問題ばかりではなく、中には直角三角形が書いてあって、隣辺二つの長さが書いてあって斜辺の長さを求める問題もあった。

これはピタゴラスの定理を知っていなければ解けないし、乗数に関しての初歩的な理解が前提条件となる。この問題だと斜辺の数字を求められていて、直角を作っている二辺は5と12だから、答えは整数になっているようだ。だが、やはり十歳には荷が重い問題であろう。

地理系問題はシャンティラ大皇国が滅び、分裂したあとのすべての国家名を書けというものだ。

これは、前段階試験でこの国と隣の国の名前を問われている。なので、ここにいる子どもは、おそらく最低二つは覚えているはずだが、全部で九あるので全部覚えている子どもは稀だろう。

国語の文章問題は、かなり難しい部類の、九国家のうち真っ先に滅びたゴジョランという国の外交的失敗に関して分析する文章だった。もちろん記述問題も含まれているが、こんなん書けるやつがいるのか。

軽く目を通しただけでも相当難しそうな問題群だ。

そして問題すべてに目を通し終わったあと、明確に抜けている虚無に気付いてしまった。

古代シャン語の問題が丸々抜けている。嘘だろ。

「この砂時計の砂が落ちきるまでが時間です。では、始め」

と、監督の先生が大きな砂時計を裏返した。

え、古代シャン語がないってことは、ひょっとして騎士院では学ぶ必要のない学問だったってことか？

だとしたら、サツキのあれは一体なんだったんだ……。

もしかしてだけど、最後の最後でスパルタのように古代シャン語ばっか教えられたのは、これから学ぶ機会がなくなるから最後に教え込んでおこうっていう、そういう魂胆だったのか？

古代シャン語は試験には出ず、騎士院でも学習することはないと俺が知ったら、学習意欲がなくなると思って黙ってた？

おいおい嘘だろ。そんな虐待ってある？

茫然自失《ぼうぜんじしつ》から立ち直るまで五分ほどかかったろうか。

過ぎたことを考えても仕方がない。そう思ってペンを取り、俺は問題に取り組みはじめた。

◇　◇　◇

全部で一時間くらいかかったかもしれない。なかなか手応えのある問題だった。

だが、なんだかんだで全問解けた。

というか、幾ら難しいと言っても十歳児向けの問題なのだから、俺が解けなかったら恥ずかしい。

あー……問題が終わったらまたイライラしてきた。俺がどんだけストレスを溜《た》めながら暗記をしたと思ってるんだ。文化人の基礎教養だー覚えてないと恥ずかしいだーって何度も言うから信じたんだぞ。どれだけ真面目にやったと思ってる。

サツキに今すぐ文句を言ってやりたいが、今はホウ家領にいるんだよな。くっそー。このために来なかったんじゃねーだろうな。

イライラしながら前を見てみると、砂時計は半分も減っていないようだ。

するると、試験時間はトータル二時間半くらいか。

俺は試験用紙を持って、迷惑にならないよう、できるだけ静かに前に進んでいった。教壇のところで、無言でペラリと試験用紙を差し出すと、

「まだ時間は残っていますよ」

と、試験官は咎《とが》めるように小声で言ってきた。

「時間になるまで外出禁止なんでしょうか」

こちらも囁《ささや》くような小声で返す。そんなことになったら、かなりキツい。

一時間以上も、今度は音も立てず待っていなければならないことになる。

「いいえ。退出は自由です。ですが、戻ることはできませんよ」

なんだ。よかった。

「なら、全部解けたと思うので、僕はもういいです」

俺は試験用紙を提出すると、そそくさと部屋から出て行った。

少し迷子になったが、来た道はおぼろげながら覚えていたので、途中まで戻り、運良く見つけた職員に道を尋ね、なんとか父兄の控室に到達することができた。

中に入ってみると、少し酒臭い空気が鼻についた。なにが控室だ。パーティーホールじゃねーか。

パーティーホールとしか思えない大広間には、料理が並べられていて、立食会みたいなものが催されていた。

酒のたぐいも存分に振るまわれている。

そりゃ、父兄参加って言うはずだよ。裏でこんなことやってたんかい。子どもたちが頑張っているときに、親は酒をかっくらって大宴会とは。呆《あき》れたもんだ。

まあ、考えてみれば、彼らは全員ここの卒業生なわけだ。たぶん古巣に戻ってきたせいで無礼講のような気分になってしまっているのだろう。

しばらく歩き回っていると、やっとルークを見つけることができた。

呆れたことに、親友のガッラと小さな丸テーブルを囲み、腕相撲をしている。

スズヤは斜め後ろに付き添うようにして、平静を装ってニコニコ微笑《ほほえ》んでいるが、あんまり取り繕えていない。

いつもならルークの頭をひっぱたきでもしているところだが、フォーマルな場なのでどうしたらいいかわかんない。みたいな感じだ。口元で微笑みを作ってはいるが目は笑っていないので、ルークに怒っていることは明々白々である。周囲にわからないように尻でもつねってやればいいのに。

「父上、なにをしてるんですか……」

思いのほか呆れ返ったような声が出てきた。

「んっ!? ああっ、ユーリか。これは……」

俺の顔を見た瞬間、気が抜けてしまったようで、ルークは一気に競り負けて腕相撲に負けた。

バスンと手の甲がテーブルに打ち付けられる。

「いってぇ」痛そうに手をパタパタと振る。「ったく、手加減しろよな」

「気を抜くほうが悪い」

ガッラはニヤリと笑った。

「ユーリ、どうしたんだ、試験は」

「終わりましたよ」

見てみれば、ホールの中にいるのは大人ばかりで子どもは一人もいない。宴会も真っ最中のようだし、早めにテストを終えて抜け出してくる子どもというのは少ないのかもしれない。

「まだ一時間くらいあるだろ」

「まだ一時間もあるから抜けてきたんじゃないですか」

「……ちゃんとやったんだろうな?」

なんだか心配そうだ。

失敬な。お前よりはちゃんとやっとるわ。

「確実に満点だったとは言えませんが、それなりにやりましたから、大丈夫です」

「そうか。ま、それならいいんだが……」

それなら時間いっぱいまで粘ってこなきゃ駄目だろ、とか言われるかと思ったが、頭脳については信頼があるのか、ルークはなにも言ってこなかった。

「久しぶりだな、ユーリ君」

ガッラが声をかけてきた。

俺も前に会ったときと比べると背が随分伸びたはずだが、ガッラの体格はなおデカい。

「お久しぶりです、ガッラさん」

ぺこりと頭を下げる。

「もう全問解いたのかい？」

「ええ、まあ」

「もしかしたら、俺の息子と同じ試験部屋だったかもしれないな。見なかったか？」

「どうでしょうね。けっこう人がいたので、わかりませんでした」

「そうか。まあ、会うことがあったら仲良くしてやってくれ。ユーリ君と違って、どうしようもない悪ガキだがな」

うっわー、嫌すぎる。

この人、ちょっと正装じゃ包み隠せないほどガタイがいいし、悪ガキがその体格を受け継いでたら、始末に負えないよ。

「悪ガキですか。怖いですね、お友達になれるといいんですが」

俺は心にもないことを言った。

「あんまり悪さをするようだったらとっちめてくれていいぞ」

声を大にして言いたい。

自分でやれ。

クソガキの調教を他人に任せるな。

「息子さんのお名前はなんていうんですか」

「ドッラ・ゴドウィンだ」

ドッラな。よし。

ガッラの息子でドッラ。

覚えやすい。

「よく覚えておきます」

絶対お近づきにならないようにしよう。

「それじゃ、父上。帰りましょう」

「えっ、帰るのか？」

残念そうだ。

まだ飲んだり食ったりしてえってのか。

「これから式典かなにかがあるんですか？」

「いや、ないが」

「じゃあ、帰りましょう。ほら、母上の具合も芳しくないご様子ですし」

ちらとスズヤを見ると、芳しくないどころか若干ながら仁王のような雰囲気を漂わせているが、それはまあいいだろう。

「さすがに、僕も試験が終わって疲れましたので」

「そ、そうだな。じゃあ帰るか」

スズヤの様子を見てちょっとヤバいことを察したのだろう。ルークは少し名残惜しそうだったが、

「ガッラ、またな」

と旧友に別れを告げた。

「おう。お前も頑張れよ」

「それでは、お先に失礼させていただきますね」

と俺が言うと、

「さようなら、ガッラ様」

と、スズヤはスカートの裾を少し摘《つま》んで頭を下げる、一般的な女性礼をした。

やっぱり似合わない感じだな……違和感がある……。

その日はそのまま馬車に乗って別宅に帰り、あとは何事もなく夕食を食べて寝た。

明日は入学式だ。

◇◇◇

入学式も父兄が参加して行うようで、昨日と同じく親子三人で馬車に乗った。

昨日から、馬車に乗っている間にこれから十年暮らす街の道を覚えておこうと、熱心に外を見ているのだが、どうも昨日とは違う道を走っている

ような気がする。

「なんか道が昨日と違いませんか」

「……言ってなかったか？　入学式は王城でやるんだ」

聞いてなかった。

「王城ということは、女王陛下もいらっしゃるんですか」

「当然だ。学院の入学生は将来のシヤルタを背負って立つんだからな」

ふーん。

まあ日本でも防衛大の入学式には総理大臣が来たりするしな。そういうものなのかもしれん。

今日は入学式があるだけではなく、午後からは入寮式がある。ホウ家の本家などは王都に別邸があるからいいが、普通の騎士の家は当然別邸など持っていないわけで、基本的には寮住まいを強いられるようだ。寮にはちゃんと全員分ベッドが用意されているので、入寮は全員する。ただ、寮を使うかどうかは自由らしい。

「はぁ……」

もうなんか鬱すぎて入学する前から登校拒否になりそうだった。

「またため息か？」

ルークが呆れた調子で言った。聞かれてしまったか。

「すみません」

「いや……しかし、意外だな。ユーリがそんなに嫌がるなんて。俺はてっきり、王都に出られると大はしゃぎするもんだと思っていたが」

「家族と離れるのは寂しいですよ」

俺はルークやスズヤが純粋に好きなので、本当にそう思う。

日本にいた両親はアレだったので、こっちにきて初めて親の温かみというやつを知った気がするのだ。

「それに、友達ができるとは限りませんし」

同年代のガキとマブダチになれるとはとても思えん。

本当に同年代だったときも友達は多いほうじゃなかったし、卒業したら全員と縁が切れるような仲だった。

「ユーリなら友達の一人や二人くらい簡単にできるさ。シャムちゃんとも友達になれただろう」

あれは例外だろう。あそこまで頭が良ければこちらも教える喜びもあろうってもんだし、向こうもこちらを尊敬してくれるのだから、仲良くもできる。

だが、あんな子どもは二人といない。

「ユーリ、寂しいのは分かるけど、これはやらなくちゃいけないことよ」

と、スズヤが声をかけてきた。

「はい、お母さん」

色よく返事をしておく。

「頑張ってね。うっ、がんば、って……」

スズヤは突然に涙を流し始めた。

えっ、お、お母さん？

「がんば、がんばるのよっ……ひっく」

「す、スズヤ？　別に今生の別れってわけじゃないんだから」

ルークが慌ててフォローをいれる。

「でっでも……すごじじか会えなくなるんでしょ……」

泣くほどショックなのか。

息子と会えなくなるのが。

「まあ、たしかにそうだけど、別に監禁されるってわけじゃないんだから、会いたくなったらいつだって会えるさ……いつだって王都に連れてくるし」

「ほ、ほんと……？」

「本当に決まってるだろ？　な、ユーリ」

ルークがちらちらと俺を見てくる。

お、おう。

「本当ですよ、お母さん。僕だってお母さんに会えないのは寂しいです。もう少ししたら一人で鷲《わし》にだって乗れるようになるはずですから、そしたらこっちから会いに行きます」

「よ、よがった……ゆーり、辛《つら》かったらいつでも帰ってきていいんだからね。我慢なんてしないでね……」

くっ。

なんて優しいんだ。こっちまで涙がでてきそう
になる。

「はい。辛くなったら、すぐにお母さんに甘えに戻ります」

「よかった……ごめんね、駄目なお母さんで」

駄目なお母さんなんて、そんなことがあるわけがない。

「そんなことありませんよ。僕の自慢のお母さんです。絶対会いに行きますから……」

母親を慰めるなんて、人生で初めてのことだ。

感情が昂《たか》ぶって泣きそうになってきたので、必死に涙をおさえた

Ⅱ

王城の島に入ると、大通りを抜け、城の前で馬車が停まった。

王城の建っている王城島は、島自体が城塞なので、その上城の周りに壁があるということはないようだ。

ふつうに、市街地のような地域を抜けたら城があった。という感じだった。

日本の城のように、本丸にたどり着くまでの間に曲輪《くるわ》のような防御地形が設置されているということも、全然ない。

城も、よく見れば大人だったら手で割って入れるような位置に窓があったりする。低い位置に彫刻が据え付けてあったりして、それを手がかり足がかりにすれば簡単に外壁を登れてしまいそうだ。

今は開け放たれている正門も、見た目は綺麗《きれい》だが、鉄板と鋲《びょう》で補強されているわけではない。

これでは敵軍に寄せられたらひとたまりもないだろう。どこからでも入ってきてくださいという感じだ。

これでは、城というよりまるで宮殿だ。

宮殿ならこんなに背を高くしたら居住性が悪化して不便だ。ふつう、宮殿というのは防衛より住みやすさを優先するので、四角く平べったい形をしている。

まあ、ランドマークとしての役割を求めてこういう形になっているのだろう。確かに優美だし、こういった背の高い建物が王都を見下ろしているというのは、一般市民にとっては女王が睥睨《へいげい》しているような感覚になるだろう。統治上いい効果を生みそうだ。

それに、王都シビャクは歴史上何度か攻められたことがあるが、いずれも王城島で防衛できている。実際にこれで問題が起きたことはないわけで、この国にとってはこれが最適なのかもしれない。

馬車から降りると、巨木の一枚板で作られている細かな彫刻の入った大きな扉を横目に、他の参加者の歩く流れに乗って城の中に入っていった。

宮殿や城のたぐいに入ったのは、俺も散々旅行をしたので初めてではないが、観光用に開放されているわけでもない、現に使用されている城に入ったのは初めてだった。ここで女王が暮らし、謁見などもしていると思うと、なにやら奇妙な気分になる。

玄関を通り過ぎ、エントランスホールのようなところに入ると、略式の礼服を着た美人のお姉さんに呼び止められた。

「失礼いたします。ホウ家の皆様でいらっしゃいますか？」

「そうだが」

とルークが返事した。

「少しお子様をお借りしたいのですが」

は？

もしかして人攫《ひとさら》い？　この人。

「なぜだ？」

ルークにとっても聞いていない話だったようで、いきなり一人息子の身柄を要求した女を怪しんでいる。

「お耳を貸していただいてよろしいでしょうか」

美人のお姉さんはルークの耳元に口を寄せると、何事かを囁いた。

浮気に関しては一家言あるスズヤの目がちょっと険しくなる。

「えっ、ホントか？」

「はい。つきましては……」

「わかっている。ユーリ、この人に付いていきなさい」

なに？

キッドナッピングされろと？

「なんで……」

「大丈夫だから、ともかく急ぎなさい。どっちみち、父兄と生徒とじゃ別の席なんだ。この人が案内してくれる」

「ふーん、分かりましたけど」

親にそう言われちゃ、ついていく他はない。

人混みから切り離されて脇道の廊下に入ると、あっという間に人っ子一人いなくなってしまった。

無人となった廊下を歩く。

何も話してくれないのでこっちは不安だ。

そして、なんだかよく分からん部屋に通された。

入ってみると、さすがは王城というか、中々の部屋だった。カラクモのホウ家邸で最高の客間と同じくらい立派である。ソファや絨毯《じゅうたん》、掛けてある絵、どれをとっても一級品という感じだ。

「それでは、失礼させていただきます」

俺を案内し終わると、お姉さんは帰ってしまった。

部屋は空っぽではなく、既に人がいた。夫婦かなにかなのか、お爺《じい》ちゃんお婆《ばあ》ちゃんが一組、それぞれ立派な椅子に座っている。

そしてもう一人……昨日、本試験会場で見たパツキンの女の子がいる。

お爺ちゃんお婆ちゃんと、男女の子ども一組。

なかなかバランスがいい。嫌な予感がした。

「ユーリ・ホウですね」

「はい」

「座りなさい」

婆さんが言った。

なんだこの人、俺を呼び捨てにするとはよっぽど偉い人なのかな。

学院の教師なのかもしれない。俺は機嫌を損ねないよう、言われたとおり歩いてソファに座った。

「私は教養院院長のイザボー・マルマセットです」

「儂《わし》は騎士院院長のラベロ・ルベじゃ」

なぁるほど。

マルマセットは七大魔女家《セブンウィッチズ》現在筆頭の家の名前で、ルベは五大将家《ファイブブレイブス》の中でも大きい家の名前だ。

ルベ家は、この国に五つしかない将家の一つで、ホウ家と同格の家柄だ。領地が直接キルヒナにくっついているので、俺の中では今話題のホットな土地といった印象だった。キルヒナが崩れたら、次に蹂躙《じゆうりん》されるのはルベの土地であろう。

俺は受験勉強で十二の家の当主の名前を暗記したのでわかるが、イザボーもラベロも当主ではない。

当主の弟妹か、もしくは叔父叔母などの近縁者なのだろう。教養院の院長がマルマセットの家の者というのは、いかにもな感じだ。

「ユーリ・ホウです」

一応名乗っておいた。

「キャロル・フル・シャルトルだ」

隣の女の子も名乗った。やっぱり、あのときの女の子だったらしい。

シャルトルというのは、シャンティラ大皇国の皇族の姓だ。そこにくっついているフルという言葉は、古代シャン語で四を意味している数字である。

シャンティラ大皇国の最後の女皇には十二人の

女児がおり（ほんとかよ）、そのうち三人は大皇国崩壊の戦乱で死んでしまったが、残り九人は生き残り、それぞれ国を作って、それが崩壊後の九国になった。

その九人はシャルトルという姓に生まれた順番をくっ付けて、それを各々の国の王族の姓にした。つまり、シヤルタの王族は四番目の王女の血族ということになる。

隣のキルヒナの王族は、代々トゥニ・シャルトルを名乗っており、こちらは十二番目の末女の血族である。


女の子は俺のことを覚えているのかいないのか、まっすぐに俺の顔をじっと見たあと、視線を前に戻した。

元々険しい顔つきなのかもしれないが、軽く睨《にら》まれていたような気もする。端整な顔立ちの少女にじっと見つめられると、責められているような奇妙な気分になった。

◇　◇　◇

「ユーリ、キャロル。あなたたちは首席入学者ということで、入学式で特別な役目をやってもらいます」

ババアがわけのわからんことを言い出した。

気が遠くなった。なぜそんな面倒なことをやらねばならんのだ。入学式だけでも面倒くさいってのに。

「まだ式の開始まで一時間ほどあるので、その間に軽い予行練習をします。口上を覚えたり、失礼でない振る舞いを覚えたりと、いろいろとやることがあるのでね」

「ちょっと待ってください。殿下はともかく、なぜ僕が首席なんですか？」

血筋かなんかか？

「成績じゃ」

爺さんが教えてくれた。

俺は諦めた。

成績じゃしょうがない。

そりゃあんな問題で満点近い点数をとったら首席にされてもおかしくはない。今更後悔しても遅いが、適度に手を抜くべきだったのだ。

「でも、それなら、殿下が首席ならば僕は次席のはずでは」

この王女様は騎士院の試験会場にきていたのだ。だとしたら、首席が二人というのはおかしい。もしかして二人共同じ点数だったとか？

「キャロル君は教養院の首席である」

へ？

でも騎士院のテスト受けてたじゃん。

両方うけたってことか？　大学のすべり止めじゃあるまいし。

「ユーリ君は騎士院の首席で、キャロル君は教養院の首席である。以上じゃ。それと、君の学院生活のために言っておくが、質問は質問してよろしいと言われたときのみしなさい。騎士院では怒られるぞい」

しかも説教された。

これ以上質問できる雰囲気ではない。

ぐぬぬ……。

それから改めて別の客間に通されると、女の先生が現れ、台本を渡された。

「覚えなさい」

ちょっと高圧的に言われる。

くっそー。

入りたくもない学校に入る前にこんな苦行を課せられるとは。なんも悪いことしてねーのに罰ゲームかよ。

「覚えました」

ものの五分もしないうちにキャロルは台本を返した。

すげぇ。どんだけ記憶力いいんだよ。

そんで俺のほうをちらりと見て、

「ふふん」

と小さな声で得意げに言った。

なんだ、かわいいなおい。得意げになっちゃって。

俺はじっくり読むぞ。大恥をかいたらルークが困るし、物覚えの良いほうではないからな。

えーっと、

「私たちは新たにこの学院に入る……として誇りを持って……を誓いつつも……騎士としての魂のありかたを学び、決心を……女王陛下に槍を奉ずる日を待ち望み、日々研鑽《けんさん》することを誓います」

小声で音読してゆく。なっげーよ。

なっっっげーーーーよ。

俺はたっぷり十分ほどかけて覚えた。こんな長い文章、当日本番の一時間前に覚えさせるとか馬鹿かよ。

ほんとどうなってんだこの国の教育機関はよ。

常識ねえのかよ。

「大丈夫だと思います」

俺は台本を返した。


「はい。では、はじめましょう。では手順を説明します」

ふーやっと始まった。

もう時間ないんじゃないのか。

「代表生宣誓と言われたら、あなたがた二人は椅子から立って壇上へ向かいます。ユーリ君は壇に向かって左、キャロルさんは壇に向かって右に座りますから、同時に出てきてください。まずは立ち上がって女王陛下に向かって立礼し、壇上へ登る階段の前で止まります。そこで振り返って来場者に向かって立礼します。そして壇上へ登り、女王陛下の前まで歩きましたら、ユーリ君は屋内での最敬礼です。キャロルさんはお分かりでしょうけれども、家族に対する最敬礼をしてください。そうして、同時に立ち上がってユーリ君から先に宣誓文を読みます。二人共読み終わりましたら、女王陛下がユーリ君に向かって片手を出しますので、ユーリ君は片膝で跪《ひざまず》いて、女王陛下の手を取り甲に軽く口づけをしてください。終わりましたら、立ち上がって席に戻ります。壇を降りるときには来場者に一礼するように」

なっっっが。

気が遠くなりそうだ。

「さあ、始めますよ。僭越《せんえつ》ながら私が女王陛下の役をやるので、そことそこに座りなさい」

俺は罰ゲームの想像を絶する難易度に戦慄を禁じ得なかった。

なっが……。

◇　◇　◇

「ふんっ、大したことないな、お前」

リハーサルがつつがなく終わると、王女様はさっそく毒を吐きはじめた。

なにこのこ……こわい……。

初めて会ったときはお利口さんな印象を受けたのだが、この六年間でよっぽど性格が荒《すさ》んでしまったのだろうか。


今はリハーサルが終わって会場に帰ろうというところである。帰れといわれ客間を放り出され、廊下で二人きりになった途端にこれだ。

わけがわからない。毒を吐かれる心当たりもない。なんか悪いことしたっけか。

「そうですね。僕はたかが知れてますから」

俺なんかただの屑《くず》ですから。

まあ、こう言っときゃ満足するだろ。王族と敵対するメリットもないし、ここはへりくだっておこう。

しかしキャロルは立ち止まった。

「なんだその言い方はっ。私を馬鹿にしてるのかっ!?」

えっ。

なぜそうなる。

「?？？　……!?!?」

俺は反応の返しようがなかった。

ちょ、ごめ、どのへんで馬鹿にしたって？

もしかして人違い？

「私よりいい成績をとったからって、図に乗るなよっ」

へっ？

あ、そういえば騎士院の試験のところにいたんだよな。

あれか。

いったいなんなんだよ、もう。

「そういえば、なんで騎士院の試験を受けてたんですか？」

「ふんっ」

キャロルは唐突に得意げな顔をした。

よくぞ聞いてくれましたって顔に出てるよ。

「私は騎士院と教養院、両方を卒業するのだ。ほんとなら両方の首席になってやるつもりだったのだがな」

えっ……そんなんできるの？

騎士院も教養院も年少組だけではなくて、だいたい二十過ぎまで通うんだぞ。

文系大学と理系大学に同時に通うようなもんだ。

「そりゃ……すごいですね。まあ、ぜひ、頑張ってください」

「お前に言われなくても頑張る」

頑張るらしい。まあ、そのくらいの勢いがなかったら卒業は覚束《おぼつか》ないだろう。是非勝手に頑張ってくれ。

「そうですか」

「お前は志が低いな。もっと胸を張れ」

胸を張れって言われても。

「僕はあんまりやる気もないので」

「はあ!?」

そんな絵に描いたような唖《あ》然《ぜん》とした顔をしなくても。

「できれば入学もしたくなかったので。首席などという制度があったと知っていれば、お譲りしたのですが。申し訳ありませんでした」

ペコリと頭を下げ、顔を上げた瞬間、パンッと音がして、顔が衝撃にはじかれた。

一瞬間を置いて頬が熱くなる。

えっ、ビンタされた？

「このっ……不埒者《ふらちもの》がっ！」

真っ赤な顔で俺を怒鳴りつけるキャロル殿下のお姿があった。

キャロル殿下は、一言だけでは飽きたらなかったようで、言葉を継いだ。

「このっ……ばかっ、まぬけっ、あほっ……えっと……ばかやろうっ！」

たぶん知り得る限りの罵声を俺に浴びせると、キャロル殿下は走っていってしまった。

◇　◇　◇

頬にもみじができているので冷やそうと思ったが、その時間もないので、そのまま会場に入った。もう知ったこっちゃあるか。

会場は、いわゆる大広間と呼ばれる大きな部屋だった。

この部屋のことは、昔本で読んだ。本に特別に名前が出てくるほど有名な部屋だけあって、華美な装飾が凝らされていて非常に美しい。天井には幾何学模様の彫り物がしてあって、どうも全体に金箔《きんぱく》が貼ってあるらしい。だがキンキラに黄金色を放っているわけではない。やはり張り替えるのに手間がかかるのか、それともこういうものなのか、長い年月の間に色褪《いろあ》せ、今は落ち着いた色になっていた。

化粧石の床にはずらりと椅子が並んでおり、真ん中には細長い絨毯が敷かれている。その絨毯がまた特殊なもので、左側が蒼《あお》色で右側が紅色になっており、ハーフアンドハーフで染め抜かれていた。

あしゅら男爵を彷彿《ほうふつ》とさせる。

男爵と違って左側が男なので、俺は左側の席へ向かった。ごちゃごちゃとしている会場をかき分けるように進み、指定されていた席に座った。一番前の一番左の席だ。

やっと一息ついた。

いったいなんだったんだあのメスガキは。噛《か》み付かれるほうはたまったもんじゃないってのにさ。

「はじめまして、ユーリくん」

いきなり右の席のやつが話しかけてきた。

そちらに目を向けると、俺より幾分小柄な美少年がいた。ボブカットにしたふわふわの栗毛《くりげ》が印象的で、ハンサムというよりコロコロとしたかわいい顔つきをしている。

なんつーかショタコンのお姉さんに好かれそうな子どもだな。何者だろう。

「はじめまして」

挨拶を返した。こいつはなんで俺の名を知っているんだろう。

「ボクはミャロ・ギュダンヴィエルと申します」

ギュダンヴィエルは、七大魔女家《セブンウィッチズ》の家の名だ。となると、御曹司ということになる。

だが、魔女家においては男児は雄のホルスタインのような扱いで、上手《うま》くいけば多少の役に立つかも程度の扱いだと聞くから、身分的にはどうなんだろうな。

というか、高位魔女家の男子は近衛を目指すとは殆どないから、騎士院には来ないと聞かされていたのだが。

とにもかくにも、挨拶は返さんとな。

「……ユーリ・ホウです」

そう俺が言うと、ミャロはくすりと笑って、

「その頬はどうしたんですか？」

と可笑《おか》しそうに訊《き》いてきた。

嘲るような響きは少しもなく、不愉快にも感じなかった。こういう訊き方ができるというのは、一種の才能かもな。

思わず頬を擦《さす》る。ヒリヒリと痛かった。

さて、どう話したものか。

「転んだ拍子に淑女のお尻を触ってしまって、はたかれた」

適当に嘘をついておいた。

さすがに、こんなガキにケツ触られたからってビンタかます女は少ないと思うけどな。五本指の

あとがついているのに、階段から落ちたじゃおかしいし。

「そうですか。災難でしたね」

「よくあることだよ」

言ってしまってから、何言ってんだ俺と思った。そんなことがよくあってたまるか。頻がいくつあっても足りない。

「なるほど。興味深い人生を歩んでいるのですね」

ミャロはにっこりと微笑んでいる。

俺の嘘に納得しているわけではないが、それを含めて会話を楽しんでいるという感じだ。まあ、こういうぽっかりと空いてやることがないような時間には、こんな会話も悪くない。

「興味深くはないよ。俺は平凡な人間だ」

あまり変な興味を持たれてもつまらないので、そう答えておく。

「平凡な人間は首席になどなれませんよ」

ミャロは少し真面目な声で言った。

そうかな。

そりゃそう思うよな。

閃《ひらめ》きに似た感覚を覚え、ああ、そうか。とやけに腑《ふ》に落ちた。

だからキャロルは怒ってたのか。

自分を抜いて首席を取るような人間が、自分の誇りを傷つけるような謙遜をしたから。

考えてみれば、十歳であんな問題を解くのに、キャロルはどれほどの研鑽を積んだのだろうか。

入学して恥をかかないレベルなら、前段階試験の水準で十分だというのに、あんな非常識に難しいレベルの試験をまともにこなせるほどに勉強を重ね、点数で自分を抜かした相手を見てみれば、やる気はないけど仕方なく受験したという。

こっちからしてみりゃお門違いな怒りとも思えるが、怒る理由としては十分だ。ましてや相手はまだ十歳なのだから。

「頭がいいだけの人間は、非凡とはいわないさ。早熟な人間を大器とは言わないように」

俺は少し永く生きているだけで平凡な人間なのだ。

ちょっとズルして生きていたら、気づかないうちに立派に生きている人間の邪魔をしてしまったというだけの話だ。

俺が非凡なわけではない。

「確かにそうですね。ですが、分かりませんよ。僕たちはまだ幼いのですから」

残念ながら俺は幼くはないし、底が知れてしまっているんだよ。

だがそれを言うわけにもいかない。

「そうだな」

おざなりにそう返したとき、

「静粛に！」

という声が響いた。

◇　◇　◇

お偉い人々のくっそ長い話が続き、ついに「入学生代表者宣誓」という声が響いた。

立ち上がって壇上に赴く。

途中で二回の挨拶をちゃんとして、壇上でキャロルと並びあった。目の前には女王陛下が座っている。

女王陛下は、サツキよりも少し年上といった感じの、線の細い女性だった。女王の家系の遺伝的特徴なのか、キャロルと一緒で、金髪碧眼《へきがん》をしている。

外見年齢は三十路《みそじ》の半ばくらいに見えるが、シャン人は若く見えるから、実年齢は五十歳くらいかもしれない。

女王陛下は、子どもの成長に感じ入る親の顔で、キャロルのことをじっと見ていた。頬にモミジを作って出てきた謎の子どもを不審がる顔をしていたら、ちょっと俺はいた堪《たま》れないので、これには助かった。

「敬礼！」

という号令とともに、俺はおもむろに片膝を突いて座り、膝の上に手を置き、拳を床につけた。

これがシャン人社会での、男が屋内でやる最敬礼になる。

拳を床につけることで、槍を捧《ささ》げるのと同じような意味を持つらしい。屋外の場合、地面が泥だったときは拳が汚れてしまうので、胸に手を当てることでその代わりとする。

隣のキャロルは、片膝で跪いて、立てた膝のほうの手を反対側の胸に当て、空いた手は見えなかった。

女性がこういう場で女王に対するときは、胸に当てていないほうの手を、一度女王に差し出すように床に置く。それはルーツをたどると皇を仰ぐという意味があるらしいので、王族の一員であるキャロルが母親に対してやると変になるのだろう。

立ち上がると、再び女王に相対した。

先に読むのは騎士からである。俺は朗々と覚えた文章を読んだ。

「――女王陛下に槍を奉ずる日を待ち望み、日々研鑽することを誓います」

いろいろあったので忘れてしまったかと思ったが、なんとか覚えていたようで、言い終えることができた。

まあ、忘れたところで適当にアドリブで言っとけばいいんだけどな。他の参加者は台本の内容なんて知らないわけだし、こういうのは淀《よど》みなく言い終えるのが重要なわけで、内容にはさほどの意味はない。

次はキャロルの番である。

キャロルのほうも喋《しゃべ》り始めた。しっかりと覚えていたようで、つかえることなく朗読できていた。

すごい。

「側《そば》にあり、為《な》すことを支え……ッ　ぁ……」

あれ？

九割方までできたかなと思ったところで、ぴたりと止まってしまった。

レベル5デスでも食らって突発的に絶命したのかと思い横を見ると、キャロルは顔を真っ青にして、あうあうと情けない顔をしていた。

……忘れたのか。

俺と目があうと、なんだか助けを求めるような目で見てきた。そんな目で見られてもな。

助けてやりたいのは山々だが、リハーサルのとき一度聞いただけで、そんなん覚えているわけないし……。

えーっと、我々は常に女王陛下の側にあり、為すことを支え、下すことを行い、喜ぶことを共に祝う者となるべく、精進することを誓います。だったか。

……なんで覚えてるんだ、俺。

ボソリと小さな声でつぶやいてやった。

「下すことを行い」

「……っ！　下すことを行い、喜ぶことを共に祝う者となるべく、精進することを誓いますっ！」

ちゃんと言えた。

やったね。すごいね。

言い終わると、女王陛下がスッとこちらに手を差し出した。

あ、俺か。これがあったんだった。

俺は片膝をついて、女王の手を取ると、その甲に触れるような口づけをした。

唇を離すと、蝶《ちょう》でも解き放つような仕草でそっと手をはなし、ゆっくりと立ち上がる。

キャロルと同時にもう一度立礼をして、壇上を去った。

◇　◇　◇

入学式はつつがなく終わった。

「……はぁ」

思わず息をついてしまう。

ここから、えーっと、なんだったか。

寮に入るんだよな。

でも王城島から寮って遠いんだが。寮というのは、もちろん学院の敷地内にあり、広い学院はもちろん王城島の中にあるわけではないので、かなり移動しなければならない。

「堂々とした代表ぶりでしたね」

ガヤガヤとうるさい喧騒の中で、ミャロが言った。

「そうでもないよ」

「では、寮でもよろしくお願いします」

「ああ、同じ部屋になれるといいな」

「残念ながら、席次が一位から五位までの生徒は同じ部屋にはならない決まりらしいですよ。ルームメイトを啓発していくことも期待されているので」

こいつはなんでそんなことを知っているんだ。

ということは、ミャロは一位から五位までの間ということだ。大勢生徒がいる中、五位圏内が偶然に隣り合ったのではないだろうから、ここの席順は成績順になっているのだろう。一番後ろの列の連中はいたたまれないだろうに。

だとすると、ミャロは俺の隣に座ってるんだから、次席か三席ということになるか。


キャロルがここに座っていれば自明のことだが、分身の術でもつかえるのでなければ、両方の席に座ることはできないので、次席がどちらなのかは謎に包まれている。

ミャロは、話しぶりからも察することができるが、よほど頭の良い子らしい。あんがい、キャロルを抜いてミャロが二位だったのかもな。

「そうか。それは残念だな。いや本当に」

少し話してわかったが、こいつとは馬が合いそうだ。

「よろしければ、昼食をご一緒しませんか?」

さっそく食事に誘われた。

「昼食?」

「入寮は午後からです。昼食を済ませてから向かうのが普通らしいですよ」

なるほど、そうだったのか。ありがとう初耳だよ。

ルークの連絡不足が甚だしい。

ああ、どうするかな……ルークに相談してみるか……。

いや、やめておこう。スズヤがあんな調子だったから、内々でやったほうがいいだろう。ルークも忙しいので、明後日の朝には帰らなければならない。

「お誘いは嬉《うれ》しいが、これでしばらく家族とお別れになるからな。家族水入らずで食事をしたいんだ」

俺がそう言うと、

「ああ、そうでしたね。すみません、遠地からいらっしゃっていたことを失念していました」

と、逆に申し訳なさそうに言われた。

そっか。こいつは王都に住んでるんだよな。言わば官僚の出だから、実家の勤め先は王城のはずだ。

「悪いな。せっかく誘ってもらったのに」

「いいえ」

「機会はこれから星の数ほどあるだろうから。そのときにでも」

「ええ。そうですね。楽しみにしています」

さて、親父《おやじ》でも捜すか。

椅子を立って、ミャロに別れの挨拶でも軽くして、父兄の群れに入るかと思ったところで、目の前にいる人物に気づいた。

キャロルだ。

こいつ、なにしに来やがった。

「ちょっと来い」

キャロルはおもむろに俺の手首を摑《つか》んで、引っ張った。

なんやねんこいつ。校舎裏に連れ込む不良か。

「おい」

俺は抵抗しつつ言った。

「なんだっ、私の言うことが聞けんのか」

怒るなよ……。

「待て待て、さっき知り合った学友と話してる途中なんだ。何も言わず立ち去ったら失礼だろう」

「むっ……そうか」

キャロルはぱっと手を離した。

「悪いな、ちょっと用事があるらしい」

「ええ、見ていましたので。ボクのことはお構いなく」

ニコッと微笑んだ。

「じゃあな」

「ご健闘をお祈りしています」

健闘を祈られた。これからバトルになるのか。

まだ頰が若干ヒリヒリしてんのに。

「済んだか？」

こっちはこっちで気が短ぇな。


勝手知ったる我が家なのだろう。キャロルは俺の腕を摑んだまま、迷う様子もなく誰もいない部屋に俺を連行した。

連行したはいいが、薄い陽光が差し込む少しほこりっぽい小さな部屋で、キャロルはなぜか悔し気な表情をするだけで、「あの……」とか「お、お」とか言うだけで、話が進まなかった。

「その……」

と言った後、しばらく待っていたが、「くっ」と言って言葉が詰まる。

一体、なんの話をするつもりなのだろう。

気長に待っていると、なぜかキャロルの目に涙が浮かび始めた。

「う……ぐぅ……」

えっ、ちょ。

なんでそうなるの……。

ていうか何がやりたいの。

「おい、泣くなよ……一体どうしたってんだ」

「く、悔しい……」

悔し泣きだったのか。

なぜだ。

俺にはコイツの頭ん中がさっぱり分からん。俺にテストの点で負けたのが悔しいんだったら、今ごろになって泣くのはおかしいだろ。

「一体全体、なにが悔しいんだ」

「き、きしゃまにいえるかっ……」

「いいから、言ってみろよ」

俺が催促すると、泣きじゃくっていたが、ややあって話し始めた。

「……きしゃまと張り合って、あんな恥かいて……そのうえきしゃまに情けをかけられて台詞《せりふ》を教えてもらうなんて……はじじゃ……」

もしかして台本を五分足らずで返したのは、俺と張り合ってのことだったのか。テストで負けたから。

アホの子かよ。

しかしリハーサルでは一言一句間違えずに言えていたのだから、一度は覚えていたのは間違いないのだが。

くだらん意地の張り合いをして、恥をかいて、結果俺に情けを掛けられて窮地を脱したのが恥だと。

「お前、それを言うために俺をつれてきたのか?」

悔しがる理由は分かったが、なんで俺をつれてきたのかは依然として謎だ。

何の話をしにきたのだろう。


「ち、ちがう……その……礼を言いに来たのだ」

……は?

キャロルはハンカチで涙を拭うと、思いっきり鼻をかんだ。

ちーんっ。

「貴様のおかげで助かった……ありがとう」

「……どういたしまして」

なんだ、礼を言うために呼び出したのか。

そっか。

なるほど。

「……じゃあ」

キャロルは帰ろうとした。

「待てよ」

と、俺は引き止めた。

「……なんじゃ」

「その……俺のほうも悪かったな、どうも無神経すぎたようだ」

俺がそう謝罪すると、キャロルは俺をじっと睨んできた。

「なんで謝るのじゃ」

なんで？

「プライドを傷つけたみたいだから」

「傷ついとらんわっ！」

じゃあなんでビンタしてきたんだ。

「まあ、それだけだ。一応な」

「私が怒ったのはきしゃまが入学したくないとか言ったからじゃ。騎士に誇りも持たぬ不埒者なのに……」

また不埒者って言われた。

前世を含んで、初めて言われる言葉だな。

不埒者。

なかなか言われる機会のない言葉だと思うんだが。

「不埒かどうかは知らんが、人間いろいろ事情があるんだよ」

俺はどちらかというと牧場主としてゆるゆるとスローライフを送りたかったわけだし、やむにやまれぬ事情があってこういう事になってしまったのだ。

騎士に誇りを持っていないなら、お前はゴミだ、なんてことを突然言われても、こっちは困る。

「事情がなんでも、私はお前なんかに負けるわけにはいかんのじゃ。不埒者に負けたとあっては王として面目が立たぬ」

それはどうなんだよ。

「別に負けたっていいだろ」

「いいわけあるか」

なんだこの言い争い。

わしはなんで十歳児と低レベルな言い争いしとるんじゃ。

あ、なんか口調がうつってる。

「お前は騎士じゃなくって王になりたいんだろう。王は臣下から忠誠を誓われるのが本分なのに、お前はなんでその臣下と強いだの賢いだので張り合っとるんだ」

「王はもっとも強く賢くなければならん。決まっておるわ」

「なに馬鹿なことを言っとるんだ。そんな完璧超人がいてたまるか」

どんな人間でも、ある部分では優れていて、ある部分では劣っているのが普通だ。

実際、こいつは教養院の首席合格者なんだから、古代シャン語なら俺より数段上のレベルにいるだろう。

「臣下が自分より賢いなら、むしろ結構なことじゃねーか。嬉しがれよ」

「不埒者に負けるのが問題なんじゃ！　それでは、わらわが不埒者以下ということになるではないか！」

「……あぁ」

そういう理屈で来られると困る。俺がクズなのは事実なので、それは否定できない。

「まあ……そりゃそうだな。じゃあ頑張ってくれ」

「なんじゃ、その態度は！　わらわには一生勝てぬとでも言いたいのか！」

えっ、なんでそうなる。

なんか俺の人物像が相当歪《ゆが》められている気がする。

「そんなに対抗心ボーボー燃やされても困るんだが……俺は試験とかどうでもいいから、勝手に頑張ってくれって言ってるだけでさ」

ていうかもう帰りたい。考えてみれば、俺はテストを頑張っていただけなのに、なんでこんなにややこしいイチャモンをつけられているんだ。

「このっ……」

「俺は頑張らないから、努力してればそのうち勝てるって。心配しなくても……」

あー墓穴掘ってる気がする。こっちは温度を下げようとしているのに、怒りのボルテージは上昇し、今にも沸点に届こうとしている。

でもどう伝えたらいいんだ。会話スキルが低すぎてわけわかんねぇ。

「あほーーーー！　このくずっ！　かすっ！　ぬっと、えっと、あほーっ！　ぜったいお前なんかに負けんからなーっ！」

俺の努力は虚しく、怒りは爆発してしまった。

王女様はずだだっと走って部屋から出て行った。

◇　◇　◇

「どこに行ってたんだ、捜したぞ」

会場に戻ると、俺の席の近くで、ルークが俺を捜していた。

「すみません、なんだか厄介な人に捕まってしまって」

あれが将来の女王となると困ったことになる気もしたが、まだ十歳だしなんとかなるだろう。

二十歳になる頃には、俺なんか歯牙にもかけない立派な人格者になっていると思う。というか、そう願う。

「厄介な人？　誰だよ。騎士院の教師かなんかか？」

「いえ、まー今日知り合った女の子です」

心配させてもなんなので、俺がそう言うと、

「なんだ……お前も手が早いな……」

ルークはニヤニヤしはじめた。

「教養院の女の子とは付き合ってもいいが、手を出して捨てたりはするなよ」

まさか相手が王女様とは思いもしないようで、ルークは教養院の娘だと勘違いしたようだ。

それにしても、捨てるって。

「なんですかそりゃ」

「とにかく、手を出したら駄目だ。手を出さなければよっぽど不義理をしない限りは大丈夫だが、手を出して捨てて、向こうが問題にすると退学になるからな」

えっ、退学なの。

うーん……退学は困るな。

「どうしてもやりたくなったら、騎士院には時代時代の馴染《なじ》みの娼館《しょうかん》ってのがあるんだ。そこなら安心だから、上級生に教えてもらえ」

まじかよ。

そんなのがあるんだ。

それにしても、ルークは試験のこととかは一切合切教えてくれない、というか軒並み連絡を怠るくせに、こういうことは聞かなくても教えてくれるんだな。

こちらのほうが重要な連絡事項だと思っているのだろうか。

「まだ七、八年は早いですよ」

性欲というのは精神よりも肉体に引っ張られるもののようで、俺にはまったく性欲がない。

ミニスカートとかがあった日本に比べれば、どいつもこいつも禁欲的な格好をしているので、あまり欲望を刺激されないし。

賢者モードはあと数年は続くだろう。

「そうなんだが、なにかあってからでは遅いからな」

「ともかく、この場にあまりそぐわない話題なので、続きは家でやりましょう」

「あっ、それもそうだな。とりあえず帰るか」

会場は既に人がはけてきていて、人影はまばらになっていた。

Ⅲ

家に帰り、家族で食卓を囲み、スズヤと再び涙の別れをしたあと、ホウ家領の屋敷から持ってきた荷解《にほど》きしていない荷物をそのまま馬車に放り込んだら、いよいよ出発となった。

「行っちゃうんですか」

「うん」

「行かないでください……」

一緒についてきていたシャムが泣き落としにかかってきた。

シャムも今年で九歳。来年から教養院に入ることになっている。

俺が騎士院に入学していなくなることを知ると、ものすごくゴネ、結局は首都の別宅に移り住み、頻繁に俺が行くというような折衷案で落ち着いた。

サツキは、今はルークが領を離れているので入れ替わりにホウ家領に戻っているが、普段は王都にいる時間が長い。なんだかんだ親子なので、こっちで暮らすというのも悪くないだろう。

「そんなに泣くなよ。一生会えなくなるわけでもあるまいし」

「寂しいです……」

口を開けば理知的な言葉を吐くばかりのシャムが、こんな感傷的な言葉をつぶやくのは珍しかった。

俺だって寂しいんだが。

「俺もだよ」

シャムの頭の上に手をおいて、柔らかい髪をなで、手櫛《てぐし》で軽く梳《す》いた。

「大図書館に行けば、寂しさも紛らわせるさ」

「ムリです」

ムリってことないだろ……。

「できるだけ会いに来るよ。同じ王都の中にいるんだ。星と星の間ほど離れるわけじゃない」

我ながらきざな台詞だな。

「でも、同じ家の中の約千倍は離れていますよ……」

こ、こいつ。

大図書館は学院と隣接して建てられており、ホウ家の別邸からもそう遠くはないので、約千倍というのはなんとも現実的な数字だった。

「じゃあ、次に会ったときに宿題を出すよ。宿題を解いてる間は、一緒に勉強してるのと同じことだ。そうしたら寂しくないだろ？」

めちゃくちゃな話である。

「ホントですかっ!?」

しかし、めっちゃ喜んでる。喜色満面の笑みだ。

「ほんとだよ」

宿題を出されて喜ぶ生徒がこの世に存在するとはな。

教師冥利に尽きる。

寂しがるシャムの手を離して、俺は御者に合図をすると、馬車を出発させた。

馬車に乗っているのは俺一人だ。正確には俺一人と荷物だけ。親の同行を散々恥ずかしがっていた俺だが、一人ぼっちになるとなんだか心細い気がした。

学院の門を抜け、敷地に入ると、他の生徒の馬車も続々と到着していた。

俺も荷物を持って馬車を降り、御者に帰宅を指示する。

荷物はさほど多くなかったが、それでも大人が持つ革のかばん三つ分ほどあるので、持って運ぶにはたいへんな量だ。コロコロのついたキャリーバッグなどないので、手で地面から浮かして持たなければならない。

ソイムに体を鍛えられたとはいえ、さすがに重かった。係員の人間が出迎えてくれるのかと思ったら、そうでもないので、まずは誰かを探さにゃならんな。

となると、この荷物を持って歩きまわることになるのか、それは大分しんどい。とりあえずどっか木の陰にでも隠しとくか。でも盗まれたりするのかな。

棒立ちでしばし考えていると、唐突に後ろから肩が叩かれた。

「こんにちは。またお会いしましたね」

振り返ると、先程入学式で出会ったミャロという少年がいた。

いいところに来てくれた。

「やあ、こんにちは。こちらこそまた会えてよかった」

俺は片手の荷物を地面に置いて、ミャロと握手した。

ちょうどいいので入寮の段取りのようなものを聞こう。

「少し後ろから見ていましたが、お困りのご様子ですね」

見ていたらしい。

「ああ。実を言うと、これからどこに向かったらいいのやら、さっぱり分からないんだ」

素直に言うと、ミャロはくすりと笑った。

「ボクは分かりますので、ご案内しますよ」

さすがだ。優等生だけのことはある。渡りに船、地獄に蜘蛛《くも》の糸である。

「そうか。ありがとう」

「入寮案内書という紙に書いてありましたので」

入寮案内書？　初耳だ。

「え、それってどこで貰えばいいんだ？」

「家に送られてきたはずですが……持っていませんか？」

もちろん貰っていない。またルークか。

「ああ、ちょっとな。恥ずかしながら目も通していない」

ほんとに恥ずかしいよ。

「なるほど。まあ、些事《さじ》といえば些事ですが、荷物を事前に送れなかったのは大変ですね」

見ると、ミャロは両手になにも持っていなかった。手ぶらである。

ミャロの後ろにいる名も知らぬ生徒も、よく見りゃ手ぶらだし、俺のような大荷物を持っている生徒は、周りじゅう見回しても誰もいなかった。

入寮に際しては、荷物は事前に送りつける仕組みになっていたようだ。

どうなってんだ俺の家はよ。曲がりなりにも将家じゃねえのかよ。

「よろしければ、少しお持ちしますよ」

「いや、大丈夫だよ」

さすがに悪い。

「その調子のユーリくんの隣を、手ぶらで歩くというのは少し変ですよ」

と、ミャロは少し困った顔をした。

そう言われると、その通りだった。両手が荷物でいっぱいでひーひー言ってる男の隣を手ぶらで歩いていたら、下手したら自分の荷物を下僕に持たせてるのかと思われるだろう。

「そう言ってくれると助かる。頼んでいいかな」

「もちろんです」

一番軽いかばんを一つ渡すと、ミャロは片手で受け取り、ややあって両腕に持ち替えた。そんなに重かったか。

よく見たら、ミャロの腕は小枝のように細い。

俺はソイムにしごかれて毎日のように棒きれを振り回していたし、その前は牧場で干し草を運んでいたりしたので、わりと鍛えられているのだろう。

考えてみれば、ミャロは武家の出どころか魔女家の出なのだから、そんな生活とは無縁だったはずだ。

「すまん。大丈夫か」

「はい。思ったより重かったですが、これくらいは」

確かに、両手を使えばさほど苦もなく持てるようだった。

そこまで辛そうではない。

考えてみれば、同年齢の俺がもっと重いかばんと一緒に片手で持っていた荷物なのだから、両手を使って持てなかったら大変だ。

「じゃあ、行きましょう。寮はさほど遠くないはずですから」

ミャロは歩き出した。

寮の前には、子どもたちが勢揃《せいぞろ》いで並んでいた。

俺とミャロも最後尾に並んだ。

寮は大きな木造二階建ての建物のようだ。建物を覆う一枚屋根が片流しになっているのが特徴的で、雪が入り口の反対側にすべり落ちるようになっている。

二階には屋根に覆われたテラスがあった。一階は半分が食堂で、半分はリビングというかロビーのような形になっている。ソファのようなものも見える。すべて新品のような真新しさだ。

なかなか素敵な寮だった。

大学生のときに気の迷いで一時期入っていた自治寮などとはえらい違いである。今となっては懐かしい。

「先輩みたいのがいるのかな」

「先輩はいませんよ」

ミャロが言った。

「ここはボクたちの代の新入生にあてがわれた寮で、卒業まで約十五年間、ずっとこの寮を使うようです。全員が卒業をして、用済みになったら取り壊し、また新しいのを作るんだそうです」

マジか。

ホントに新築だった。贅沢《ぜいたく》な話だ。

……いや、考えてみれば、そうでもないのか。

所詮は木造だし、荒々しいガキばかりを住民にして十年以上も使っていれば、寮はキズだらけの軋《きし》み放題になってしまうだろう。曲がりなりにも貴族の子弟を押し込める寮なのだから、そんなボロ屋ではさすがにまずい。

なんにせよ、先輩がいないのはいいことだ。

かなり体育会系の世界なんだろうし、先輩がいれば先輩風を吹かせて後輩をイビるといった風習は必ず発生する。取り壊して新しく作り直せばOBが昔を懐かしんで訪問してくるなんてこともないわけだし、金がかかること以外はいいことずくめだ。

「教養院のほうもそうなのか？」

「いいえ。教養院のほうは校舎くらいある巨大な寮で全院生が一緒に暮らしているのだそうです。あ、もちろん女性と男性は別の建物ですよ」

「へー、そうなのか」

ちょっとシャムには無理かもしんないな。

まあ、寮のほうはどうしても使わなきゃならないってわけじゃないんだし、毎日別邸から通学してもいいんだが。

話をしているうちに、列がはけてきた。列の最前線では長机に座った小太りの中年女性がなにやらペンを走らせている。

そのうち、一番前までたどり着いた。

「そちらからどうぞ」

と、ミャロに言った。

「いえ、ユーリ君からで」

荷物を持ってもらって案内までしてもらったのだから、俺から先に受け付けを済ますのではあんまりだと思ったのだが、俺からのほうがいいらしい。

後ろもつかえているし、ここで順番の譲り合いをするのも迷惑だろう。

「では、お先に」

俺はそう言って、「ユーリ・ホウです」と受け付けの女性に告げた。

「はい、ユーリ君ね。あなたは一号室です」

一号室か。首席だったからかもな。

「貴重品庫の鍵です。どうぞ」

なにやら金庫のようなものもあるらしい。部屋は個室ではないようなので、この設備は嬉しい。

鍵を受け取った。列から外れると、「あなたは二号室です」という声が聞こえてきた。

ミャロが次席だったのか。

いや、さすがに男しかいないこんな寮に王女が入居するのは、いくらなんでもまずいだろう。

もしそんなことがあったとしたら、王城にいる連中の正気を疑う。キャロルは入寮しない可能性もあるな。やったぜ。

「隣の部屋ですね」

ミャロはなんだか嬉しそうだった。

「ああ。改めてよろしく頼む」

「こちらこそ。よろしくお願いします」

そうして、寮の中に入り、二階へと上がった。

一番目の部屋に〝1〟と書いてある。

ここだ。

「では、お返しします」

「ありがとうな。助かったよ」

かばんを受け取った。

「いえ、ではまた」

ミャロと別れて、部屋のドアを開けた。

部屋に入ると、新築だけあって木の匂いが香る綺麗な部屋であった。ここが旅行先であったなら、思わずウキウキしてしまいそうだ。

だが、部屋には先客がおり、ベッドの上にどっかりと座っていた。そいつは、同級生っぽい、スポーツ刈りみたいな短髪をした子どもだった。

同年齢とは思えないくらい良い体格をしている。なぜだか怒ったような表情をして、俺を一心に睨んでいた。

俺、なんか悪いことしたっけ。

心当たりがない。当たり前だ。初対面なのだから。

部屋の奥を見ると、ベッドが三つある。こちらに足を向けるように、テラスに向かって間隔をあけて三つ並んでいた。

テラスに面したところにはドアもついており、外に出られるようになっているようだ。

けっこう大きな部屋だ。

軽く見回すと、壁にくっついて勉強机が左側に二つあり、右側に一つある。

勉強机一つ分開いた右のスペースに、背の高いロッカーのようなものが三つ並んでいた。

これが貴重品庫か。

意を決して右側のベッドへ歩いてゆき、かばんを床に置いた。

なんといったらいいものか。

睨まれているから話しかけづらいし、最初に挨拶をする機を逸してしまった。無視し続けるのもなんだし、困ったものだ。

スポーツ刈りは、相変わらず俺の顔を、なんだか親の敵のように睨んでいる。俺は誰かの親を殺した覚えはないんだけどな。

はあ。

ため息をつきたくなる。だが、こちらから歩み寄りを示さなければ、友情もなにも芽生えようがない。

ここは挨拶だ。コミュニケーションは挨拶から始まる。

あとから来たのは俺なのだから、俺から挨拶すべきだろう。

「ユーリ・ホウといいます。これからよろしく」

爽やかに言ってみた。

「聞いてねえよ」

即、ずいぶんなお言葉が返ってきた。

なんだこいつ……修羅の国から来たのか？

……そして会話が止まった。やたらと張り詰めた空気が漂っている。

はぁ……ミャロとは上手くやれそうだから、こりゃ存外幸先《さいさき》いいぞと思った途端にこれかよ。

先住民族との交渉からはじめなきゃいけないのか。

でも、今日は疲れたからいいや。荷解《にほど》きでもするか。

ちなみに、運ばれてきたらしい荷物は別々に部屋の端に積まれていた。俺以外の二人のルームメイトの私物ということだろう。その量を見ると、俺のかばん三つは少ないほうらしい。

ロッカーのところへ行くと、自分の名前が貼ってあるロッカーに鍵を差し、開けた。開けると中は棚状になっている。

半分は服を吊《つ》り下げられるようになっていた。俺は適当に荷物を詰め込んでいく。

一番上段は成長を見越してか、とても高いところにある。現状では手が届かないので往生するかと思ったが、そばに踏み台になる階段みたいな台がちゃんと用意してあったので、それを使った。

上段には普段使わないものを置くことにしよう。かばんからインク壺や王鷲の大羽根をまとめた物を取り出しては突っ込んでいく。

ついでに、書き終わった日記帳も二冊入れた。実家に保管しておこうとも考えたのだが、中を見られても困るので、持ってくることにしたのだ。

誰かに見られて謎の文字を扱う悪魔崇拝者のように思われてもつまらない。一応、帯に鍵をかけてあるので、簡単に見られることはないが、ナイフを使えば帯は切れるので、開けるのは難しくない。

からっぽになったかばんをベッドの下に突っ込

むと、俺は机にインク壺と羽根ペン、鋏《はさみ》などの文房具セットを置いて、最後に今使っている三冊目の日記帳を置いた。

考えてみれば、これで文房具屋にはいつでも行けるようになったんだな。

多少便利になったとも考えられるか。

「てめえ、誰がその机つかっていいって言ったんだ？」

？？？？？？

背後から先住民族の声が聞こえてきた。

言われてみれば誰にも言われていない。なぜ俺はこの机を自分のだと思ったのか。

一つは、ロッカーと隣り合った孤立した机の上に既に荷物が置かれていたから、早いもの勝ちなのだと思ったからだ。

二つ目の理由は、俺のベッドが右側だからだ。

ベッドが右側で机が左側では、ちょっと暮らしづらい。

「使っちゃ駄目なんですか？」

「駄目じゃねーよ」

駄目じゃないんかい。何が言いたいんだ、こいつは。

「だが、俺の許可を取れ」

は？？？？？？

「失礼ですが、あなたのお名前は？」

「あんだぁ!?」

怒鳴るなよ……。

「いえ、王族の方なのかなと思いまして」

王族なら特権を持っていてもおかしくはない。この国は王国だし、ここはホウ家の自治領と違って直轄領なのだから。

いや、それはないか。

入学式のとき、学院側の教師たちはキャロルのことを「殿下」と呼ばずに、呼び捨てにしたり、キャロルさんと呼んだりしていた。

学生であるからには平等という理念があるのだろう。王族でも特別扱いはしないというのは、この学院の美点であるように思う。

「てめぇ、調子に乗るなよ？　首席だかなんだか知らねえが、お勉強ばっかじゃ騎士はつとまんねえんだからな」

どのへんが調子にのってる感じがしたんだろう……。

だが、彼の言うことも一理ある。俺も騎士院の首席をペーパーテストで決定するというのはどうなんだろうと思っていたし。

「まあ、そうですね。確かに机については協議して決めるべきだったかもしれません」

「きょうぎってなんだ」

思わず噴き出しそうになった。ちょっと難しい言葉だったか。

「皆で物事を決めることですよ。机については、ルームメイト三人で話し合って決めることにしましょうか」

確かにそのほうが公平だし、残る一人が誰か知らんが、早い者勝ちで残り物を渡されても不満が起こるだろう。


「嫌だね」

……。

嫌なんだって。

駄目じゃないと言ったり、嫌だと言ったり、わけのわからんやつだ。

この先住民はこの机を欲しているのだろうか……そうであれば、なぜ向こうの机に荷物を置いたのだろう……。

なぜなんだ……。

謎が多すぎる……午前中のあの出来事といい、子どもの生活は俺には荷が重い……。

「俺はドッラだ」

急に名乗りだした。

ドッラ。

ああ、なるほど。すとんと胸に落ちるものがあった。

「もしかして、ドッラ・ゴドウィン君ですか」

「そうだ」

つくづく、ついてねえなぁ、俺って。

いや、ついてないんじゃなく、最初にミャロと知り合ったのが幸運で、それと相殺してゼロって感じなのか。前向きに考えれば。

いやー……でも、さすがにこいつがルームメイトっつーのは、ちょっとマイナスすぎる気がするぞ。

十五年。

頑張れば早めに卒業できるとしても、まあ五年とか七年とかはこのまんまだろう。途中で部屋替えとかあることを願うしかない。

しかし、想像を絶するＤＱＮだな。

親の顔を見たい。

ガッラの野郎、本当にどういう子育てをしてきたんだ。子育て下手か。

「僕はあなたの父上と知り合いなのですが、聞いていませんか？」

「聞いてるが、関係ねぇ。父上と知り合いだからってなんだ？　偉いとでも思ってんのかよ」

いや、思ってないが。

そうか。

ガッラがなんか妙なことを吹き込んだせいで、こんなにしょっぱなから敵視してくるのかも。

元から粗暴なのもあるのだろうが、先入観ゼロでいきなりコレというのはいくらなんでもおかしい。ガッラがなにか吹き込んだせいで、俺に対してバイアスがかかっているのかも。もともと本格的に頭がおかしい子の可能性も大いにあるが。

「偉いとは思ってませんが。いろいろと腑に落ちることはあります」

「あぁ!?」

大声だすなよ……。

「ガリ勉野郎がよ。調子に乗りやがって。ふざけんなよ」

なんなのこの子……。

ドッラはおもむろに俺に近づいてくると、暫定的な俺の机の上にあったインク壺を払いのけた。

インク壺が床に落ちて割れ、黒いシミを作る。

あーあ、やってくれちゃったよ。高いのに。弁償してくれんのかよ。

床も汚れちまったよ。誰が掃除するんだ。

「なんだぁ？　びびってんのかぁ？」

ヘラヘラと笑いながら、威圧的に言ってくる。

なんだこいつ……。

ガッラに苦情入れるぞおい。

そうして、ドッラは俺の書きかけの日記帳を摑んだ。


あ？


ドッラは俺の日記帳を持ち上げると、見せつけるように俺の目の前で揺すった。

「こんなお勉強の本をわざわざ持ってきやがって。何様のつもりなんだよ、てめえ」

「返しなさい」

このクソガキが。

それは命の次くらいに大事な本なんだよ。さすがの俺でも怒るぞ。


「それは大切なものなんです。返しなさい」

その日記帳は俺が小遣いをやりくりして買った本だ。

汚されたり破かれたりしたら、ちょっと冗談では済ませられない。

「あ？　てめえが命令できる立場かよ」

ドッラは日記帳を床に叩きつけると、靴の裏でふんづけて、グリグリと踏みにじった。

……ああ、なるほど。

なんだ、こいつ喧嘩《けんか》がしたいのか。それなら、そっちのほうが手っ取り早い。

「ふう……犬ですか、あなたは」

「……あ？」

「犬には言葉は通じませんよね。だから、望みなら犬のやり方に付き合いますよ」

本来ならこういうアホは無視するのが賢いやり方だが、ルームメイトではそうもいかない。犬コロのやり方に付き合ってやろうじゃないか。

ソイムに施された薫陶がさっそく役に立ちそう

だ。

「僕も、反抗的な犬と同じ部屋で暮らすのはごめんですから」

「なんだと……」

ドッラの目が据わってきた。

「ほら、吠《ほ》えるだけですか？　弱虫ですか？」

俺がそう挑発した瞬間、ドッラが先に手を出した。

「てめえ――！」

ドッラは、案の定というか、喧嘩屋がやるような力任せのフックを繰り出してきた。

その拳を避けるのは、ラスボスまでクリアしたゲームで、改めて最初のチュートリアル戦をやっているようなもんで、ソイムを相手にしてきた俺にとっては完全にイージーモードだった。

単に拳を作って殴るだけでも、体重の乗せ方で威力はまるで変わるし、体の使い方で疾《はや》さがまるで違ってくる。

俺はドッラの拳を避けつつ、袖を取ると、おもいっきり吊り上げて、同時に襟を取った。背を丸めて膝を曲げ、取った袖を伸ばしながら、襟を取った腕で肩に担ぐ。

縮んだバネが弾《はじ》けるように体を伸ばし、背負い投げでドッラを投げ飛ばした。

床に叩きつけるのではなく、途中で手を離して放り投げる。ドッラは逆さまの体勢でドアにぶち当たり、もの凄《すご》い音がした。

子どもの体重ではドアは壊れなかったが、上の蝶番《ちょうつがい》が飛んだ。

すぐに走り寄って、みぞおちのところをボールでも蹴るようにして、思い切り蹴っ飛ばした。

「おぐっ――――ッッッ」

声にならない悲鳴を上げて腹を抱え込んでのたうち回るドッラを、肩を摑んで無理やり仰向《あおむ》けにする。

そのまま、馬乗りになった。

その際、片腕は突き出されたので取れなかったが、一本は足の下に敷いて自由を奪った。

「おい」

「――――ってめ！」

殴ろうとしてきた腕を摑んで止める。

「お前、俺に喧嘩を売ったよな？」

「なんだあっ!?」

俺は小指を下にして拳を握りこみ、思い切りドッラの鼻に打ち下ろした。

ドッと鈍い音がした。

柔らかい子どもの肉の感触が拳に伝わる。

ドッラは殴られた経験が殆どないのか、童子のような表情になった。

鼻から鼻血が垂れる。

「なんだじゃなくてさ。俺に喧嘩売ったよな」

「……っ」

ドッラは我に返り、俺を力強く睨んだ。

自由になっている腕で俺を殴ってくる。だが、片腕が押さえられているため肩が入らず、俺の顔までは届かない。腕を振り回しているだけのような格好になっていた。


俺は、自分でも驚くほど頭に血がのぼっていた。

日本でのことを一つ一つ思い出しながら、手ずから一文字一文字書き込んだ日記帳を、こいつはおふざけで地面に叩きつけ、汚れた靴でふみにじった。

こういう馬鹿は越えてはいけない一線を簡単に越えてくるから困る。遊び半分で侵してはいけない領域があるということを知らない。平気で他人の尊厳を踏みにじる。

「答えろよ」

もう一発鉄槌《てっつい》を食らわす。鈍い音がし、鼻血が飛び散った。

ドッラの顔色が目に見えて変わってきた。

本能的に、現状が圧倒的に不利で逆転が難しいことを察したのだろう。怯《おび》えの色は見えないが、明らかに気が動転している。

「俺に喧嘩売ったよな？」

「あっ、ああ」

「なら、こうなる覚悟はあったんだろ？」

鉄槌を振り下ろす。「ぶっ」という声が漏れ、ぐちゃりと拳が血でぬめる感じがした。

ドッラの鼻の周りは流血で真っ赤になっている。

「俺は、大切なものだから返せと言ったよな」

更に二度三度と殴る。

ここまできたら一発殴っても十発殴っても同じだ。ドッラは唇が切れ、鼻血も流れ、血まみれになって顔の形も変わっている。

どうでもいい。俺にはこのゴミが塵芥《じんかい》のようにしか感じられなかった。

「言ったよな？　答えろ」

「い……いった」

「じゃあ、それを踏みにじったお前は」

そこから更に二度殴りつけた。

これ以上やると前歯が折れてしまうかもしれない。

そろそろやめておくか。

「殺されても文句は言えないな」

俺はドッラの首を両手で締めた。

「奪うのは自分の専売特許だと思ったか？」

「あ……ガッ……」

ドッラの片手が俺の腕を掴む。

精一杯の力だろうが、たいした力ではなかった。

「馬鹿は死ななきゃ治らないっていうよな。お前はどうだ」

「ガギゥ……ゴ」

「死ねよ。俺を舐《な》めた報いだ」

「アギュ……」

本格的に窒息する前に、首の締め方を気管を潰す締め方から落とす締め方に変えた。

すると、ドッラは呆気《あつけ》無く白目をむいて、かくんと脱力した。

落ちたのだ。

口鼻に手を当ててるとちゃんと呼吸をしている。

よかったよかった。

いや、よくねえよ。

我に返った。なにやってんだ、俺は。

次の瞬間、ドアが開け放たれた。先ほど受け付けをしていた中年女性がドアを開けて入ってくる。

「なにをやっているの！」

ドアの向こうでは大勢の子どもたちが、中年女性の背中越しにこちらを見ている。

振り返ってみると、テラス側の窓からも大勢覗き見がいた。大事《おおごと》になっちまっている。

「喧嘩です。今しがた終わりました」

俺は立ち上がり、鼻血だらけになった手をパタパタと振りながら言った。

こりゃどうにもいかんな。

顔面血だらけになって真っ赤な顔したドッラが、苦悶《くもん》の表情で失神している。

一見死んでいるようにも見える。一方俺のほうは無傷だ。

あーあ、こりゃ退学かな。

まあ、どのみちあんな狂犬と何年間も平和的に暮らすなんて無理だし、これは運がなかったと言うしかないだろう。

サツキは白目をむいて気絶するかもしれないけど、そうなったらそうなったで。

「やりすぎよ！」

やっぱりやり過ぎだったらしい。

「ちょっと！　しっかりして!!」

中年女性はドッラの肩を持つと、ガタガタと揺らした。

「あんまり揺らさないほうがいいですよ。気を失っているだけですから」

中年女性は呼吸を確かめると、ドッラをそっと床に降ろした。

「なにかあったんですか!?」

もう一人、大人の女性がやってくる。

「医務室に行ってお医者様を呼んできてちょうだい」

「えっ……あ、はい！」

おーおー、大事になってきたなぁ。

えらいこっちゃ。

「ユーリ・ホウ。なにがあったのか説明しなさい」

めんどくさいことを言い出した。察するに、こいつは寮監かなにかか。

「彼が僕を侮辱して、所有物を損壊したうえ、ひどく剣呑《けんのん》な様子で喧嘩を売ってきたので、喧嘩を買いました」

「……もっと具体的に言いなさい、なにがあったの」

具体的にって、これ以上どう具体的に言うんだよ。ガキの言い分なんてどうせ信用しねえんだろうが。

「具体的もなにも、それだけですよ」

「……反省の色が見えませんね」

すげー怒った顔で言ってくる。

ああ？

いい加減イラついてきたぞ、なんだこの学校は。

昨日から不愉快なことばっかじゃねーか。ふざけてんじゃねーぞ。

「反省はそちらがすべきでしょう」

「なんですって？」

寮監の目がつりあがった。

「理解してくれていないようですから、順を追って話しますね。僕は、あなた方が決めた部屋に入りました。あなた方が決めた部屋にです。そうしたら、そこには狂犬のようなクソガキがいて、しょっぱなから喧嘩腰で僕を侮辱しはじめ、僕の所有物を取り上げ、返してほしいと言うと拒否し、損壊し、口論になると、向こうから殴りかかってきたんです。それで自衛が終わって一息ついたら、あなたがやってきて、自衛したことを責め、反省しなさいと言う。これって、いくらなんでも理不尽じゃないですか？　僕になんの過失がありますか。たまたま僕が自衛の手段を持っていたからいいものの、本当だったら僕はなんの過失もなく大《おお》怪我《けが》をしていたわけです。それを反省の色が見えない？　抗議をしたいのはこちらのほうなのですが？」

俺が一気にそう言うと、中年女性は頭痛を抑えるように頭に手を当てた。

ああ、期待の優等生から一気に問題児に評価が転落してる感じがする。

株価大暴落だ。

「……ともかく、こうなった以上、あなたには何らかの沙汰が下る可能性があります。あなたの家は王都に別邸がありますね。今日はそちらに帰り、追って沙汰を待ちなさい」

なんだ、家に帰るのか。

まるっきり問題児扱いだな。まったく困ったもんだぜ。

俺は日記帳第三巻をロッカーにしまうと、鍵を閉めて、財布と短刀とロッカーの鍵だけを持って寮を出て行った。

◇　◇　◇

人生初の喧嘩で、慣れていなかったからか、やりすぎちまったな。

がむしゃらだったけど、考えてみりゃあ、自衛といっても過剰防衛の誹《そし》りは免れまい。

はぁ……やっちまった。家に帰って親父とお袋に怒られるか。

「ユーリくん、待ってください」

沈んだ気分で寮から出たところで、ミャロに話しかけられた。

足を止める。

「……なんだ？」

何の話だろう。

「あんなことがあって気が昂ぶっているのかもしれませんが、まずは手と顔を洗ったほうがいいですよ。血がついています」

「そうか」

思わず袖で顔を拭おうとすると、ミャロが俺の腕を握って止めた。

「袖が汚れますよ」

確かに。

だが、殴った手じゃないほうにも血がついているので、袖くらいしか使えない。

「裏口に井戸がありますから、そこで洗いましょう」

ミャロは俺の手を無理やり握って、歩き始める。

血が付いてるからそっちの手まで汚れるだろうに。

「悪いな、何から何まで」

「いいえ。気にしないでください」

気にするよ。

「見てたのか」

「見てましたよ。凄かったですね」

ミャロの声色は少し浮き立っている。興奮しているようだ。

「凄くはないよ。馬鹿なことをした」

今思えば、あそこまでする必要はなかった。

俺は力を持って逆上するとああなってしまうのか。知らなかった自分の側面を、今知った思いだ。

井戸にたどり着くと、ミャロは血に汚れた手で真新しい釣瓶《つるべ》をたぐり、清水の入った桶《おけ》を引っ張りだした。

「お手を貸してください」

言うとおりに手を差し出すと、ミャロは桶を傾けて水をじゃーじゃーと流した。

手が洗われてゆく。

綺麗になると、今度は俺がミャロの手を洗ってやって、最後に自分の顔を洗った。ついでに、少し血が染みた袖口なども軽く濯《すす》いだ。

洗い終わると、なんだか少し気分が晴れた気がした。

そうして初めて、今までずっと血なまぐさい気分だったことに気付く。

「はー」

思わずため息がでる。

やっちまった。

退学か。親父とお袋に申し訳がたたねー。

「出会ってそうそうなんだが、これでお別れかもしれんな」

「え、なんでですか？」

「こんなことしでかしたら、退学になってもおかしかないだろ」

「プッ」と、ミャロは軽く噴き出すようにして笑った。「退学になるなんて考えてたんですか？　そんな事があるわけないじゃないですか」

「そうか？」

そんなこともないと思うが。

「キャロル殿下を殴ったのならともかく、こんなことでホウ家のあなたが退学になるなんて、そんな馬鹿馬鹿しいことはありえませんよ」

やけに断言するな。

「でも、だいぶひどく殴っちまった」

「殺したわけではないでしょ？」

「それはそうだが」

「学院だって大事にはしたくないんです。ご両親のもとに返したときには、出血も止まってますし、顔も綺麗になってますよ。場合によっては化粧をしてごまかすかも。だから、そんなに心配なさらずとも、大丈夫です」

確かに。

別に顔の皮膚が破けて血が出たわけではなく、鼻血が出ただけだから、洗い流せば打撃痕しか残らないはずだ。まぶたぐらいは切れてるかもしれないが、骨も折っていない。

他人に言われてみると、冷静に振り返ることができた。確かにミャロの言う通りだ。自分でも自覚していなかったが、俺は気が動転していたらしい。

「それに、ドッラくんの問題児ぶりは有名です。万が一にも、あなたが退学になるなんてことはありえませんよ。ボクが保証します」

そう言われると大丈夫な気がしてきた。

「なるほど。気が楽になったよ」

気持ちがだいぶ楽になった。

さすがに入学後即退学じゃ、ルークやスズヤに申し訳が立たないからな。

「お役に立てたようでなによりです」

ミャロは嬉しそうに言った。

ミャロと別れて、徒歩で別邸に帰ると、門番がお出迎えしてくれた。

「こんばんは、戻りました」

と言うと「おかえりなさいませ」と言って通してくれた。

顔見知りだから顔パスだ。でも馬車に乗っていなかったから不思議そうだったな。

別宅に入るとメイド長が出てきて、すぐに俺の服に付いた返り血を見つけた。

「お坊ちゃま、お怪我をなされたのですか？」

この人とも数年来の付き合いだが、お坊ちゃまはやめろって。

「いや、さっそくルームメイトと喧嘩をやらかしちまったんだ。これは返り血なんだけど、落ちるかな？」

「すぐに脱いでください。お着替えをもってきます。あ、ここではいけませんので、応接間で」

言われなくても、玄関口で素っ裸になったりはしないよ。

俺が何か言う前に、もの凄い勢いで飛んでいってしまったので、独りで応接間へ行ってそそくさと制服を脱いだ。

メイド長は、服を脱ぎ終わる前に着替えを持ってきた。

「申し訳ありませんが、ご自分でお着替えくださ い。血は時間が経《た》つと染み付いてしまいますので」

だから急いでたのか。俺が脱ぎ終わった制服を渡すと、速攻で服を持って出て行った。

多少乾いてしまったが、井戸の水で袖口も濡《ぬ》らしておいたからセーフなのかな。

俺は服を着替えると、そのまま応接間のソファに座って休んだ。

「ユーリ、どうしたんだ？」

しばらく休んでいると、話を聞きつけたのかルークがやってきた。

今日明日はここに泊まりのはずだから、いるのは分かっていたが……気まずいなぁ。

俺は休んでいたソファから慌てて立ち上がり、頭を下げた。

「……さっそく喧嘩をしてしまい、寮から追い出されました。ごめんなさい」

正直に言った。

情けない。

「喧嘩？　誰とだ」

ルークは真剣な表情で、俺に問いただした。

少し怒ってるふうでもある。そりゃ怒るよな。

「ガッラさんの息子さんとです。寮に入ってみたら、偶然なのか分かりませんが、ルームメイトで」

「ああ」

ルークは納得したようだ。

「あー、喧嘩はしちゃだめだぞ。武術の技は喧嘩に使うものじゃない」

月並みの台詞を言ってくるが、なんだか感情がこもっていない。息子の問題児ぶりについて、ガッラから詳しく聞いていたのかもしれん。

「反省しています」

「軽々しく喧嘩はするなよ」

「はい」

「向こうから突っかかってきたのか？」

「はい」

「そうだと思った。多少ガッラから聞いてたからな」

やっぱり。

「そうですか」

理解ある親で助かった。

失望した目で見られ、頭ごなしに小言を言われたら、かなり辛くなってたところだった。

「まさか刃物は使ってないよな」

「素手です」

「骨を折ったり、顎を割ったりしてないか？」

「していません」

「そうか……一応聞いておくが、殺してないよな？　気を失うまで殴ったりとかは？」

聞く順番が逆だろ。

思わず噴き出しそうになった。

「殺してはいませんが、絞め落としました」

「絞めたのか」

ルークは一転、責めるような口ぶりになった。

責めるのもわかる。

「なんでそんなことをした。あれは修練が足らない人間がやると危険なんだぞ」

「狂犬みたいなやつで、絞め落としでもしないと、体力が尽きるまで戦うのをやめそうにないと思ったので」

これは本当だ。

「そういうときは腕絨《うでがらみ》で……」

「それだと肘を痛めるんじゃないかと思って」

ソイムからは関節技も学んだ。

アームロックをかければ、殴られたのとはまったく質の違う激痛が走るので、相手を簡単に制圧することができる。

やられたこともあるが、これはもう、極《き》められれば抵抗ができるような質の痛みではない。だが、がむしゃらに解こうと暴れられると、腱《けん》を痛めさせてしまう恐れがある。

腱の損傷は総じてタチが悪い。十年たっても二十年たっても、日常的な動作の節々で腱が痛む場合がある。

それは痛みを我慢すればいいというものではない。例えば、槍をふるう動作のある点で痛みが走れば、筋肉はどうしても刺激に反応してしまう。動きはどうしてもぎこちないものになるし、騎士としては一生ものの障碍《しょうがい》になり得る。

「うーん。なら、攻撃を避けつつ足を蹴るんだ」

足。

足かぁ。

「僕より体格の大きい相手でしたが、僕の体でもやれたでしょうか」

足は考えなかった。

小さい体では、元から打撃でダメージを負わせるのは難しいので、打撃をメインに戦うという考え方はしてこなかった。

ソイムにも、大人になるまで打撃に頼ってはいけませんぞ、と言われていた。

「繰り返し蹴ったらいけただろうが、どうだろうな。喧嘩慣れしたようなやつ相手に、逃げながらやるっていうのは、技術が要るからな。ガッラくらいの体格になると、鍛えていない男くらいなら、一撃で立てなくできるんだが」

確かに、ローキックで立てなくさせることができれば理想的だ。

だが、ルークの言うとおり、殴りかかり摑みかかってくる相手に一定間隔を保ちながらローを何度も当て続けるというのは技術がいる。整備された校庭の真ん中のような、幾らでも退《さ》がれる場所でスタートしたのならともかく、あんなに狭い部屋の中ではどうにもならなかっただろう。

下手すりゃ壁にたたきつけられて組み敷かれ、ボコボコにされていた可能性もある。

俺には難易度が高すぎる。

「じゃあ、結局、喧嘩を買わないほうがよかったんでしょうか。降参して、寮監に訴え出るとか。どうしても駄目ならココから通ってもいいんですし」

「そうかもしれないが……それは騎士の態度じゃないな。けっこう馬鹿にされるぞ」

意外にもルークは苦い顔をした。

そんなことは男としてやってほしくないという感じだ。

なんだ、喧嘩を売られてケツまくって逃げたら、それはそれで問題なのか。結局は喧嘩売られた時点で八方ふさがりだったんじゃねえか。

喧嘩はするな。でも喧嘩を売られたら買え。だが相手を怪我させるな。ということか。

理不尽なことだが、人間関係にまつわる問題というのは、たいがい理不尽なものだ。うんざりはするが、そういうものなのかもしれない。

「まあ、今日はガッラと飲みに行く予定だったから、話してみるさ」

こ、この親父……。

息子が四苦八苦しているときに飲み会の約束を取り付けてやがったのか。

まあいいけど……。

「えっ、どうしたの!?」

声が響く。

ルークの後ろからスズヤが出てきて、こっちを見ていた。

いるはずのない息子を発見し、思わず声をあげてしまったのだろう。

思わず背筋が凍る。

ある意味、一番叱られたくない、気まずい相手だった。

「す、すみません。帰ってきてしまいました」

我ながら情けない声がでるもんだ。

「ユーリはちょっと友達と喧嘩しちまったんだよ、よくあることだ」

ルークがすかさずフォローを入れてくれる。

サンキューパパ。

「あなたは黙ってて」

スズヤはぴしゃりと言った。

パパはぴたりと口をつぐんだ。

パパ……。

「ユーリ、喧嘩をしたの?」

猫なで声ではなく、問い詰めるような響きだった。

「はい……」

何度かあったが、こうなると、マジで子どもみたいな気分になってくる。

しょぼーんってなる。

「殴ったの?」

「殴りました」

俺がそう言った瞬間、脳天にガツンと強烈な一発がかまされた。

脳天うたれたのに顎にきた。

いったぁ……。

思わずうずくまって頭頂部を押さえた。

頭がチカチカして視界に星が飛んでる。

ちょっとほんとに痛い、これ。

涙出てきた。

「殴ったり蹴ったりの喧嘩をしたら、両方ゲンコツって決まりなの」

どこのローカルルールだよぉ……。

涙が浮いて視界がプールの中みたいになってる。

「きっと、向こうの子は向こうの親御さんがゲンコツしてるはずだからね。平等よ」

自信満々の超理論だった。そんなわけあるかい。と思っても抗議する気にはなれなかった。

お母さんには勝てない。


そのうち、ルークが酒を飲みに行くと、入れ違いに大図書館へ行っていたらしいシャムが帰ってきた。

俺の帰宅を知ると、大喜びで俺のところに来た。

俺はタンコブを作りながらスズヤとシャムと食卓を囲んで、シャムが約束通りの宿題を要求して、夜中まで問題を作っていたら、酔っ払ったルークが来て「ガッラが良い薬になったたって感謝してたからな。安心して明日から学院に行けよ」とか言ってきて、ちょっと安心したら眠くなって、眠気を我慢して宿題を作り終えて、シャムの喜ぶ顔を想像しながら眠った。

◇◇◇

翌日、早朝に起きて寝不足のまま馬車に乗り、寮に行くと、玄関に顔を腫らしたドッラが待っていた。

なんでこいつ待ってんだよ……くんなよまじで……。

ドッラは、顔全体がふくれあがっていて青あざだらけだ。

我ながら、よくもまあここまでやったものである。一見すると歯の二、三本飛んでるだろうなと思ってしまう。

玄関に近づいてゆくと、向こうから声をかけてきた。

「――俺は負けてねえからな」

ぽかーん。

え、俺の耳がおかしくなったのかな？

「ちょっと聞きたいんですが」

「……なんだよ？」

「あれが負けじゃなかったらどうなったら負けなの？」

ほんと聞きたい。

「俺は負けを認めてねえ」

マジか。

負けを認めたら負け。シンプルだ。

まあ、これは彼の信念みたいなものだろうから、他人がどうこう言う問題じゃない。

黒かろうが青かろうが自分が白といったら白。

それはそれでいいんじゃないかな。しかし厄介だなぁ。

「じゃあ昨日の喧嘩はどっちが勝ったことになるの？」

「……っ」

ドッラは答えなかった。答えないというか、ちょっと答えがパッとでてこないようだ。

まさか「俺の勝ちだ」とは言えないのだろうし、「引き分けだ」と言うのもはばかられるのであろう。

ややあって、

「……まだ喧嘩は続いてる」

と、そういう結論に至ったらしい。

はー、もうどうでもいいよ。

「じゃあ昨日の喧嘩は僕の負けでいいですよ。はいはい、負けました」

俺は負けを認めた。

「はあああああ??」

とんでもない顔をしおった。

「よかったですね。あなたの勝ちです。おめでとうございます」

「駄目だ。認めねえ」

「……どっちかが負けを認めたら勝ちって、自分で言ったことでしょうに」

だから負けを認めてやったのに。なにが嫌だというのか。

「駄目だ」

なんなんこいつ……。

「じゃあ聞きますけど、あんだけ血だるまにされて、絞め落とされて、それでも負けを認めないいんだったら、どうしたら負けを認めるんですか?」

「……二回も三回も負ければ負けを認める」

まーた馬鹿なこと言いだしおった。

「へー。そうなんですか。一度戦ってあんなふうに負けても、今喧嘩して僕に勝ったら、やったぁこれで一勝〇敗な、って言うんですね。あんたそれでも男ですか? 生きてて恥ずかしくない?」

「ぐっ……」

さすがに反論できない様子であった。

「……わかった。昨日のは俺の負けだ。だが、また再戦するからな。首を洗って待ってろ」

やだ……なんでこいつこんなに面倒くさいの……。

なんなんもぉこいつ……。

「嫌ですね」

「てめー……勝ち逃げするつもりか」

恨みがましい目で見てくる。いやいや……。

「あなたの中の勝負って何度も何度も繰り返しできるものなんですか? ずいぶん気軽なんですね」

「あ?」

「騎士の勝負って本当は生き死にの戦いなんですよ。負けるまで勝つじゃなくて、負けたら死んで終わりなんです」

これはソイムが繰り返し俺に言って聞かせたことだ。戦場帰りのソイムは、この手の心構えの話をよく話した。

「まあ、昨日は喧嘩だったので手加減しましたが、決闘かなにかだったら殺されて終わりだったんですよ。騎士を目指すのなら、もうちょっと重大に受け止めたほうがいいと思いますけどね。あなたが昨日みたいなくだらない喧嘩を一生繰り返して生きていくっていうなら別ですけど」

と、俺は付け加えた。まあ残念ながら十中八九そうなるだろうな。こういう糞《くそ》ＤＱＮは。

「ぐっ……」

「喧嘩にしても、ちゃんと修行しないと僕には勝てないと思いますがね」

「……ちゃんと修行してから挑んでこいってことだな。わかった。だが、俺は勝ち逃げは許さねぇからな。逃げんじゃねーぞ」

「逃げませんよ。そちらこそ、寝てる間に闇討ちというのはなしにしてくださいね。それは勝ちとは言いませんから」

ドサクサに紛れて、俺はルールを設定した。

「そんなことするか！　みくびるんじゃねぇ」

みくびられるようなことを初めにしたのは一体どっちなのか……まあいいか。

一応、寝首を襲われたときのために枕元に武器でも置いて寝ようかな。

Ⅳ

ＤＱＮとの邂逅《かいこう》を経て寮に戻ると、ロビーにいた寮監に冷ややかな眼差《まなざ》しを向けられたが、他には特に問題はなかった。問題は大人のほうで片付けたらしい。まあ、恐らくガッラが問題にしなかったのだろう。

部屋に入ってみると、蝶番も直されているし、インクのシミもなくなっていた。インク壺の賠償というか補充まではしてくれていないようだが、他はすべて元通りになっている。

しかし、あの糞ＤＱＮはともかく、もう一人のルームメイトには悪いことをしてしまった。入ってきたらあんな有様だったわけだから、さぞかし驚いただろう。

と思って部屋を眺めたのだが、もう一人のルームメイトの荷物は解かれてもいなかった。昨日は来なかったのだろうか。

または、部屋があんまりな惨状であるから、ここに寝かせるのはまずかろうという配慮があり、別の部屋に暫定的に送られたとか。

それはそうと、なんだか腹が減ってきたな。朝飯を食べて来るべきだったか。

別宅を出たのは空が白む前だったので、なにも腹に入れてこなかった。

どうしようかと思案していると、
コォン　コォン　コォン
と、三度大きな鐘の音が鳴った。

しばらくすると、ガヤガヤと騒々しくなり、生徒たちが廊下に出てくる気配がした。

さっきのは目覚ましの鐘か。

ということは、これから朝食があるのだろうか。

俺も下へ行こう。

階段を降りて、下階の食堂へ行くと、パンが焼けるいい匂いがたちこめていた。

バイキング形式の朝食を摂《と》ると、なんだかホームルームのようなものが始まった。

「はい、これを見てください」

寮監が細い木の棒で壁を指した。

そこには、帆布のような厚手の布が貼られた大きなカンバスがかけてある。

書かれているのは絵の類ではなく、なにかの目録のようだった。

「あなたがたが騎士院を卒業するためには、ここにある単位のうち、三百単位を取らなくてはなりません」

なるほど、授業の一覧表だったか。

しかし三百単位とは大層なことだ。一個で十単位くれる講義とかもあるんかな。

寮監の話を総合すると以下のようになる。

三百単位のうち半分、つまり百五十単位は騎士院固有の講義で、うち百は実技で五十は座学である。つまりは、騎士院の卒業単位のうち、三分の一は体を動かす講義で取得することになるわけだ。

講義は必修のものと選択のものがある。選択科目の選び方によって、カリキュラムに大分違いがでてくるようだ。

なぜそうなるのかというと、歩兵科と騎兵科と砲兵科では修得する内容が全然違うから、ではない。

そんな区分は全然ない。


騎士候補生の中には王鷲に乗る天騎士になりたいという者たちがおり、騎士号を持った人間がすべて天騎士になるわけではないので、それでカリキュラムが変わってくるらしい。

天騎士の資格を取るには専門の実技をたくさん受けなければいけないようだ。幸いなことに、その実技はすべて卒業単位として認められる。

ただ、王鷲乗りのほう、つまり天騎士課程は、望んでも弾かれる可能性があるらしい。寮監は、現行で王鷲未経験だと今からでは厳しいので、一応は乗せるが才能が無いようなら弾くというようなことを、やんわりと言った。

たぶん上空で怖がって下が見られないような子は一発でアウトだろうな。

そしてもう半分、百五十単位は完全に座学で、教養院と共通する一般科目である。これにも必修のものが百二十単位あり、自由なものが三十単位ある。

必修の講義というのは、義務教育課程のような内容らしい。騎士になったといっても、最低限の教養がないと恥ずかしいってことだろう。国語、算数、社会、歴史、を学ぶようだ。

選択自由な一般科目は、まあいろいろある。化学めいたものを教える科目もあるようだが、まあ殆ど全部デタラメだろうな。

初等古代シャン語なんてものもあるが、俺はあの言語には今後一切関わりたくないので、一生どころか七回くらい人生をやり直したとしても取ることはないだろう。考えてみれば、前世でも古文の類はめっぽう嫌いだったな。

その中に気になるものがあった。

〝クラ語講座〟

という講義だ。

びっくり仰天というか、教わる方法があったのか、という感じだ。

この知識は、この人生において珠玉の至宝になるかもしれない。

この地球に住む既知の人類、シャン人のほかもう片方、クラ人の言語を覚えられるというのはでかい。なにせ、国が滅びて行くところがなくなったら、クラ人の支配地域の中で隠れて住むか、迫害のない土地まで、迫害を逃れて移動しなければならない。

その際、言語を知っているか知らないかでは、雲泥の差がある。

クラ人はシャン人を忌み嫌っているとはいうが、ユーラシア大陸は広いのだから、全地域で嫌われているとも限らないし、前人未踏の離島のようなところも探せばまだまだあるだろう。

「というわけです、理解できましたか？」

と寮監が言ったが、理解できたのはどれくらいいるだろうか。

ここにいる連中のうち、半分くらいはさっぱり分かっていないだろう。

「難しかった子はあとで相談室に来なさい。一緒に時間表を作りましょう」

結局は寮監がつきっきりで作ってやるようだ。

「それでは、今日やることを教えます。今日やることは、必修講義の免除に関するテストです。あなたがたの中には、既に十分に国語や算数に習熟し、いくつかの講義を受ける必要がない者がいるでしょう。その人たちは、講義が免除され、単位が与えられます」

マジか。必修講義が免除されるだけではなく、単位が空から降ってくるとは。

なんという慈悲。

この学院の上層部は神か仏のたぐいか。

「ただし、この申請は任意です。自己申告で申し込みをしてもらい、先生方に個別にテストをしてもらうことになります。なお、先日行ったテストで基準以下であった者は申し込みできません。免除の申請が必要でない者、または免除を受ける資格が一つもない者は、今日は受講計画を作ってもらうことになります」

なるほど。ここで入学式前のテストの結果が活《い》きてくるんだな。

先生方とて、あの前段階テストも解けない生徒をいちいち面談していたら、時間がいくらあっても足りなくなる。

なのでボーダーラインが設定してあるのだろう。

テストを真面目に受けたがために様々な面倒に巻き込まれたが、頑張ってよかった。俺の三年間の努力は無駄ではなかったのだ。一部は完全に無駄だったわけだが。

単位が免除される、空から降ってくる、という言葉の響きには、単位に追われた大学生生活がトラウマなのか、なんとも抗《あらが》いがたい魅力があった。

◇　◇　◇

「ふむ……信じられんことだが、きみの算学の知識はわし以上かもしれん」

「そうですか」

やった。

内心で大喝采をあげる。

これで算学とそろばんの分、三十単位がまるまる浮く。

「教養院の特別講義ならば出る価値はあるじゃろうが、騎士院で必修の講義で学ぶべきものはないな」

「ありがとうございます」

よしよし。

しめしめ。

「だが、算盤《そろばん》のほうは、少し未熟なところがあるようだ」

「えっ」

ソロバンだめだった？

「うーむ、特別におまけして中級算盤は免除しよう。上級算盤は出なさい」

算盤といっても、これは単純にパチパチして計算するだけの授業ではなく、帳簿付けなどの事務計算も合わせた内容であるらしい。

いちおう、大体は習って一通りはできるようになったのだが、まだ十分ではないということだろう。口ぶりからすると、中級のほうもギリギリで免除してやるって感じだし。

ちなみに、ソロバンは日本で使われていたものとは別物である。形はまあまあにているが、真ん中に通してある梁《はり》がなく、一列には九個の丸い玉が入っている。

まあ、半分は免除されたのだから御の字だろう。算学のほうは五つ全部が免除されたのだから最高だ。


とにもかくにも、二十七単位は免除された。

国語、歴史、社会、算数のうち、国語は全部免除されて歴史と社会は最後以外全部免除されたから、必修の義務教育百二十単位中、百四単位は免除されたことになる。

騎士院の専門課程も五十単位中十六単位は免除されたので、あわせて百二十単位の免除だ。

三百単位のうち、実に四割が免除された計算になる。

すばらしい。


夜半までかかった面接が終わり、寮に戻った。

寮では一日中さんざん子どもの相手をしていたのか、寮監がやつれた顔をしている。

腹が減ったので食堂に行くと、ミャロが遅い夕食をとっていた。優秀な生徒はやはり面接も多いし、俺と同じで長引いたのだろう。

食事が盛られたトレーを受け取って、ミャロのところへ行く。

「隣いいか？」

と聞くと、

「はい、よろこんで」

と言ってくれた。

食事をしながら話をする。

「こういう仕組みがあってよかった。ミャロも大分免除されたんだろ？」

「ええ、九十三単位も免除してもらいました」

九十三単位。

凄いな。

だが、カリキュラム自体は、本当に字も書けない足し算もできない、という子どもでも引っ張り上げられるように作られているのだ。

十歳といえば小学五年生くらいになるのだから、普通に実家で家庭教師《ガヴァネス》や塾に通わせてもらって勉強してきた子どもは、言うなれば小一〜小五までの授業は免除されて当たり前ということになる。

俺はだいたい、少し頭のいい教育の行き届いた子どもなら、三十〜四十単位くらいの免除は堅いと見ていた。

それにしたって、九十三単位というのは凄い。

「やっぱり、ミャロは頭がいいんだなぁ」

わかってたことだけど。

「そんなことはありませんよ。ユーリくんはどうだったんですか？」

「百二十単位だな」

ミャロがスプーンを落とした。木製のトレーにカランと転がる。

そりゃ多いほうなんだろうな。だが嘘を吐《つ》くわけにもいかない。

「まあ、言っちゃなんだが、俺もそれなりには勉強してきたからな」

過分な謙遜は良くないことに繋《つな》がるというのは、キャロルの件で懲りた。

それなりに努力もしたんだということにしておこう。実際、サツキに相当してやられたからこれだけ免除されたわけだし。

「な、なるほど。それにしても凄いですね。最高記録じゃないんですか？」

「どうだろう、分からない」

最高記録とかやめてほしい。

こっちはズルしてるようなもんなんだから、いたたまれなくなる。

「記録はどうでもいいが、卒業が楽になるのは嬉しいな。すぐ卒業できればいいんだけど」

「そうですね。でも、騎士院はあまり早く卒業はできないらしいですよ」

え？

「どういうこと？」

「騎士院は実技がありますから」

ああ、そういうことか。

順番に一つ一つこなしていかないといけない講義があるんだ。掛け算の講義は足し算の講義を修了させてから取りなさい、というような。

階段を登るように実技を一つ一つクリアすると何年もかかるんだろう。

「なるほどな、実技は順調にいくと何年かかるんだろう」

「理論上は七年ですね」

スラスラとでてきた。

やっぱりミャロはなんでも知ってる。

「じゃあ、卒業は上手くいけば十七歳のときか」

といっても、普通は二十二、三歳くらいまでかかるとルークは言っていたし、実際は七年では無理なんだろう。

例えば、単位取得に高校三年レベルの技量を要求される上級柔術実技というのがあったとして、それを中学三年のうちに受講資格を得ても、なかなか取得はおぼつかないだろう。経験は才能と努力で埋められるとしても、体格面の問題はいかんともしがたい。

そういうのがいっぱいあって、最短で七年のところを、なんだかんだやっぱり十五年はかかってしまう、という感じなんだろう。

「いえ、どんなに才能があって強くても、最後の実技は二十歳になっていないと落とされると聞きました」

あら。

そういうことでもないようだ。

「なんでだ？　早めに卒業させてくれないのか」

「場合によっては、騎士は号を貰ったらすぐに戦場に行くので、いくら才能があっても体が育ちきっていないうちに号を与えるのはいかがなものか、という話のようです」

「ああ、そういうこと」

才能に満ち溢《あふ》れて十七歳で卒業できるような人材を、まだ成長途中のうちに戦場に送り出して戦死させてしまうのは、あまりにも惜しい。

そういう意味で、二十歳というのは学院側の妥協点なのだろう。俺にとっちゃ拘束時間が延びて面倒くさいが、政策的な面では良い制度という感じがする。

「じゃあ、あんまり急いでも意味がないんだな」

「そういうことになりますね」

といっても、二十歳で卒業するには、それなりに頑張らなければいけないのだろうけど。

それにしたって、これほど免除を受けていれば、それほど困難とも思えない。

「教養院も同じなのか？」

「教養院はいくらでも早く卒業できます。むしろ早く卒業したほうがハクがつくので、急ぐ人が多いですね。免除の重要性も騎士院とは段違いですし」

へー、そうなんだ。

「ミャロは物知りだなぁ」

「そんなことありませんよ。つまらないことをたくさん知っているだけです」

別につまらないことではないと思うが……。

「そういうのってどこで覚えてくるんだ？」

「どこでというか……まあ、こういうつまらない事を覚えるのが魔女家の家業みたいなものですから」

そうなのか。

まあ、官僚っていうのはそういうものなのかもしれない。

「なるほどな、歴史のある家は違うってことか」

「そうですね。ボクの家も一応は七大魔女家《セブンウィッチズ》ですから。歴史だけは大皇国まで遡れます」

大皇国まで遡れるとは大したものだ。

ホウ家もその時代まで遡れることには遡れるが、その時代はスカンディナヴィア半島南部の農村地帯にいる、普通の農家だったらしい。

そのうち、名も残っていないご先祖様が頑張り、ただの農家から富農になって、村でそこそこ良い家程度の存在になった。

それが長じて豪農になり、戦後に皇国が崩壊すると、当時の野心に溢れた当主がドサクサに紛れて切った張ったを繰り返し、南部一帯をナワバリとする地方豪族のような存在になった。

そうしてシヤルタ王国ができたときに、ほうほうの体で中央からやってきたシャルタ・フル・シャルトルに取り入り、または懐柔され、将家として南部を任されるようになった。

つまりは成り上がり百姓家だったわけだが、それもう九百年近く昔の話だ。成り上がりも九百年も続けば、歴史ある名家ということになるだろう。

だが、家系図は豪族になってからのものしかないから、胸を張って大皇国時代まで遡れますとは言えない。

「七大魔女家《セブンウィッチズ》か。どんなことをしているのか想像もつかないな」

王城で真面目に仕事してるんだろうか。

「碌《ろく》でもないことですよ」

「そんなことないだろ。官僚の仕事を任されていると習ったぞ」

官僚というものは、軍隊や大工のように目に見える仕事をしないので分かりづらいが、成熟した国家には必須のものだ。

小さな村程度なら村長の目が端々まで行き渡るから、一人でも統治できるだろう。だが人が何万人もいる国家ともなれば、王は一人なのだから隅々まで目を光らせるなんてことは不可能だ。王の代わりに目となり耳となり、手足となる者は絶対に必要になってくる。

「試験の回答ではそうなんですが、実際は職を汚して私腹を肥やすのが仕事ですよね」

「そうなのか？　あんまりピンとこないが」

やっぱり汚職はあるんだな。こういう時代の国家だと当たり前かもしれないけど。

「まあ……例えば港の管理を任されたら、沖仲仕《おきなかし》を使って船荷を盗ませたりするんです。取り締まる側が盗ませるんですから防ぎようがありませんよね。そこで盗まれたくなかったら賄賂を払え、という形ができたら、あとは何もしなくても懐は潤い続けるわけですから、こんなに楽な仕事はないわけです」

「あー、まあそうだな」

沖仲仕というのは、商船から船荷を揚げたり降ろしたりする港湾労働者のことだ。港湾に定格コンテナやクレーンのようなものがなければ、当然だが船荷はすべて手で降ろすことになる。この王都は物流を水運に頼っている部分が大きいはずなので、王都の肉体労働者の職業としてはメジャーなものなのではないだろうか。

俺の感覚からすれば、そういった汚職が常態化しているというのは、相当ヤバい感じがする。

官僚の腐敗というのはゼロにはできないものなので、腐敗があるので即駄目な国ということにはならないが、せめて定期的に大洗浄を行うくらいのことはしてほしい。腐敗を一掃すれば汚職に頼った家は没落するわけだから、七大魔女家《セブンウィッチズ》が大皇国からの歴史を誇っているということは、そういった洗浄は一度も行われていないのだろう。淀み、濁ったような状態がずっと続いているということになる。

「それはうちの家業ではないんですけどね。うちは不動産が主なんですけど、似たようなものです。害悪なばかりで人のためになりませんよ」

ミャロはいやに実家をディスるが、やはり男だから冷遇されてきたのだろうか。

　こういう頭のいい人間は、実家の家業がどうだろうと生まれがどうだろうと、結局人生どうにかなってしまうものなので、実家におもねり寄りかかる必要などないのかもしれない。たとえ今このとき実家に絶縁され、騎士院を放り出されても、これだけ頭がよければなんとかなってしまうだろう。

　あの糞ＤＱＮだったら、明日から暴力に頼って店先から食べ物を盗む悪質浮浪孤児となり、冬になったら路上で凍死するくらいの末路しかないだろうが、この子は違う。商人の丁稚《でっち》にでもなれば、すぐにでも頭角を現しそうだ。

「魔女家ってのはそんななのかぁ」

　認識を改めなきゃならんな。大臣職みたいのを立派にやってる官僚の名家みたいに思っていた。やっぱり机上で本を読んだだけでは実態は摑めないもんだな。

「そうです。ホウ家のほうがずっと凄いですよ」

「そうか？」

　どうなのかな。まあ、凄いっちゃ凄いけど。ルークもあれでちゃんと仕事してるしな。

「将家の歴史は栄光と名誉で満ち溢れています。魔女家なんて偉ぶっていますけど、誰かの為《ため》になることなんて一つもしてませんから」

　ミャロはウチの実家のファンかなんかなのかな？

「そう褒められると悪い気はしないな」

「ユーリくんはその将家を継いで頭領になるんですよね？　素晴らしい将来だと思います」

　なんだかミャロの眼差しはキラキラしている。どうも、騎士の家に強い憧れがあるようだ。

「まあ、従妹《いとこ》にいい相手が見つからなかったらだけどな」

　そう、可能性はまだ残されている。ミャロが在学中に、物語の主人公のような超有能な白馬の王子様に惚《ほ》れられるという可能性が。

「ふふっ、そんなことありえないでしょ？　ユーりくんはこんなに優秀なんですから、そんな次善策を採る必要はないはずですよ」

ミャロはどうも俺の家の事情に関しても結構詳しいようだ。

「いや、俺が嫌だからな。他に任せられる奴《やつ》がいたら喜んで譲りたいくらいだし」

「えっ」ミャロの表情が一瞬凍った。「で、でも、お父上の継嗣《けいし》の際にはいろいろと活躍したと聞いていますよ？」

どんな噂《うわさ》が流れてんだ。こっわ。なんでそんなことまで知ってるんだよ。

「あのときは対立候補がクズすぎて、徹底的に潰さないと後々報復されそうだったんだ」

「えっ、でもっ……立派な頭領になるために頑張ったから成績優秀なんじゃないんですか？」

頑張ったというか、やらされただけなんだが。

別に苦痛でもなかったし、拒否っても他にやる事があるわけでもなかったから従ってたけど。

「暇だったから唯々諾々と従ってただけだよ。もともと俺はトリ牧場の牧場主になるつもりだったし、今でも悪くないと思ってる」

「えっ、牧場主って、もしかして冗談じゃなくて本気で言ってるんですか？」

「冗談じゃないけど。牧場主だって立派な仕事だろ？」

牧場主は立派な仕事だ。

俺も、ホウ家の屋敷に入って何年も暮らしていれば、騎士になるのも悪くないと思うようになって、むしろそれを望むようになるのかな、と思ったこともあった。

だが、実際に時間が経ってみると、今もだが、ぜんぜん当主になりたくない。

だって、ルークを見てるとべつに全然楽しそうでもないし、不幸には見えないが、以前より幸せそうとも思えないのだ。

もちろん、自由に使える金は前と比べたら断然増えた。社交界ではちやほやしてもらえるし、スズヤは手を荒らして冷たい水で洗濯をしなくてもよくなった。

だが、それは幸せとは直結しない。

ルークもスズヤも俺も、前の生活のほうがよかった。と思っているはずだ。俺もルークと同じでトリ牧場の運営のほうが性に合ってる気がするので、あっちのほうがいい。

ああいう出来事があって自分の決断でこういう筋道を作ってしまった以上、責務を放り投げようとは思わないが、自分の代わりを立派に勤め上げられる人間が現れたら話は別だ。そいつがやりたいんだったら、喜んで譲りたい。

「うっ……それは確かにそうですが。ユーリくんはなりたくないんですか？　将家の長ですよ？」

「どうだろうな」

って、これキャロルと同じパターンじゃん。

せっかく将家に生まれたのに、騎士に誇りを持たないとはどういうことだ。けしからん。

っつー感じの。

そのへんの寮生なら、ただ親に従って漫然と生きてきたのが大半だろうから、気にもしないのだろうが、ミャロは次席か三席だ。相応の努力もしてきたはずだ。キャロルもそうだが、その努力は強い自負と誇りによって支えられてきたんだろう。

ミャロは下手すると俺がいなかったら主席になってたかもしれないわけだから、慎重に答えを選ばないとな。

「……なりたくないわけでもないが、牧場主も性に合ってる気がするし、従妹次第だな」

「えっ……いや、ボクがどうこういう事ではないですが、ユーリくんは向いていると思いますよ。勉強だけではなく度胸もありますし」

「そうか？　俺なんて根性なしだけどな」

度胸があったら、前の人生であんなことにはなっていない。

権威にやり込められて、女に振られて傷ついて、閉じこもったクズが俺だ。

俺に度胸はない。

「まあ、従妹にそんな相手が現れるなんてことは十中八九ありえないだろうし、普通に考えれば、俺が当主になるんだろうが」

これはシャムと結婚したい男が見つからないということではない。家柄目当てで結婚したい男など山程いるだろう。だが、それでは駄目だ。シャムが不幸な結婚でもなく両思いになれる相手で、かつ家柄的におかしくない騎士家の出であり、ほとんど間違いなく俺より上手に頭領をやれる有能さを持っていて、更にいえばラクーヌのようなクズでなくルークの一家が領に残っても攻撃をしてくる可能性が考えられない相手となると、これはまあ天文学的な確率というか、現実的に考えてそんな人間は存在しねえよという話になるので、十中八九どころか可能性はゼロに近い。

そんなことは俺も分かっているので、今後は「なりたくない」なんて言わないでおいたほうがいいのかもしれないな。

「そ、そうですよね……そうですよ、ね」

なんだか目が虚《うつ》ろになっている。

それにしても、なんでこんなにショックを受けているんだ、こいつは。

本来でいえば、ミャロは近衛に入るのが最も順当な将来なわけで、将家の主が誰になろうが、さほど関係がない立場のように思える。将家のことが好きすぎて、将家の長になりたくないなんて人間が存在するのがショックだったのだろうか。

「それより一緒に時間割を考えようぜ。なるべく一緒の講義のほうが楽できるよ」

「は、はい。そうしましょう」

V

ミャロと一緒に時間割を作り、申請を出した翌日。その日は世間的には休日ではないのだが、学院は休みになっていた。学院全体が明日まで長期休暇で、明後日に始業式があって、新しい年度が始まるという形であるらしい。

ドッラの襲撃を警戒しながら寮で一夜を過ごし

た俺は、朝早く起きて朝食を摂るために階段を降りていった。食堂には、既にパンの焼ける良い香りが漂っている。

しかし、いざ食堂に入ってみると、様子がおかしかった。どこか空気がピンと張り詰めている。寝起きのだらっとした空気が相応《ふさわ》しいはずの食堂は、ガヤガヤとした雑談の声も鳴りを潜め、緊張した雰囲気に包まれていた。

その原因はすぐに分かった。一人の目立つ少女が食事を摂っているのだ。金髪の王女様であるところの、キャロルだった。十歳の男子たちは、このきらびやかな貴種の少女にどう接していいのか分からないようで、遠巻きに座りつつ、かつ興味津々な様子で食事を摂っている。

俺が階段を降りてくると、キャロルとはすぐに目が合い、眉をしかめて睨むような顔をされた。声をかけてくるのかと思ったが、特に何も言われなかったので、ごく普通に朝食を受け取ると、なるべく遠く離れた席に座った。関わりたくなかった。

そそくさと食事を終え、まだ寝ているドッラを起こさずに身支度を整えると、俺は足早に寮から出ていった。一昨日ドッラを殴ったあとに歩いた道を、今度は朝早くに歩き、王都の別邸にたどり着いた。

朝に出発としか聞いていなかったので不安だったが、どうやら間に合ったようだ。ルークとスズヤを送る隊列は、今まさに出発するところだった。

「うおっ、どうしたんだ、ユーリ」

唐突に現れた俺を見て、ルークはびっくりして乗っていた馬車から降りてきた。

「おはようございます。お見送りしようと思いまして、歩いてきました」

「そうか。夜は眠れたか？」

「ユーリっ」

急いで降りてきたスズヤが、被《かぶ》せるように声をかけてきた。長いスカートでそんなに急ぐと危ない。

「母さん」

「ありがとうね。学校頑張って」

ギュッと俺を抱きしめると、スズヤはそう言った。

「はい。お母さんも体に気をつけて。父さん、夜はなんとか無事だったので、とりあえずやっていけそうです」

こう言っておけばスズヤも安心するだろう。

「そ、そうか。まあ無理はするなよ。ユーリのことだから上手くやるんだろうが」

「はい。どうにか上手くやります」

「辛くなったら帰ってきてね。遠慮なんかしちゃだめよ」

「分かってます。お母さん、そろそろ離してください」

マザコンみたいに思われるのは困る。

俺にそう言われると、スズヤは抱擁を解いた。

「それでは、お二人ともお体に気をつけて」

そう言って、手を振って二人を送り出した。

二人は、護衛の隊列を連れてホウ家領へと帰っていった。

さて、今日は休みだし、さっそく遊び回るとするか。

遊ぶといっても、俺には鷲の世話以外には街歩きくらいしか趣味といった趣味がないので、ただ散歩をするだけだ。王都の有名な観光名所的なところは、もう既にルークに案内されてしまっていたので、本当に散歩をしながら街並みを見て回るだけになるだろう。

騎士院の制服は下ろしたてなので目立ちすぎる。俺は寮を出るときに持ってきておいた服に着替えると、着替えを詰めてきたかばんを草むらに隠し、衛兵の交代でゴタついている門をすり抜けるようにして街に繰り出した。

そのまま、王都シビャクの石造りの街並みを眺めながら歩きだす。ミャロはああ言っていたが、魔女とかいう碌でもない存在が我が物顔でのさばっているにしては、街はそこそこ活気があるように見えた。少なくとも、商店は誰にでも入れるように店を開けているし、食品店などは店頭に商品を並べている。強盗が頻発し誰も取り締まる存在がいない街……みたいなところだったら、こうはならないだろう。少なくとも商いは無事にできる程度の秩序はあるように見える。

ミャロが言っていたのが大げさだったのか、私腹を肥やしつつも一定の秩序と経済を維持する方向でやっているのか、それとも好き放題に無茶苦茶やっているが女王が歯止めになってるのか、そのへんは街の表層を見ただけでは何とも判じかねた。まあ、十年もここにいるのであれば、おいおい分かってくることだろう。

街並みを見ながらホウ家別邸から離れて、興味を惹《ひ》かれた道に勝手気ままに入りながら、しばらく歩いた。シビャクは計画都市であるらしく、綺麗に区画分けされているので迷うことはない。

王都は王城島から離れるほど治安が悪くなり、特に西のほうはスラム街のようになっているらしいので、東のほうに足先を向ける。歩いているうちに時間が経ち、ちらほらと店が開き始めた。

ここ数年で縁が深くなったからか、武器が普通に売られている刃物屋に興味をそそられ、冷やかしに入ってみる。

折りたたみナイフが普通に並んでいたのでちょっとビックリしたが、手に取ってみるとロック機構がなかった。刃の反対側の峰に力が加わると、何の抵抗もなく畳まれる。釣りかなんかに出かけたとき、まな板の上の魚を刺し身にする程度には使えそうだが、ポケットに入っていたとしてもこれで戦うのは危険極まりない。指がいくつあっても足りなくなる。

肉屋用と思わしき肉切り包丁のところには、狩猟用のナイフなども売られていた。皮剝ぎのガットフックのついたナイフなんかも、作ってみたら売れるかもしれないな。

まあ、売れたところで真似《まね》されて終わりか。と思いながら、ナイフを置いた。突然来店して刃物をいじりだした子どもを店番の人が心配しだしたので、すぐに店を出た。


そこから少し歩くと、店頭に炭が大量に置かれている店があった。家庭で日常的に使われるのだろう。近づくと少し粉っぽい炭独特の臭いがした。白い炭、黒い炭、丸々炭になった大きな枝と、いろいろな種類の炭がある。あまり詳しくはないが、白い炭と黒い炭は用途が違うんだろうな。

古着を濃い色に染色しなおして売る店なんかもあるようだ。店内には、〝染め直し致します〟と白い文字が藍色の地に染め抜きされた大きな布が飾ってあった。とても目を惹きつける。やっぱりどこの国でも、客を寄せるため商売人はいろいろ考えるようだ。

そこから更に歩き、ちょっとガラの悪い男が数人店先で酒を飲んでいる酒場を見かけると、どうもここらへんは治安がよくないのじゃないかと思えてきた。刃物屋、炭屋、古服店と、他にもいろいろと店はあったが、どれも庶民的で、あんまり高級そうな店ではない。治安の悪い地域に足を踏み入れてカツアゲでもされたらつまらないので、慣れるまではもう少し治安の良さそうな場所を冷やかしたほうがいいだろう。

方向的には西ではなく、南東に向かっていたはずなんだが、ここらは下町ってところなのかな。


俺は踵を返し、元の道を引き返しはじめた。二十メートルほど歩くと、なにやら妙な声が聞こえてきた。「わあああああ」とか「はなせー!」とかなんとか、狭い路地のほうから女児が叫んでいるような声が小さく聞こえる。

がしゃんがしゃんと、物を蹴倒すような音も鳴っている。まるで誰かが少女を拐《かどわ》かし、略取しようとしているかのような騒々しい音である。

うーむ、そういう犯罪行為も横行しているのか。なんともけしからん。

まあ、俺はホウ家の人間であって、王家天領の人間ではない。こういう治安の問題は、他所《よそ》様の都市のご家庭《いえ》の事情という感じもするし、あんまり首を突っ込むのもな。見て見ぬ振りをするのもなんだから、通報くらいはするが、深入りはしないほうがいいだろう。

そんなことを思いながら、行為が行われている件《くだん》の路地を通りすがりに覗いてみると、とっても厄介なものが見えてしまった。それは、乱れに乱れる金色の髪であった。

◇　◇　◇

「はなせーーーー!!」

「おいっ、口を押さえてろ！」

うーん……たまたま金髪な別の人間かと思ったが、どうやら本当にキャロルちゃんらしい。この子は一体、なにをやっとるんだ。頭を抱えたくなるぜ。

まあ、普通に考えて、偶然たまたまお出かけした先が一緒だったわけではないだろうから、俺の後を尾《つ》けてたんだろうな。いったいぜんたい、どういう発想をしたらそういう行動に及ぶのか、一度聞いてみたいもんだ。

「ふがっ――わあああああああああ!!　誰か助けるのじゃ!!」

「黙れ」

ばちこーん！

一人の男が放った平手が、ギャーギャー暴れ散らすキャロルちゃんのもちもちほっぺにジャストミート。思いっきり引っぱたいた。これは痛いぜ。

よくぞやってくれた。それ、俺もやりたかったところだったんだよ。

「むぐっ、むぐーーーー!!」

キャロルちゃんはほっぺたを叩かれて一瞬自失していた間に、哀れ汚い猿ぐつわを噛まされてしまった。ちなみに男たちは総勢で四人おり、キャロルちゃんは下ろしたてのキレイキレイな騎士院の制服を着ている。落ちている大きめの帽子を見るに、さすがに金髪は隠そうとしていたらしいが、まあその帽子も上等の仕立てだし、このへんには新品の服着て歩いてる人自体殆どいないわけで、そりゃ狙われますわな。子どもだからさらいやすいしカモがネギしょって歩いてきたような好条件だ。

うーん……まあ、放っておくわけにもいかないか。

一度この場を離れて、無関係を装い、陰ながら尾行してキッドナッピング先を確認するのが一番賢いかな。

だけど、王女と知れたらどうなるか……そこが心配なところだ。俺が目の前にいるこの犯人だったら、殺して埋めるだろう。王女を人質にとって国から身代金、とか一介の誘拐犯の手に負えるわけがないし、逃《にが》しても追手がつく。その点殺してしまえば死人に口なしで、追手がつく可能性も抑えられる。

そうなると、誘拐された留置先を通報しても見つけたときは死体でした、ってことになりかねない。

身代金で済むのであれば、俺が払うわけじゃねーし王家の勉強代ということでどうでもいいのだが、殺されたりしたら夢見が悪い。そもそも誘拐犯っていうのも俺が推察しただけのことで、こいつらは単なる少女を乱暴するのが大好きなロリコンのお兄さんたちという可能性もある。

どっちにしろ、キャロルの身柄を押さえられたまま泳がせるのはリスクが高いよな。

「なに見てんだっ！　ガキッ！」

壁に寄りかかって冷静に事態を分析していた俺を、ガラの悪い男が責めた。

「ム～ッ！」

俺に気づいたキャロルが必死で声を上げる。

「あのー、あなたたちって、身代金目的の誘拐ってやつですか?」

「はぁ?」

　俺が尋ねると、男はただ声を出して聞き返してきた。

　普通に回答してくれるわけがないので、ここは事情を話すべきだろう。

「実を言いますと、僕はそこのオテンバ少女の従僕を務めていまして。誘拐なら、彼女の実家が身代金を出すのでいいんですが、性的な乱暴をしたりするつもりだと、ちょっと見過ごすわけにはいかなくなるんですよねー」

「身代金目的だ」

　従僕という嘘のおかげで、身代金の受け渡し上都合がいいと思ったのか、あっさりと答えた。こいつは先程キャロルのほっぺたをぶった男だな。リーダー格っぽい。

　拐かしの実行中という修羅場にあって、妙に冷静で、冷たい眼《め》をしている。怖い目だ。こういう荒んだ目はホウ家でよく見た。戦場帰りの兵士の気配がする。

　他は気が急《せ》いて腰が浮いている雑魚ばかりだが、こいつがいるとなると勝てるかどうか……ちょっと、うーん……相当難しいかもな。かなり自信がない。

「ムーッ!! むううううう!!」

　キャロルは必死でなにかを訴えかけている。きっと碌でもないことだろう。猿ぐつわを噛ませておいてくれてよかった。

「なら、僕も連れて行ってもらってもいいですか? ちょっと心配なので。身代金も二人分に増えますよ」

◇　◇　◇

「それで、てめぇはどこのもんなんだ?」

　後ろ手を縛られ、目隠しされて連れて行かれた場所で、俺はチンピラに尋問されていた。リーダー格の男は後ろに控えている。

こいつらは、下町をブラリ散歩していた金髪少女を、まさかこの国の第一王女だとは思っていないらしく、キャロルのことはどこかしらの高位貴族の馬鹿娘だと思っているようだ。

やはり少女を尋問するのは気が引けるのか、あるいは傷つけると人質の価値が落ちると思っているのか、とりあえずは俺を責めている。まあ、俺が喋らないのが悪いのだが。

「……さあ？　忘れてしまいました」

「ふざけんなコラァ!!」

ばちこーん、と俺のほっぺたがぶたれる。痛いなーもう。

ソイムにさんざ痛い目にあわされてきてよかったよ。その前だったら気が動転してたところだ。

「ムウウウウッ！」

キャロルが泣きながら頑張って吠えている。うーん、王女ってのは内緒にしておきたいからなぁ。

黙ってるんだからさっさとやってくれませんかぁ。俺を殴るより先にやることがあるでしょぉ。

「持ち物を調べろ。何か身分のわかるものを持ってるかもしれん」

リーダー格の男が言った。ようやくだ。

「はいっ」

チンピラはハキハキと返事をして、

「立てやぁ！」

と怒鳴りつけながら、俺を安い椅子から立たせた。

こっちから立ちたいくらいだ。これを待ってたんだよ。

こいつらは、キャロルの持ち物はすぐに点検したのだが、俺のことはただの従僕と思って、なにも調べなかったのだ。それが困った事態を招いてしまった。

「……あ？　やけに立派な……こいつ、大金持ってますぜ」

と、チンピラは俺のポケットをまさぐり、財布や短刀を取り出しては机に置きはじめた。

さーて、どういう反応になるかな。

「お前……この短刀は。なら、この娘はホウ家の類縁の者か」

リーダー格の男が言った。わーあ、この人、ホウ家の家紋知ってるんだぁ……。

そうなのだ。俺の短刀の柄《つか》には、ホウ家の家紋が彫金された金具が嵌《はま》っている。それが事態をややこしくしていた。

王家は武具にこだわりはないらしく、キャロルが持っていた短刀はただ拵《こしら》えがとても良いだけで、なんの家紋が入っているわけでもなかった。俺の持ち物のほうがまずかったのだ。

「ばれてしまっては仕方ありませんね。この御方《おかた》はシャム・ホウといって、ホウ家現当主の娘です」

俺はシャムの名前を借りることにした。

俺としては、できればこれはしたくなかった。様々な点で、カースフィットあたりの七大魔女家《セブンウィッチズ》の娘ということにしておいたほうが都合がよかったからだ。

だが、そう言ったあとでホウ家の家紋がバレると、証言の食い違いが起きてしまう。なので、ほっぺたを犠牲にしてでも一度家紋を見せておく必要があったのだ。

それにしても、どうしてただのチンピラがホウ家の家紋なんて知っているんだろう。

「なに……なら、ゴウク・ホウの娘ということになるのか？」

は？　ゴウクのことも知ってるのかよ。どんだけホウ家に詳しいんだ。怖いわ。

「はい、そうなりますが」

「金髪は、王家ゆかりの徴《しるし》だったはずだが」

「彼女の父方の祖母は王家の出身者ですので。母親も王家の遠縁の者なので、血が濃く現れたのです」

もちろん嘘だが、いくらなんでも家系図まで全部覚えてるってことはないよな……。

「そうか……ハハッ、俺があのお方の娘御を拐かすことになろうとは」
リーダー格の男は、なんか自嘲気味に嗤《わら》ってい
る。こいつ、もしかしてゴウクと知り合いなの
か?
ホウ家では、軍再建の過程で生き残りが昇進し
たので、戦場帰りの将兵は経済的に恵まれている。
こんなところで誘拐犯に身をやつしているとは考
えにくい。
この人はキルヒナで兵士をやっていたキルヒナ
人なのかもしれない。
「だが、こっちも飢えているんだ。恨むなよ」
「恨まれるようなことをするのですか?」
恩でもあって逃してくれるのかと思ったが、残
念ながらそうではないようだ。
「いや、しない。だが、身代金は取る」
その後、俺とキャロルは倉庫に押し込められて
しまった。一応は窓があるが閉められている。窓
は造りが悪く、大きく隙間の空いた板目から伸び
た光が、舞い散った埃《ほこり》に反射して柱を作っていた。
歩けなくさせると用便の際などに面倒が増える
からか、脚は縛られなかったが、腕のほうは縛ら
れたままだった。
「お前、なぜ捕まったのだ。一人で逃げればよ
かったのに……」
部屋の隅で体育座りしているキャロルが言った。
まあ、王女だとバレたら殺される恐れがあったと
か、いろいろ教えることはできるが、この年齢で
は理解できないだろう。
「助けないほうが良かったのか?」
「そうじゃない。私を見捨てていれば、捕まった
りしなかったじゃないか。そうしたら、頬をぶた
れることもなかったのに……」
頬をぶったのはおめーもだろ、とツッコミを入
れたくなったが、どうも一丁前に自責の念に駆ら
れているようなのでやめておいた。
それにしても見捨てるとか。俺をなんだと思っ
ているのだ。

入学式では助けたりもしたのに、なんで基本属性が鬼畜外道にジャンル分けされてるんだよ。一体俺に何があった。

「一応知り合いだからな。尾けられてたのを気づかなかった俺も俺だし」

「つけっ……つけとらんわ……」

尾けてたことがバレたのが恥ずかしいのか、キャロルは顔を膝にうずめた。この件については掘り下げないほうがよさそうだ。

せめて制服を着替えてくるとか少しは考えろよボケェとかいろいろと言いたいことはあったが、心の中にしまっておこう。俺の心の押入れが過剰収納で破裂しなければいいが……。

「まぁ、なんとかなる。そう気に病むなよ」

「なんとかなるって……拐かされたのだぞ。身代金もいくらになるか……」

「金で済むなら安いもんだ。それに、なんとかなって助かるかもしれない」

「そうかもしれないな。私の護衛が見つけてくれるかも……」

護衛なんてのがいたのか。朝は一人きりで飯を食っていたように思うが、寮の周りにはシークレットサービスみたいなのが詰めていたのか？

そいつらが王女のストーカー行為を許すはずがないので、こいつがここにいるということは、まあ出し抜いて撒《ま》いてきたってことになるんだろうな。

「護衛が助けてくれるならいいが、俺は武門の家の子だから、さらわれて身代金払ったってのはあんまり外聞がよろしくないな」

「そ、そうか……名が汚れることになるか……すまぬ……」

キャロルは本当に申し訳無さそうに言った。

「ちなみに、おま――じゃなかった、君って戦えるの？」

「君はやめろ……キャロルでよい」

「じゃ……きゃ、キャロルって」女の子を名前呼びにするのって恥ずかしいな。「戦えるのか？」

「戦えると思っていたけど……いざというときに体が動かなかった。これじゃ、なんのために訓練を受けてきたのか……」

一体どういう訓練を受けてきたのかな。

ちなみにソイムは絶対に俺を守れる自信があったのか知らんが、最後のほうは棒を持たせた大人の囚人と素手で戦わせたりしてた。どう考えても、あの人はちょっと常軌を逸している。

「まあ、そりゃしょうがない」

「しょうがなくない……はじじゃ……」

どうもこのお姫様は理想が高すぎるような……大の大人とバトルで渡り合える十歳少女って相当少ないと思うよ。

「うーん……」

なんとも気の利いた慰めの言葉が出てこなかった。

勝手に俺を尾行して自業自得で捕まったストーカー王女というシチュエーションは事実なので如何《いかん》ともしがたいし、何を言っても藪蛇《やぶへび》になりそうだ。

少しの間黙っていると、隣の部屋で小声でやりとりをしていた誘拐犯たちが、少し動く気配があった。

ガタッという音が聞こえる。椅子かなにかが動いて、床を叩いた音だ。続いて、バタンと扉が閉じられる音が聞こえた。

「あ、悪いけど、ちょっとそこの窓の下で四つん這《ば》いになってくれるか」

「……は？　なに？」

顔を上げたキャロルが疑念の声をあげる。

「ちょっとでも俺を巻き込んですまないと思うんだったら、そこに四つん這いになってくれ。早く」

「ぬっ……よ、四つん這いになれというのは……」

「別に頭をこすりつけて謝れってんじゃない。あーもー、早くしてくれ。手遅れになる」

「わ、わかった……」

キャロルはかなり渋々ではあったが、四つん這いになった。

「く、屈辱的じゃ……ふぐっ」

俺はキャロルの背中を踏み台にして、つま先立ちになって隙間の空いている窓を覗いた。ここは路地裏に面した二階らしく、顔面を窓に押し付けると隙間からギリギリ下が見えた。

下の路地をリーダー格の男が歩いてゆくのが見えた。服装を覚えていてよかった。

「ふぎゅ」

四つん這いになったキャロルから降りると、俺は少し長過ぎる袖をいじって、縛られている後ろ手で道具を取り出した。

「なんのつもりじゃ。王女を踏み台にするなど」

道具は短い金切り鋸《のこぎり》に輪っかを付けたような形状で、袖口のポケットの中に糸一本で縫い付ける形で入っている。

これはホウ家の中で、クラ人の捕虜になったときに脱出できるようにと考案されたもので、嘘か真《まこと》かこれで縄を解いて脱出できた連中が結構いるらしい。

「まあ、待ってろって。あいつさえいなけりゃこっちのもんだ」

糸をプチッと切って道具を袖から抜き出すと、摘むようにして持ち、自分の腕を縛っている縄に押し付け、短いストロークで往復させた。輪っかがあるお陰でそこそこ力が入り、縄を切る刃が往復するたびに進んでいっている感触があった。

気が遠くなるほどの時間が必要な作業というわけではないようだ。

十五分程ゴシゴシやっていると、細い縄は簡単に切れてしまった。こりゃ役に立つな。

「なっ……」

縄切りに成功し、腕を自由にした俺を見て、キャロルは呆気にとられたように声を出した。

「大声出すなよ」

俺はそう言って、キャロルの縄もほどいてやった。

「おぬし……これ、最初から……」

「冒険は、準備もなくするもんじゃない」

俺も立場上、軽々と拉致されたりするわけにいかないので、それなりの用意はしておいたのだ。

まさか王族がストーカーと化して尾行してくるとは夢にも思わなかったが、常識的な範疇《はんちゅう》の出来事なら大抵のことに対処できる自信はあった。

「でも、どうするのだ。窓から逃げるのか？」

「二階だし、それは難しいかもな」

窓は破れるが、その下はストンと壁が落ちている。出入り口は隣にも家がある路地に面しているので、途中に飛び降りて乗れるような大きな庇《ひさし》などはない。

「暴れるのか？」

「うーん……どうしようか」

と、俺は少し悩んでしゃがみ込むと、キャロルの太ももを両手でギュッと挟んだ。

「な――っ」

次にお尻をポンポンと叩いてみる。筋肉がしっかりとついている。下半身はそこそこ鍛えられているようだ。

これなら不精をしている大人たちよりは速く走れるだろう。

「なにをするんじゃ！　この不埒者っ!!」

キャロルはバキッ！　と思い切り俺の頭を叩いた。

うわ。大声出しやがった。

「乙女の操をなんだと思っておる！　このかすっ！」

顔を真っ赤にして怒りだした。俺はささっとドアの開き口の右側に移動する。

「手を後ろにして捕まってるフリしろ、早くっ」

俺がそう言って両手の手首をくっつけるジェスチャーをすると、さすがにそのくらいの冷静さは残っていてくれたのか、キャロルは怒りながらも両手を背中にやった。

なんで大声出すんだ。尻触ったからか。あ、尻触ったから大声出したのか。

「小僧！　盛《さか》ってんじゃねえぞ」

俺がいかがわしい事をしているとでも思ったのか、横のドアを開いてヘラヘラしながら男が様子を見に来た。

「あ？　小僧は――」

部屋に入って一歩進んだところで、後ろから膝の裏を思い切り蹴っ飛ばした。

「――――ッ！」

一言を発する間もなく、強烈な膝カックンで後ろに傾いた肩を摑み、背中に引き落として転ばせる。同時に男が腰に差していた短刀……というより、猟師ナイフのような刃物を奪うと、流れの最後に太ももに突き刺して引き抜いた。

「いっ――刺しやがったッ！」

チンピラたちは、リーダーがいなくなったのをよいことに、机でカードゲームに興じていたようだ。一人がやられた事態にやわら立ち上がったもう一人に、素早く走り寄る。


その一人は、懐に手を入れて同じような刃物を抜いたので、俺は持っていたナイフを投げつけた。

ナイフ投げというのは特殊な技能がいる。だが、刺さる刺さらないは別にして、刃物を投げつけられて危ないと感じない人間はいない。

「なっ！」

刃物を使ってナイフを弾いたときには、俺は既に懐まで入っていた。手にしている武器を使う暇もなく、股間を蹴り上げる。

「グッ、アアアアッ!!」

チンピラが大声を出して蹲《うずくま》ったところで、

「キャロル！　逃げるぞ！」

と叫んだ。

「待てこらガキィ！」

チンピラはもう一人いるが、外に至るドアは金蹴りでうずくまっている男の側にある。最後の一人はビビリなのか、刃物は抜いているが突っ込んでは来ない。俺は部屋を見回し、俺たちの荷物が一箇所に纏《まと》められているのを確認した。

二人の荷物はサイドテーブルのようなところの上にキッチリと纏められており、俺とキャロルの短刀も、部下の忠誠心には自信があったのか、見上げたことに財布までそのまま置いてあった。

俺が掻《か》っ攫《さら》うように荷物を取って振り返ると、部屋から出てきたキャロルは俺が太ももを刺した男に足を摑まれていた。

「離せっ！　この下郎！」

とキャロルが言ったときには、摑んでいる腕に俺が投げた素焼きのツボがぶつかっていた。手が離れてキャロルの足が自由になる。

キャロルなら組み伏せ易しと見たのか、捕まえにいったビビリにも釉薬《ゆうやく》のついた頑丈な陶器を投げつけた。

ガシャンと音がなったときには、俺は扉の掛け金を外し、蹴破るように扉を開いていた。

「キャロル！　早く来い」

「う、うん！」

キャロルが出てきたところで、財布から硬貨を摑みだして床にポイと投げた。拾ってくれれば万々歳だ。

目隠しされていたとはいえ、外から中へ入ったところから意識して道筋を覚えていたので、外に出る扉は分かっている。集団住宅なのか倉庫なのかよくわからない家の階段を駆け下りると、閂《かんぬき》のかかっていない扉を開いて外に出た。

「うおっ」

と声が聞こえ、右の方を振り向くと、そこにいたのは出かけているはずのリーダー格の男だった。

俺たちの素性を確認し、身代金の金額を決めるために一度出かけるとは思っていたが、途中で忘れものに気づきでもしたのか、すぐに帰ってきてしまったようだ。

「キャロル！　こっちだ！」

「待てッ」

キャロルの手を引いて、路地を大通りとは反対の方向に走り出す。その前に玄関のドアを目一杯開いていった。障害物にするためだ。

と、そのまま六メートルほど走って路地の突き当りに着くと、そこはT字ではなく右に曲がるだけの道になっていた。左側は、建物の隙間が腕一本分くらいしか空いておらず、ネズミ程度しか抜けられそうにない。

選択の余地なく右に曲がるしかないようだ。

だが、曲がる前に後ろを振り返ると、扉がそのままの形で残っているのが見えた。

「キャロル、止まれ」

「わっ、なんだ？」

追ってきていないようだ。

……なんでだ？

この先に複雑な分岐がついていたりしたら、見失ったら困るんだから追ってくるだろう。行き止まりになっているのなら、なおさら追いかけてこない理由がない。

それなら、この路地はコの字を描いて大通りと繋がっているだけで、この先の出口は一つしかないんじゃないのか。つまり、男は出口に先回りをしている。

「戻るぞ」

「えっ、だいじょう」

「大丈夫だ」

キャロルは敵のいる方向に戻ることに躊躇《ためら》いを覚えているようだった。

だが説明している時間はない。手を強引に引いて、路地を駆け戻った。

扉を乱暴に蹴り飛ばして戻すと、その前にはまっさらで誰もいない通路があった。

「行くぞ」

俺は短く言って大通りに飛び出した。

左を見ると、案の定一本向こうの路地でリーダー格の男が待ち伏せしている。

「待てっ！　ガキども！」

男は俺たちに気づくと、すぐに追ってきた。

俺は財布に手を入れ、金貨を数枚握ると、地面に投げつけた。

硬貨を落としながら、脱兎《だっと》の如《ごと》く走りだす。男は金貨に目もくれず追ってくるが、周りはそうではなかった。金貨が石畳を跳ねる音を聞いた耳ざとい貧困層の人々は、次に黄金の輝きを目にすると、それに殺到した。男の進路が阻まれ、追いかける邪魔をしてくれている。これ幸いと走りながら何度も繰り返した。

なんとか撒くことができたようだが、その後も不安だったので、体力の続く限り走り続けた。

「ハァ、ハァ、待って。待ってくれ」

キャロルが先に音を上げた。相当走ったな。俺も結構疲れている。マラソンには結構自信があったんだが、息が上がるまでついてこられるとは、やっぱり相当訓練をしてきたのだろう。

俺は後ろを警戒しながら、

「はぁ、はぁ……まあ、もう大丈夫だろう」

と言った。シビャクの環状線から放射状の大通りに到達し、更に北上したため、もうガラの悪い雰囲気もなくなっている。

というか、ここは見覚えのある通りだった。ルークと来た覚えがあり、かなり中心部に近い。近衛軍の衛兵などもチラホラ見かけるようになっているし、もう人攫いなどできそうにない。

「ハァ、つ、疲れた……もう、追っては、こないのか？」

「さすがに諦めたはずだ」

なんだかんだ三キロくらいは走ったからな。もう日が暮れ始めているから、これから捜すのは向こうも厳しいだろう。

「ほれ」

と、俺は腰に差したまま忘れていたキャロルの短刀を返した。

「あ、ありがとう……」

短刀が戻ってきて嬉しいのは俺もだ。金など後でいくらでも取り返しがつくが、ソイムに渡されたこの短刀は無くしたくなかった。

「腹が減ったから、飯でも食って帰るか」

朝食からこっち、なにも腹に入れてなかった。

相当腹が減っている。

「えっ、食べて帰るのか」

王女様は、こんな買い食いのような外食は初めてなのかもしれない。

「最後の金は……」俺は、ポケットに一枚だけ残しておいたコインを取り出した。「銀貨だな。高級レストランで食事ってわけにはいかないが、まあ、そこらへんで食えるだろう」

「本気か？　あんなことがあった後だというのに」

「腹減ってないのか？」

俺がそう言うと、キャロルは自分のお腹《なか》を尋ねるようにさすった。

「減っている」

「じゃあ、あそこにしようぜ。父上と入ったことがある」

俺は、ルークと入ったことのあるレストランを指差した。


レストランに入ると、キャロルが金髪なので相当ギョッとされたが、子ども二人でも咎められず無事席に案内された。

奥のほうの二人席だ。

「何にするか……」

「わ、私は決まった。ミートパイにする」

やはり初めてなのか、キャロルは緊張しているようだ。

俺もそれでいいか。

「すみません」

俺が手を挙げると、店員さんが注文を聞きに来た。

「ミートパイと、あと……ミルクをコップで二人分」

「はい。ミートパイとミルクを二つずつですね」

「お代はこれで足ります？」

銀貨を見せると、すぐに「もちろんです」と帰ってきた。

メニューの値段から銀貨一枚でも十分お釣りが

来るのは分かっていたが、事前に支払い能力を示しておいたほうが安心するだろう。この街では無銭飲食狙いの浮浪孤児とかも多そうだ。

「それでは、ご注文承りました」

店員さんはペコリと礼をして、厨房《ちゅうぼう》に注文を伝えに行った。

「なんか……余裕なのだな。大変な目に遭ったのに」

キャロルが感心するように言った。

「余裕か？　さすがに、ちょっと浮ついた気分にはなってるぞ」

「そうなのか？」

自分でも自覚しているが、今は冷静とはいえない。わずかに地に足がついていないような、ふわふわとした気分になっている。

「一応、あんな切った張ったをしたのは初めての経験だしな。やったぜ、って感じか」

キャロルのほうは、これからのことが不安なのか、だいぶテンションが低いようだけど。

「そうだったのか……大したことはないとか言っていたから、あんなことは日常茶飯事にこなしているのかと思っていた」

「そんなわけあるか」

笑ってしまった。どんな修羅の国の住人だ。

「でも、ぜんぜん慌てていなかったではないか」

「一人以外は素人って最初から分かってたしな」

ただでさえ素人なのに、連中はこちらを殺すのではなく捕縛しようとしていたわけで、それだったら逃げる隙くらいはどこかで生まれるだろうとは思っていた。

「そうか……私は未熟だな。慌てふためいてばかりで……」

なにやら反省しているようだが、問題があるのは慌てふためいたところじゃなくて、ストーカーしてたところだと思うんですよ。言わないけど。

「気にすんなって。これで幸い、誰からも怒られなくて済んだことだし、万々歳じゃないか」

「えっ……も、もしかして、全部黙っておくつもりなのか？」

キャロルは怖気《おじけ》づいたような顔をした。なにやら、やましいことをするのが後ろめたいようだ。

「護衛を撒いてきたんだったな。口裏は……そうだな、学院内で秘密の探検してたら迷ってしまった、ってのはどうだ？　服が汚れたことの説明もつくし」

「う、嘘をつくのは……」

「せっかく自分たちで収拾をつけたんだから、この上怒られるなんて馬鹿らしいぞ」

「で、でも無駄だと思う。私の護衛は、たぶんものすごく徹底して調べるから……」

「そうか……うーん……」

王女の護衛となると、この国で最も上等な軍人が務めているのかもしれない。そうなると、確かに隠し通すのは難しそうだ。途中で金色の髪を晒《さら》して市街地を駆けてきたからな。

そもそも俺のほうは怒られるようなことをしていない気がするが、やっぱり無断で外出してトラブルに巻き込まれたっていうのは怒られる要素になるのかな……。

「まー、堂々としてれば大して怒られないだろ。誰にも迷惑かけてないんだから」

「いや、迷惑はかけたと思う」

「それで怒る資格があるとしたら、俺くらいだろ？　大騒ぎになってたとしても、他の連中は勝手に騒いでただけなんだからさ。俺がいいって言ってるんだから問題ないんだよ」

「そうか？　――あっ、来たぞ」

先程の店員さんが、料理の載ったお盆を持ってきた。

「おまちどうさまです。ミルクと、ミートパイ二人前になります」

片手で二つ持ったミルクのコップを机に置くと、続いてミートパイの皿が置かれる。

結構大きな四つ切りのパイが皿の上にデンと載っている。ミートパイ一つでは足らないかと思ったが、かなり食べごたえがありそうだ。

「ありがとうございます」

「ありがとう」

パイは、表面がまだチリチリいっているような温かさで、湯気が立っていた。焼き立てなのは嬉しい。

店員さんは会釈をして戻っていった。

「よし、食べよう」

「うん。美味《おい》しそうだ」

キャロルはナイフを操ってパイの先端を少し切ると、フォークを刺して口に運んだ。

さすがは王族というか、所作に気品がある。

「……おいしいな。味が濃い」

俺も口に運ぶと、確かに中々美味しいパイであった。当たりだ。

喉が渇いていたので、小ぶりなジョッキのような形をした木製のカップを摑んで、ミルクを飲む。

キャロルも飲もうとするが、なんだかまごついているようだ。カップについている金属製の取っ手を指でつまんで飲もうとしているが、なみなみとミルクが入っているので重すぎるらしい。

たぶん、習ったテーブルマナーの中に、大きすぎるカップで飲み物を飲む方法というのがなかったのだろう。この容器はおそらくビール用のものなので、子どもが飲み物を飲む容器としてはおよそ使われない大きさだ。

「普通に取っ手を握って飲めばいいんじゃないか？　こういうのはテーブルマナーの範疇外だと思うぞ」

「……そうだな、そうしよう」

キャロルはおっかなびっくりといった様子でカップを摑むと、口に運んだ。

コクコクと飲んで、唇を離すと、机の上にあったナプキンですぐに口を拭いた。

「さ」

すが王族だけあって、テーブルマナーは心得てるんだな。

と褒めようとしたところで、バンッ、と店の入り口のドアが開いた。

ドドッと人が駆け入ってきたと思ったら、

「キャロル様！」

と大声で叫ぶように言った。見ると、俺より随分と年上のお姉さんが血相を変えて立っている。

金髪を晒して堂々と店に入ったにしても、見つかるのが早い。やっぱり王女の護衛ともなると優秀なんだな。

「一体、いままでどこにおられたのですか！」

「うっ……」

おいおい、悪事がバレて泣きそうな子どもみたいな顔になってるぞ。

「し、市中を見回っていたのだ」

「――なんという危険なことを！　ほら、早く帰りますよ！」

「待ってください」

と、護衛の女性がこちらを見た。

「ぬ？」

「王族といえど、他人と食事をしている最中に、そのようにして中座するのは、僕に対して失礼なのではありませんか？」

俺が言うと、護衛の女性の表情が変わり、睨むような目で見てきた。

「何者だ、貴様」

「身分の貴賤《きせん》は問題ではないでしょう。王家たる者の一員であれば、礼法の範を示してほしいものです」

「……では、失礼させていただく」

最低限の一般常識はあるのか、護衛の女性はこちらにぺこりと会釈をした。

「火急の用があるとか、ここが戦場になるとか、そういう止むに止まれぬ事情があるのでなければ、食事を中止すること自体失礼にあたると思います」

と、俺はそう言って行動を防いだ。

「はぁ？」

さすがにその返しは想定外だったのか、女性は呆れたような声をあげた。

「ここは安全な場所だし、察するに火急の用事があるわけでもないのでしょう。中座する特別な理由がないのであれば、食事を終わらせてから帰るのが普通では？」

「この御方はこの国の王女殿下にあらせられるぞ」

「そうなんですか。ちなみに僕は、ホウの宗家嫡男をやっているユーリ・ホウと申します」

懐から短刀を取り出して、ホウ家の紋章が見えるように机の上に置いた。

薄汚れた平民服を着て、ほっぺたにアザを作っている浮浪者風の少年が、まさか将家の嫡男とは思わなかったのだろう。護衛の女性は相当びっくりした顔を作った。

「重ねて申し上げますが、火急の用事がないのに席を辞するというのは失礼なことだと僕は考えます。あなた方は食事が終わるまで待っていてください」

「…………」

護衛の女性は相当苦々しい顔を作った。

俺の言ってる事自体はクレーマーのような屁理《へり》屈《くつ》だが、〝それは無礼に当たるぞ〟と主張してから理屈をくっつければ、それを否定するのは難しい。失礼か否かというのは個人の感覚の問題だし、失礼に思うなというのもおかしな話である。

「……なるほど、それでは待つことにしよう」

論に屈したようだ。さすがにホウ家の嫡男となれば無下《むげ》に扱うわけにもいかないという判断だったのだろう。ましてや入学してすぐの学友に当たるわけだしな。

「できれば外でお願いしますね。ささくれだった雰囲気では食事を楽しめませんので」

「…………」

護衛の女性は、一瞬呆れたような表情をした。レストランの店内を歩き回り、不審人物がいないことを確認すると、無言でレストランから出ていった。

元の静寂が戻ってくる。

「な？　堂々としてたら怒られないだろ」

「なんてあきれたやつだ」

「せっかくの休日なのに嫌な思いをしたんだ。どうせ帰るにしても、美味《うま》い飯くらい食ってから帰りたいもんだろ」

「……ん、まぁ、それはそうかな」

と言いながら、キャロルはパイを口に運んだ。

王室の料理は味が薄いのだろうか。本当に美味しそうに食べている。まあ、味は濃くて単純なほうが子どもの舌には合うよな。

「ごちそう様でした。お釣りは迷惑料ということで」

といっても銀貨一枚しかないわけだが、俺は机の上にコインを置いて立ち上がった。

外で睨みを効かせたヤツがいたせいで、短時間とはいえ貸し切りみたいなことになってしまったからな。

「迷惑をかけた。とても美味しい食事でした」

キャロルも軽く会釈をして、店を出た。

「もうよろしいのか」

店の外で門番のような格好で仁王立ちしていた護衛の女性が言った。

なんと店の前には王家の紋章がでかでかと入った馬車がつけてあった。

「ええ、とても楽しい食事でした。どうぞお連れになってください」

「それでは失礼する。殿下、どうぞお乗りください」

「ユーリ・ホウ」

連れられて馬車に乗るとき、キャロルは振り返って俺を見た。

「今日はありがとう。とても楽しかった」

そう、微笑みをつくりながら言った。それが俺が見たキャロルの初めての笑みだった。

あとがき

　この度は拙書を手にとっていただき、ありがとうございます。

　この作品は二〇一五年の初めに〝小説家になろう〟で連載を始めた作品で、それからぼちぼちと、都合五年以上に渡って連載を続けていたものです。作者としては初めての書籍化作品となります。


　まず始めに、作者が読者の皆様方にお伝えしたいことを述べさせてください。

　この作品が書籍化したのは、拙作が株式会社オーバーラップの編集者様の目に留まったおかげです。目に留まったのは、やはり〝小説家になろう〟のランキングで目立つ位置にタイトルがあったからでしょう。ランキングに入ったのは、もちろん読者の皆様が評価をしてくれたおかげです。

　この作品は、最初は〝小説家になろう〟の毎日たくさん投稿される新着小説の山の中にひっそりと紛れている、数多《あまた》ある作品の一つにすぎませんでした。

　その山の中からこの小説を掘り起こし、読んで、評価をし、日の当たる場所にまで運び上げてくれたのは、作品を支えてくれた読者の皆様です。当然ながら、その支持がなければ、この作品は今もまだ埋まったままだったことでしょう。

　この本を手にとってくれているあなたが、〝小説家になろう〟でこの作品を読んでくれた方なのかはわかりませんが、もしそうであったとしたら、この作品が書籍になったのはあなたのおかげです。と、まずはお伝えしたいです。一つ一つの手は小さい力だったのかもしれませんが、あなたの支えがなければ、この本が書籍になることはありませんでした。本当にありがとうございます。

さて、長く連載していただけあって、この本で書かれているのは、僕がほぼ五年前に執筆した内容がベースになっています。

それだけ昔に書いたものなので、書籍化すると決まったあとに本にする部分を読みなおすと、至らぬところが数多くありました。そのままでは問題なので、書籍化に当たっては今の自分の力量の及ぶ限り、修正可能な部分はできるだけ手直しをし、新しい展開も付け加えました。

なろう版の読者でない方は、なろう版の当該部分を読んだら、「確かに、この内容じゃまずいやろ……」と思われるような部分がたくさんあるかと思います。できれば、その続きは書籍版二巻で読んで頂ければと思います。恥ずかしいので。

あとがきに割けるページがかなり多いらしいので、もう少し書きます。この作品を考え始めた頃のことです。

この作品の根っこのところを最初に思いついたのは、二〇一四年の夏ごろのことでした。

そのとき、僕はおかしな事情から、ヨーロッパで連絡の途絶えた会社を調査してくれと頼まれ、一人でヨーロッパに行っていました。

その調査は、すごく難解だったり、面白おかしかったり、ロマンスやミステリーがあったりするわけではなく、現地に行って半日話をするだけで終わりました。単に中小企業のワンマン社長が交通事故で亡くなって、その会社には社長以外に英語ができる人がいなかったので、日本の取引先からの連絡に応じられなくなってしまっていた。というだけのことでした。事前にネット経由で雇っていた日本人の現地ガイドの方が優秀で、仕事自体は三日で終ったので、僕は飛行機代無料でヨーロッパを一人旅する機会を得たわけです。

昼は初めて足を踏み入れたヨーロッパの街並みを歩き、夜はドミトリーに籠もって小説を考えていました。

元になったのは、ふと思いついた一つのフレーズでした。

「世界は征服されたがっている」

というものです。

常識で考えると、征服というのは戦争、それも通常は侵略戦争を伴うものですから、征服されたがっている国または地域というのは少し考えづらいかもしれません。ただ、革命まで考えを広げると、革命というのは国民が潜在的に変化を望んでいたから成功した、というケースは多く、基本コンセプトとして練るには面白いものなのではないか、と思い始めました。

結局、練りに練って設定を付け加えているうち、そのフレーズはなんとなく作品のタイトルとして嚙《か》み合わない感じになってしまったので、最後には影も形もなくなってしまいました。

ただ、作品の設定の根っことしては残りました。作中の世界は、技術と人々の意識が少しずつ進展していく中で、統治体制は古く、人を置いてけぼりにしている。爆発はしないまでも、人々はなんとなくわだかまりを感じながら生きている。そんな世界です。

この作品を読んでくれた読者の皆様方が、この世界を楽しいと思っていただけたなら、作者としてはとても幸せに思います。

さて、まだあとがきのスペースが埋まらないので、さいごに最近あった話を書こうかと思います。

とある日、実家にいた僕はたいへんお腹《なか》が減っていたので、リビングルームの机に昨日から置いてあった菓子パンを、誰の所有物か確認することなく食べてしまいました。

翌日、父と車に乗って出かけていると、父が「そういえば、リビングにあった菓子パンを食べたのはお前か?」と言ってきました。

僕が「そうだよ。お父さんが買ったものだったのかい」と返すと、父は「一昨日な、いつもどおり夜にランニングをしに行ったんだが」と、なぜか全然関係のない話をしはじめました。

父はランニングがマイブームで、夜八時頃に走り出し、決まったコースを回って帰ってくるのです。

「汗をかいて家の近くまで来たところで、後ろから来た車に呼び止められたんだ」

あっ、あとがきのスペースが終わってしまったようです。続きはまた続刊のあとがきで。どうか最後まで書けますように。

それでは、おつきあいいただきありがとうございました。今後ともよろしくお願いします。

作品のご感想、
ファンレターを
お待ちしています

あて先

〒141-0031　東京都品川区西五反田 7-9-5 SGテラス5階
オーバーラップ編集部
「不手折家」先生係／「toi8」先生係

スマホ、PCからWEBアンケートにご協力ください

アンケートにご協力いただいた方には、下記スペシャルコンテンツをプレゼントします。
★本書イラストの「無料壁紙」　★毎月10名様に抽選で「図書カード（1000円分）」

公式HPもしくは左記の二次元バーコードまたはURLよりアクセスしてください。
▶ https://over-lap.co.jp/865546477
※スマートフォンとPCからのアクセスにのみ対応しております。
※サイトへのアクセスや登録時に発生する通信費等はご負担ください。

オーバーラップノベルス公式HP ▶ https://over-lap.co.jp/lnv/

OVERLAP NOVELS

亡びの国の征服者 1
～魔王は世界を征服するようです～

発行 2020年4月25日 初版第一刷発行
著者 不手折家
イラスト toi8
発行者 永田勝治
発行所 株式会社オーバーラップ
〒141-0031 東京都品川区西五反田7-9-5
校正・DTP 株式会社鷗来堂
印刷・製本 大日本印刷株式会社

ISBN 978-4-86554-647-7 C0093

【オーバーラップ　カスタマーサポート】
電　話 03-6219-0850
受付時間 10時～18時（土日祝日をのぞく）